ज्ञान गरिमा के
72 वर्ष

भारतीय
ज्ञानपीठ

हवा में फड़फड़ाती चिट्ठी

(नवलेखन पुरस्कार से सम्मानित कहानी-संग्रह)

हवा में फड़फड़ाती चिट्ठी

श्रद्धा थवाईत

भारतीय ज्ञानपीठ

लोकोदय ग्रन्थमाला : ग्रन्थांक 1322

ISBN 978-93-263-5582-7

हवा में फड़फड़ाती चिट्ठी
(कहानी-संग्रह)
श्रद्धा थवाईत

प्रकाशक : **भारतीय ज्ञानपीठ**
18, इन्स्टीट्यूशनल एरिया, लोदी रोड, नयी दिल्ली-110 003

मुद्रक : विकास कम्प्यूटर्स ऐंड प्रिन्टर्स, दिल्ली-32

आवरण चित्र : लीलाधर मंडलोई
आवरण : महेश्वर

HAVA MEIN PHARPHARATI CHITTHI
(Short Stories)
Shradha Thawait

Published by
Bharatiya Jnanpith
18, Institutional Area, Lodi Road, New Delhi-110 003
Ph. : 011-24698417, 24626467; 23241619 (Daryaganj)
Mob. : 9350536020; e-mail : bjnanpith@gmail.com
sales@jnanpith.net; website : www.jnanpith.net

First Edition : 2017
Price : Rs. 220

अपना प्रथम कहानी संग्रह
'हवा में फड़फड़ाती चिट्ठी'
मेरे पापा श्री सत्येन्द्र कुमार चौरसिया
मेरी मम्मा श्रीमती शीला थवाईत
जिन्होंने मुझे इस योग्य बनाया।
मेरा बेटू नमन
जिसने मुझे लिखने का अवसर दिया
और
मेरे रवि
जिनके आभामंडल में लेखन के सुप्त अंकुर को
प्रस्फुटित कर सकी
को
समर्पित करती हूँ।

अपनी बात

'हवा में फड़फड़ाती चिट्ठी' की भूमिका मैं क्या लिख सकूँगी। इसकी भूमिका तो खुद ज़िन्दगी ने लिखी और इसे सम्भव भी किया। ये ज़िन्दगी बड़ी शातिर होती है। यह अपनी कहानियाँ रच कर रखती है, लेकिन अपने पात्रों को हवा भी नहीं लगने देती। हर पल ये अपनी कहती जाती है। हम ज़िन्दगी की उस कहानी के एक पात्र होते हैं। और हम अपनी हुँकारू देते हुए उसके अनुसार चलते जाते हैं।

मैंने कभी नहीं सोचा था कि मैं कोई कहानियों की किताब लिखूँगी। हमेशा कुछ लिखने की इच्छा ज़रूर की थी, बचपन से ही, जब भी कुछ देख कर खुश होती या दुखी होती या कोई मजेदार-सा क़िस्सा सुनती तो सोचती कि इसको लिखना चाहिए, ऐसे लिखने से यह अच्छा लगेगा... नहीं ऐसे लिखने से अच्छा लगेगा। कुछ एक बार लिखने की कोशिश भी की लेकिन जिसे लिखना कह सकें, वह टलता ही रहा।

बचपन से धुन थी कि आत्मनिर्भर बनना है, अपने पैरों पर खड़ा होना है, तो पढ़े-लिखे अपने पैरों पर खड़े हो गये, शिवशंकर जी ने मनपसन्द जीवनसाथी भी दे दिया। ज़िन्दगी में जिसे व्यवस्थित होना कहते हैं, वो हो गए। अब क्या ? दुनिया की नजर में सबकुछ तो था अपने पास जो नहीं था मिल जानेवाला था। बेहद व्यस्त दिनचर्या थी लेकिन कहीं कुछ कमी महसूस होती थी। यह वही समय था जब ब्लॉग्स की दुनिया अपने चरम पर थी। मेरे ऑफिस में श्री राहुल सिंह जी अपना ब्लॉग लिखा करते—सिंहावलोकन। मैं खूब ब्लॉग पढ़ती, ब्लॉग्स की चर्चा होती, मैं उनकी भी आभारी हूँ कि उनसे प्रेरित हो मैंने एक-दो पोस्ट लिखीं लेकिन जाने क्यों हिचक पाँव में बेड़ी डाल देती। व्यस्तता और खुशियों में दिन सेम्हल की रुई से उड़े चले जा रहे थे। ज़िन्दगी रुई-सी हलकी थी लेकिन तब भी अचानक दिल में एक बिजली-सी कौंधती थी कि बस यही ज़िन्दगी है क्या ? न... ज़िन्दगी यूँ जीते जाना ही तो नहीं। अक्सर दिल कहता कि उसे कुछ और भी चाहिए लेकिन क्या चाहिए यह मेरा नादान दिल समझ नहीं पा रहा था।

तभी ज़िन्दगी ने एक करवट ली। अब ज़िन्दगी में किसी समन्दर की जलराशि-सा अनन्त, अन्तहीन-सा लगनेवाला समय था। लोग बच्चों के आने से अपने शौक़ भूल जाते हैं। मेरे बेटे नमन के आने के साथ मेरा सुसुप्त शौक़ जाग्रत हुआ। कुछ समय बीतते न बीतते अहसास हुआ कि यही तो है वह जिसकी कमी मुझे महसूस होती थी। बस फिर क्या था बेटू के बढ़ने के साथ साथ लिखने की धुन भी बढ़ती गई।

ज़िन्दगी मुझे लेखन की पगडंडियों पर ले आई थी। लेखन तब पूरा होता है जब उसे पाठक मिलें। जब धुन बढ़ती गयी तो लेखन का पौधा अतिरिक्त पोषण की माँग करने

लगा, पाठक की जरुरत महसूस करने लगा। ऐसे में मैंने मेरी बचपन की साथी, मेरी बहन ऋतु चौरसिया को अपनी रचनाएँ भेजना शुरू किया। मेरे जीवनसाथी और दोस्त रवि को पढ़ने पर विवश किया। मैं ऋतु की आभारी हूँ कि उसने मेरे लिखे को पढ़ा, मुझे प्रोत्साहित किया। वह मेरी हर रचना की पहली पाठक रही है और अब भी है। मैं रवि की आभारी हूँ कि उन्होंने मेरे लिखे को ख़ारिज किया और चुनौती दी कि क्या अपनी सुनी-सुनाई या जी हुई बातें लिखती हो कुछ नया अपनी कल्पना से लिखो तो मतलब है, इस तरह कहानी शुरू हुई—हवा में फड़फड़ाती चिट्ठी।

मेरी इस कहानी में पुलिस के एक जवान के कोमल अहसास हैं, वह अपनी प्रियतमा को अपनी यादों के साथ घर में छोड़ कर, खुद उसकी यादों से घिरा हुआ जंगलों में फिर रहा है। इस दौरान वह थोपी हुई हिंसा का शिकार होकर शहीद हो जाता है, उसकी ज़िन्दगी ख़त्म हो जाती है उसके घरवालों की ज़िन्दगी अभिशाप-सी रह जाती है लेकिन उस शहीद की मृत्यु के बाद की प्रक्रिया से जुड़े लोग उनके प्रति घोर असंवेदनशीलता बरतते हैं। मैं इस कहानी में इस असंवेदनशीलता से लोगों को झकझोरना चाहती थी...कहना चाहती थी कि हम सभी शहीदों से सीधे नहीं जुड़े होते लेकिन हम जहाँ है वहाँ रहते हुए उनके प्रति संवेदनशील तो रहें। मुझे बहुत ख़ुशी है कि मैं अपनी बात सही-सही सम्प्रेषित कर सकी।

लेखन तब भी पूरा नहीं होता जब तक प्रकाशित न हो, क्योंकि तभी पाठक मिलते हैं। आप क्या लिख रहे हैं, कैसा लिख रहे हैं तभी पता चलता है जब लोग पढ़ते हैं। मुझे यह स्वीकार करने में कोई हिचक नहीं कि यदि रवि का प्रोत्साहन न होता तो मुझे प्रकाशन हेतु रचनाएँ प्रेषित करने में जाने कितने साल और लगते। मैंने अपना अमूल्य समय बेवजह की हिचक में खोया है। मैंने समय खोया है लेकिन वे जिनके जेहन में लेखन सुसुप्तावास्था में है वे इसे जल्दी समझे और जागृत करें। खैर जब जागे तभी सवेरा। उसी समय प्रभात प्रकाशन की साहित्य अमृत युवा हिन्दी कहानीकार प्रतियोगिता होने को थी। मैंने यह हवा में फड़फड़ाती चिट्ठी पूरी की और भेज दी। हवा में फड़फड़ाती चिट्ठी को प्रथम पुरस्कार मिला। इसके बाद के दो साल में ज़िन्दगी ने मुझे अनेक अवसर दिए।

इस कहानी ने मुझे बिहार के सिवान जिले के नरेन्द्रपुर गाँव में आयोजित परिवर्तन कथाशिविर में भाग लेने का मौका दिया और मुझे पहली बार साहित्यकारों का साथ मिला। वहीं के अनुभव से कहानी लिखी—कश्ती। जो हमारे गाँवों में रची-बसी गंगा-जमुनी तहजीब से प्रेरित हो कर, दूसरे धर्म के प्रतीक को सम्मान देने की कहानी है।

यूँ ज़िन्दगी धीरे-धीरे मुझे अपनी किताब के करीब लाती गयी। ज्ञानपीठ से पहली किताब आना किसी जागती आँखों से देखे गए सुनहरे स्वप्न के सच होने जैसा है। मैं मेरे इस स्वप्न के साकार होने में सहयोगी रवि, ऋतु, स्नेहा, समर्थ, राहुल सिंह सर, सरिता कुमारी जी, रीता आंटी, सुषमा और उन सभी की आभारी हूँ, जिन्होंने इस सफर में अपना सहयोग मुझे दिया है। अब यह किताब आप सब पाठकों के हाथ में होगी। आप सब की अमूल्य राय का मुझे इन्तज़ार रहेगा।

– श्रद्धा थवाईत

अनुक्रम

मुक्ति और भय

वह पिछले पैंतीस वर्षों से रोज अपने ऑफिस में कलम घिसते आ रहे थे, इस आशा में कि यह घिसाई शायद किसी के हित का हेतु बन जाए, पर उनकी यह घिसाई, फाइलों के लाल फीते से बन्ध कर रह जाती या किसी और की कलम घिसाई के नीचे दब जाती। वे रोज मजबूर लोगों को व्यवस्था की चक्की में पिसते देखते, ईमानदारी पर बेईमानी की जीत देखते। शाम तक उनकी जीवन ऊर्जा क्षीण हो उठती। उन्हें लगता कि, वे अभी इसी वक़्त इस व्यवस्था के मुँह पर अपना इस्तीफ़ा मार कर, फिर कभी वापस न आने के लिए निकल जाएँ। इस दुर्दमनीय इच्छा के बावजूद हर महीने एक तारीख को मिलनेवाला वेतन उनके क़दमों की गिरह बन जाता।

वे जब चुक कर शाम को घर वापस आते तो घर का कोई सदस्य उनके इन्तज़ार में न रहता। बहू-बेटे, पोतों की अपनी ज़िन्दगी थी। हाँ, जब पत्नी थी, तो वह रोज पलक-पाँवड़े बिछाए इन्तज़ार करते ज़रूर मिलती थीं। अब उनकी बगिया ही उनकी जीवन ऊर्जा थी। उनके घर आते ही बगिया की बेलें नृत्य-निपुण नायिका-सी बल खाती उनका स्वागत करतीं। अमलतास की सूखी फलियाँ घुँघरुओं-सी बज उठतीं। वे चिड़ियाँ चहकने लगतीं; जिन्हें वह रोज सुबह दाना देते। बेला, जूही, मोगरा खुशबू बिखेरने लगते। अमलतास, पारिजात अपनी शाखाएँ हिलाने लगते। उनसे निकलती ठंडी हवाएँ उनके तन-मन को राहत पहुँचाने लगती। वे अपने आज और कल के लिए जीवन ऊर्जा बटोरने लगते।

हर सुबह वह बगिया से बटोरी कुछ ऊर्जा बगिया की सेवा में लगाते। जिसे बगिया कई गुना करके हर शाम लौटा देती। वे सुबह पौधों की निराई-गुड़ाई करते, खाद-पानी देते, चिड़ियों के लिए दाना डालते, सूखी पत्तियाँ हटाते। पौधों में नयी

कलियाँ आती, तो वे ऐसे खुश हो जाते जैसे—घर पर कोई नन्हा मेहमान आनेवाला हो।

एक दिन वे सेवानिवृत्त हो गये। जीवन ऊर्जा क्षीण होने का कारण ख़त्म हो गया लेकिन कारण ख़त्म होने से भी उनका जीवन उत्साह से नहीं भरा। यूँ ही उनकी सपाट-सी ज़िन्दगी बगिया भरोसे चलती रही।

एक दिन उनकी बगिया में घोंघों का आतंक छा गया। पहले घोंघे इक्के-दुक्के दिखते रहे। कुछ ही दिन में वे सैकड़ों की संख्या में दिखने लगे। बगिया में रखा कोई भी पत्थर उठाने पर, उसके नीचे सैकड़ों की संख्या में घोंघे के अंडे मिलते। बारिश होती, तो ये घोंघे गीली दीवार में किसी कलाकृति से जम जाते, ये घोंघे पौधों की सारी पत्तियाँ चर जाने लगे, पेड़ों की छाल खा जाने लगे। इन घोंघों की वजह से उनकी बगिया उजड़ने लगी।

शुरू में तो वह जब भी घोंघा दिखता, उसे कुचल कर मार देते, लेकिन एक-एक घोंघे को कुचल कर मारना, सैकड़ों घोंघों के लिए कोई कारगर इलाज नहीं था। अब वे रोज सुबह एक बाल्टी लेते, इसमें घोंघे इकट्ठे करते, फिर उन पर नमक बुरक देते। नमक डालते ही घोंघे ऐसे गलने लगते, जैसे उन पर तेज़ाब डाल दिया हो। बगिया जो उन्हें जीवन ऊर्जा देती थी, उसने अब उन्हें जीवनहर्ता बना दिया। हर रोज वे घोंघों में नमक डाल उन्हें पसीजते, बुलबुले छोड़ते, लसलसे पानी में बदलते देखते। इसे देखते हुए एक घिनौने आनन्द, परपीड़क सुख से भरते जाते, जो उनके दिल में एक तीखी-सी चुभन भी भर देता।

यूँ घोंघों से लड़ते-लड़ते उन्होंने एक दिन पाया, कि वे भी घोंघा हो गये हैं। लिजलिजा, घिनौना, चिपचिपा घोंघा। जिसके ऐंटीना किसी के अपनेपन भरे स्पर्श के लिए, बातों के लिए तरसते हैं, हवा में हिलते-डुलते, काँपते रहते हैं। पूरा शरीर लिजलिजी-सी, झुर्रियों भरी, ढीली, नम खाल से ढँका हुआ है। आँखों के पोरों से रिसती नमी, होठों के कोनों से रिसती लार का लसलसापन उनके पूरे वजूद पर छाया हुआ है। वह घर में जहाँ जाते, मानों उस लसलसे, चिपचिपे, घिनौने द्रव की लकीर खिंच जाती। जिससे घर के सभी सदस्य चार हाथ दूर से बच कर चलते।

उनकी बगिया में जैसे घोंघा अवांछित तत्व था, वैसे ही घर में अब वे अवांछित थे। बस अन्तर यह था कि घोंघा बगिया के हर कोने में मौजूद था और वे एक कमरे तक सीमित। एक कमरे में सीमित होते हुए भी उनका वजूद घर के सदस्यों के लिए चहुँ ओर व्याप्त था। बच्चों को उनके कारण पढ़ने के लिए अलग कमरा नहीं मिल पा रहा था, बहू कमरे में उनकी उपस्थिति के अहसास से बैठक में भी अपनी सहेलियों के साथ खुलकर बातें नहीं कर पाती थी, बेटा अपने सोने के कमरे में उनके खाँसने की आवाज़ से परेशान हो अपनी नींद पूरी नहीं कर पाता था।

घरवालों को परेशानी होती कि उन्होंने खाने के बाद अपनी थाली सिंक में सही जगह नहीं रखी, समाचार पत्र पढ़ने के बाद सही तरीके से नहीं मोड़ा, अपना चश्मा बैठक की सेंटर टेबल पर ही छोड़ दिया, पोते के दोस्त से बात करने की कोशिश की, बेटे को ऑफिस के लिए निकलते वक़्त अपनी दवाइयाँ लाने के लिए टोक दिया, बहू की सहेली की उपस्थिति में काँटे चुभते गले को राहत देने, रसोई में जाने के लिए कमरे से बाहर निकल आए। उनका घोंघे का वजूद पूरे घर के कोने-कोने में फैला हुआ था। एक दिन बहू ने आखिर कह ही दिया—''मैं इस घोंघों से भरे घर में नहीं रह सकती। मुझे घिन आती है। पूरा घर लसलसा, चिपचिपा सा हो गया है।''

बेटे ने अपनी चुप्पी से उसका समर्थन और उसकी मजबूरी दोनों ही जता दी।

सालों पहले वह एक सीप थे। जो हर महीने एक खूबसूरत, चमकदार, अनगढ़ मोती ले कर घर आते थे। उनकी पत्नी इस मोती को तराश कर सबकी ज़रूरतें पूरी करती और तराशी हुई मोती भविष्य के लिए बचाकर रख लेती। जब तक वह थी, उन्हें किसी चीज के लिए कहना नहीं पड़ता था। उनकी सारी ज़रूरतें बिन कहे ही पूरी हो जाती थी।

उस वक़्त उन्हें यह आभास भी नहीं था, कि उनका वजूद कभी घोंघे में बदल जाएगा। हर वक़्त तरसता, अपने ऐंटीना हिलाता हुआ। कभी पानी के लिए, कभी खाने के लिए, कभी दवाइयों के लिए, कभी टूटे चश्मे के लिए, कभी एक आश्वस्त करते स्पर्श के लिए, तो कभी एक प्यार भरी नज़र के लिए।

कल ही तो बहू के पास उसकी एक सहेली आई थी। वह बता रही थी कि शहर में सारे घोंघों के लिये एक आश्रम खुल गया है, जहाँ घोंघों की सुविधा की सारी चीजें हैं। उन्हें लगा कि उन्होंने गाँव में साधन न होने के नाम पर बचपन हॉस्टल में गुजारा था और सुविधा के नाम पर बुढ़ापा आश्रम में गुजारेंगे। हर कमरे में लाइन से लगे बिस्तरों पर विराजमान एक-एक घोंघा। अपनेपन भरे स्पर्श के लिए तरसता, ऐंटीना हिलाता हुआ।

उनका मन हुआ कि पूछें, 'क्या शहर में घोंघा घुलन गृह नहीं खुला? जहाँ शहर के सारे घोंघों को इकट्ठा कर उनके ऊपर नमक डाल दिया जाए। जहाँ सारे घोंघे इस नमक में पसीज कर, बुदबुदाते, बुलबुले छोड़ते, लसलसे पानी में बदल जाएँ। मिट्टी-पानी की देह मिट्टी-पानी में मिल जाए और तुम सब चैन की नींद सो सको।'

बहू की सहेली से ऐसा पूछना तो घर भर में घोंघे का लसलसापन लबालब भर देना होता। जिसमें घुट कर सबसे पहले वे ही मर जाते।

उनके अपने कमरे में कैद हो जाने के बाद, बगिया में घोंघो का आतंक बगिया

की सीमा पार करने लगा, तो एक दिन घोंघों को मारने की जिम्मेदारी उनके बेटे ने उठा ली। उसी शाम पोते ने बेटे से पूछा—

"पापा! आप बुड्ढे और पागल हो गये हो?"

"नहीं तो क्यों?" अचकचा कर बेटे ने पूछा।

"माँ-दादा को कहती थी कि बुड्ढा घोंघा उठाने के लिए पागल है। अब आप घोंघा उठा रहे हो, तो आप भी बुड्ढे और पागल हो।"

बेटे और बहू को ये सुन एक बारगी लगा कि वे दोनों भी भविष्य में घोंघे में बदल जाएँगे। तरसते, ऐंटीना हिलाते घोंघे। बस वह पल था कि भविष्य से भयभीत बेटे-बहू के लिए वह 'वह' बन गये।

उसी रात उन्होंने पाया कि एक घोंघा बिस्तर पर पड़ा है और वह वापस 'वह' बन गये हैं। उस दिन उनके सिर के पास अगरबत्ती जलती रही, बहू उनके चरणों के पास बैठी रही, उनके पैरों पर अपना सिर भी रख दिया, बेटे ने आँसू भरी आँखों से उनका चेहरा अपने हाथों में ले लिया, बच्चों ने उनके हाथ अपने हाथों में ले लिए। उनके वही घोंघे की लिजलिजी-सी झुर्रियों से भरे और ढीली खाल से ढँके पैर, उनकी आँखों के पोरों से रिसती लसलसी नमी, होठों के कोनों से रिसती लसलसी लार और लिजलिजी खाल से भरा चेहरा, किसी के अपनेपन भरे स्पर्श के लिए तरसते, काँपते उनके झुर्रियों भरे दोनों हाथ।

वह देखते रहे सब कुछ फिर एक तेज ज्योतिपुंज आया, जिसमें विलीन हो, वे सब से दूर जाने लगे। उन्होंने जाते हुए देखा कि उनके जिस घिनौने घोंघे के वजूद से घिनाते हुए, सब चार हाथ दूर से बच कर निकलने की कोशिश करते थे, उसी घोंघे के कवच को उन्होंने तस्वीर में फ्रेम करा भगवान के पास रख दिया है। भगवान की पूजा करते वक़्त दो बार उनके कवच के सामने भी अगरबत्ती फेर लेते हैं। उन्होंने बच्चों को भी सीखा दिया है लेकिन उनके बेटे-बहू को यह अहसास नहीं है कि दर्शनशास्त्र के अनुसार सिखाना और संस्कार देना दो अलग-अलग बातें हैं।

दूर बहुत दूर जाते हुए यह सब देख वे व्यंग्य से मुस्कराते रहे कि, अब उनकी पूजा क्यों न की जाए। अब वे लिजलिजे, चिपचिपे, लसलसे, घिनौने घोंघे नहीं रहे, उन्होंने ख़ुद मुक्त हो, उन सबको मुक्ति जो दे दी है। इधर आगामी पीढ़ी को संस्कार देने का बहुमूल्य समय गँवा, बेटे-बहू भविष्य से भयभीत हो बच्चों को अकसर सिखाते हैं कि बड़ों की बातें माननी चाहिए, उनकी सेवा करनी चाहिये।

साझा संस्कृति की कश्ती

जब कभी मेरी नींद की तेज पहाड़ी नदी पर, मेरी आँखों की पुतलियों की कश्तियाँ डोलती है, हिचकोले खाती है। तब भी मुझे इस रैपिड आई मूवमेंट के दौरान सपने में भी कोई राजकुमार नहीं दिखता। तब भी नींद की धारा में मुझे साड़ियों की लहरें ही दिखती हैं। जो कभी बाँधनी, कभी लहरियों, कभी बूटियों के ठंडे छींटे मुझ पर डाल, मेरी नींद की पहाड़ी नदी को, मन्थर मैदानी नदी में बदल देती हैं। किसी ने सच ही कहा है कि सपने वे नहीं होते जो नींद में आते हैं, सपने तो वे होते हैं, जो नींद उड़ा देते हैं। ऐसा ही एक सपना मेरा भी था।

मैं बचपन से ही यह सपना देखती आई थी। मैं बचपन में अकसर मम्मी की साड़ियों की आलमारी में घुस जाती, और उन साड़ियों में मम्मी की खुशबू का, साड़ियों के अलग-अलग स्पर्श का, उनके इन्द्रधनुषीय रंगों का, उनमे उकेरे डिज़ाइनों का आनन्द लेती। इसके लिए अकसर डाँट भी खाती। जिस दिन मैं अधिक उत्साह में आकर मम्मी की साड़ी पहनने की कोशिश में आ जाती, उस दिन तो मुझे और भी कस कर डाँट पड़ती। साड़ियों के इन्द्रधनुषी रंग जल्दी ही डाँट भुला देते, वे मुझे बुलाते, और मैं फिर से किसी तितली की तरह इन साड़ियों के फूलों के पास मँडराने लगती।

मम्मी के पास ढेरों साड़ियाँ थी। देश के अलग-अलग कोनों की साड़ियाँ- लखनऊ की लखनवी साड़ियाँ, बनारस की बनारसी साड़ियाँ, काँचीपुरम साड़ियाँ, बंगाली काथा की साड़ियाँ, छत्तीसगढ़ी कोसे की साड़ियाँ, भागलपुर के रेशम की साड़ियाँ। जाने कितने सफ़हे भर जाएँगे, यदि मैं मम्मी के साड़ी-संग्रह की साड़ियों के नाम गिनाती रहूँ। मम्मी को शौक़ था कि उनके पास देश के हर कोने की हथकरघा कला के नमूने साड़ी के रूप में सहेजे हों।

मम्मी से डाँट खा कर भी मैं समय पाते ही अलमारी में उन साड़ियों के बीच बैठ कर सपना देखती थी, कि एक दिन मैं ऐसी ही साड़ियों की दुकान खोलूँगी।

मुझे जो मन करेगा, वो साड़ी पहन लूँगी। कितना मजा आएगा। एक दिन काथा की साड़ी, तो अगले दिन चिकन की, उसके अगले दिन पटोला की, या लहरिया साड़ी। मेरी दुकान होगी तो कोई मुझे मना भी नहीं कर सकेगा। मुझे यह आइडिया आया था डब्बू से। डब्बू हमारे पड़ोस में रहता था। उसकी जेब अकसर टॉफियों से भरी होती थी। उनकी टॉफी-चॉकलेट्स की दुकान थी। वह अपनी चॉकलेट की दुकान से जब चाहे, जो चाहे वो चॉकलेट निकाल लाता था।

जब बड़ी हुई तो भी मेरे बचपन का सपना तो वही रहा, लेकिन अब उद्देश्य बदल गया। पहले मैं दुकान खोलना चाहती थी बेरोक-टोक खुद साड़ी पहनने के लिए, लेकिन अब मैं शहर की हर महिला को उनकी सपनों की साड़ियों से मिलाना चाहती हूँ, ताकि मुझे अपनी सपनों की साड़ियों के करीब रहने का मौका मिलता रहे। पहले मैं यह काम घर से ही करती थी लेकिन घर से मेरे सपनों के आसमान का क्षितिज बहुत पास नज़र आता था, इसलिए मैंने शहर के व्यावसायिक इलाके में एक दुकान किराये पर ली। अब मेरा एक पैर इस दुकान में होता है और एक पैर देश भर से पारम्परिक साड़ियाँ इकट्ठी करने के लिये अलग-अलग राज्यों में।

मेरे सपने को सोच के आसमान से यथार्थ के धरातल पर उतार लाने में सबसे बड़ा योगदान रहा आदित का। शादी के बाद उनके सहयोग से ही, मैंने यह अपने सपनों की यह दुकान खोलने की हिम्मत की, लेकिन इसके खुलने से पहले ही आदित का रायपुर से स्थानांतरण हो गया। वे अब बस सप्ताहान्त में ही रायपुर आते हैं। मैं उनसे अलग रहने से दुखी होती हूँ, लेकिन 'अपनी दुकान' के सपने को साकार रूप में देख सब दुःख परेशानी भूल जाती हूँ। मैंने अपने सपनों की दुकान को खुद ही सजाया-सँवारा है। आदित भी सप्ताहाँत में आकर इसे देख जाते हैं।

धीरे-धीरे मेरी यह दुकान शहर में ही नहीं आसपास के शहरों में भी अपनी विशिष्टता के कारण पहचान बनाने लगी, लेकिन एक दिन...मुझे अच्छे से याद है वो शनिवार की शाम थी। जब आदित स्टेशन से सीधे दुकान चले आए थे। उस वक़्त दुकान में कोई ग्राहक नहीं था, हम दोनों दुकान बन्द होने के समय का इन्तज़ार करते हुए, यूँ ही बातें करते बैठे थे, कि अचानक आदित ने दुकान के दरवाज़े की ओर देखते हुए कहा, "मीनल! दरवाज़े के ऊपर क्या लगा है?"

मेरी नज़र भी दरवाज़े की ओर उठी। दरवाज़े के ऊपर धातु का एक छोटा-सा आयताकार टुकड़ा दीवार पर जड़ा हुआ दिखा। जिसे मैंने पहले देखा ही नहीं था।

"नहीं पता आदित!... ये क्या है? मैंने तो इसे देखा ही नहीं था।"

आदित नज़दीक जाकर उसे देखने लगे। मैं भी उनके पीछे जा खड़ी हुई। धातु के उस आयताकार टुकड़े पर अरबी में कुछ शब्द खुदे हुए थे।

"हमारी दुकान से पहले यहाँ खालिद की दुकान थी। उसी ने लगाया होगा

इसे। लग रहा है कि इस पर कुछ आयतें लिखी हुई हैं। तुमने इसे निकलवा क्यों नहीं दिया? जाने क्या लिखा है इसमें।'' आदित ने सन्देह करते हुए कहा था।

सन्देह संक्रामक होता है। यह सन्देह मेरे मन में भी वायरस की तरह घुस गया। लेकिन एक घातक वायरस की तरह नहीं। रात हो गयी थी हमने इसे निकलवाने का काम कल के लिए छोड़ दिया। हम घर आ गये।

उस पल से पहले तक सब अच्छा था, उस पल से ही मानों दुकान में, हमारे मन में कोई बुरा साया लहराने लगा। रात सुहानी थी और चाँद पूरा। चन्द्रमा की चाँदनी और हमारे आँगन में चाँदनी दोनों ही भरपूर खिली हुई थी, लेकिन इस रात ये शोलों सी जलने लगी। जलती चाँदनी का एक टुकड़ा बिस्तर में हमारे साथ पसरा हुआ था।

यूँ तो मेरे मन में बचपन से ही धर्मों को लेकर कोई दुराग्रह नहीं था। मेरे लिए मन्दिर अपने भगवान का घर था तो मस्जिद या मज़ार मुसलमानों के और चर्च ईसाईयों के भगवान का घर। जैसे मन्दिर के पास से निकलने पर मैं एक पल को अपनी आँखें बन्द कर ईश्वर को प्रणाम करती, उसी तरह मस्जिद, मज़ार या चर्च के पास से निकलने पर भी करती। मैंने कभी नहीं सोचा, कि ये दूसरे धर्म के भगवान हैं, तो मैं इन्हें प्रणाम नहीं करूँ। मेरे लिए भगवान बस भगवान थे। चाहे उनका नाम ब्रम्हा, विष्णु, महेश हो या अल्लाह, खुदा या जीसस। अपनी दुकान में आयत लिखी देख, आदित की प्रतिक्रिया से मुझे यूँ अहसास हुआ, जैसे घर से बाहर गुजरते हुए दूसरे धर्मस्थलों को प्रणाम करना अलग बात है, लेकिन अपने घर में दूसरे धर्म का कोई प्रतीक रखना...।

रात की जलन जब आँखों में उतरने लगी, तब इसे कल ही निकलवा ही देने का संकल्प लिया, तब ही बिस्तर में पसरे उस चाँदनी के टुकड़े ने विदा ली, फिर धीरे से जलती रात भी बीत गयी। कल तो आया; लेकिन रविवार बाजार बन्द होता है, तो दुकान आना दिनचर्या में शामिल नहीं था, और एक पारिवारिक उत्सव में जाना पड़ा, तो रविवार रेत की घड़ी से रेत सा फिसल गया।

सोमवार आदित वापस बिलासपुर चले गये। आदित के जाने के बाद जब मैं दुकान आने लगी तो सब कुछ वही रहा। वही सूरज, वही दिनचर्या, वही रास्ते, दुकान के सामने वही लाल-लाल सुर्ख फूलों से लदने का इन्तज़ार करता हरा गुलमोहर का पेड़, वही दुकान। यदि कुछ बदल गया, तो वो था मेरा मन। मेरे मन में भी आदित की बातों ने एक खटका डाल दिया– ''जाने क्या लिखा है इसमें?''

इस खटके के बावजूद हफ़्ता बीत गया। मैंने इस आयताकार टुकड़े को नहीं हटाया। क्यों नहीं हटाया? इसलिए कि मुझे लगा कि इसमें कोई दुआ ही लिखी होगी। जो मुझे कोई नुकसान तो करने से रही। यदि मैं यूँ ही इस टुकड़े को हटा

दूँगी, तो नये रंग-रोगन वाली इस चमकती दीवार में मखमल में टाट के पैबन्द सा एक दाग लग जाएगा। जो जाने कब तक यूँ ही भद्दा दिखता रहेगा, इसलिए मैंने पहले इस काम के लिए कोई आदमी बुलाने का सोचा, जो इसे निकाल कर इसके हटने से बने गड्ढे पर पुट्टी लगाकर पेंट भी कर दे।

शहरों में छुटपुट कामों के लिए जल्दी से कोई तैयार भी नहीं होता, फिर ये तो छुटपुट से भी छुटपुट काम था। एक कल बीत कर दूसरा कल आ गया। दूसरे के बाद तीसरा, तीसरे के बाद चौथा कल बीत गया। रात को बात करने पर आदित अकसर पूछते कि उस टुकड़े को निकलवा दिया क्या? और मैं बता देती कि नहीं अभी तक कोई मिला नहीं है। वर्षान्त नज़दीक था तो उन्हें छुट्टियाँ ही नहीं मिल पा रही थी। दिन बीतते गये। हर रोज ज़िन्दगी के एमएस वर्ड में एक नयी फ़ाइल खुलती, और रात को नींद में जाते ही, दिमाग के शटडाउन का कमांड मिलते ही मेमोरी में सेव हो जाती।

जब मैं दुकान के काम से खाली होती, तो अकसर यह धातु का आयताकार टुकड़ा मेरे मन के करघे पर खट-खट कुछ बुनने लगता। बुनाई-दो ताना, एक बाना। एक बाना, दो ताना, विचारों का ताना-बाना। बस इस बुनाई से कोई रेशम, कोई सूत बाहर नहीं आ रहा है। जैसे कोई अदृश्य वस्त्र बुना जा रहा हो। एक आशा थी कि शायद ये अदृश्य वस्त्र भविष्य में दिखने लगेगा, और सत्यम्, शिवम् और सुन्दरम् ही होगा। आदित की बेचैनी इसे न हटाने को लेकर बढ़ती जा रही थी।

इस बेचैनी से बेचैन हो अकसर मेरा मन कहने लगता कि इसे हटा दूँ, फिर कहता कि नहीं हटाऊँ, फिर कहता कि हटा ही देती हूँ, फिर कहता लेकिन इसे मैं क्यों हटा दूँ? खालिद की लिखी हुई ही सही, लेकिन है तो दुआ। वह अपनी दुकान में अपने लिए दुआ ही तो लिख कर रखेगा। सिर्फ इसलिए कि यह अरबी में लिखी दुआ है, क्या यह मेरे लिए श्राप बन जाएगी? क्या दुआ का भी कोई धर्म हो सकता है। इसके बाद मेरी सोच की सुई उल्टी चलने लगती। आदित की बेचैनी मन से तिरोहित हो जाती।

वैसे भी हटानेवाला कोई कारीगर अभी तक तो मिला भी नहीं था। मेरा मन मान जाता कि जब तक कोई मिल न जाए या मुझे इसमें मेरे लिए कुछ सही नहीं लिखा है पता चल जाए, तब तक इसे ऐसे ही रहने देना ठीक होगा। वैसे भी यह इतना छोटा है कि दिखता भी नहीं। यूँ भी यह मुझे कोई नुकसान तो पहुँचा नहीं रहा। कभी-कभी ये सब मैं आदित को कह भी देती, जो उनको पसन्द नहीं आता, बल्कि वे नाराज़ ही हो जाते। शायद मेरी अनिच्छा को आदित भाँप गये थे, इसीलिए एक दिन उन्होंने मेरी परेशानी का बहाना ले कह ही दिया।

'तुम इसे निकलवाने के लिए परेशान मत हो मैं आऊँगा तो निकलवा दूँगा।'

वे इसे निकलवाते तो तब न जब उन्हें ऑफिस के काम से छुट्टी मिलती। छुट्टियों के इन्तज़ार में दिन बीतते गये। एक दिन सुबह मैं दुकान खोल कर पूजा कर ही रही थी, कि दुकान में सुन्दर-सा बुर्का पहने हुए दो महिलाएँ आई। मैंने जल्दी से अगरबत्ती स्टैंड में लगाई।

उनमें से एक ने बुर्के को सिर से हटाते हुए कहा— "आपके पास मधुबनी की साड़ियाँ होंगी क्या? दिखाइए!"

मैंने जल्दी से भगवान के सामने हाथ जोड़े। प्रसाद की प्लेट से एक काजू निकाल कर खाया, और दूसरा काजू उठा उनकी ओर बढ़ा दिया। जैसे ही मैंने हाथ उनके सामने किया, वो हिचकिचाई, और मुझे भी एक झटका-सा लगा, लेकिन हाथ तो मैंने बढ़ा ही दिया था। इसे वापस लेना शायद ठीक नहीं होता। क्या करूँ? क्या न करूँ? की हिचक के बीच उन्होंने मेरे हाथों से प्रसाद ले लिया। मैं सेम्हल की रुई सी हल्की हो आई। मैंने अपनी संकीर्ण सोच के लिए खुद को एक झिड़की भी दी।

"हाँ बिलकुल आइये! आपको मधुबनी की साड़ियाँ दिखाती हूँ।"

अपनी साड़ियों की ओर पलट कर मैं मधुबनी की साड़ियाँ निकालने लगी। वे अपने चेहरे से आसमान में बिजली सी झलकी हिचक मिटा आगे कहने लगीं,

"मेरी बेटी की सास को हैंडलूम की साड़ियाँ बहुत पसन्द हैं। उन्होंने आपके दुकान की मधुबनी पेंटिंग की साड़ी किसी को पहने देखा था। उन्होंने आपकी दुकान की बहुत तारीफ़ सुनी है। उनकी फ़रमाइश पर ही हम मधुबनी साड़ी लेने आए हैं।"

यह सब उन्होंने कुछ-कुछ सफाई देने के अन्दाज में कहा। वैसे भी कोई बुर्का पहनी महिला मधुबनी साड़ी की माँग करे, ऐसा आमतौर पर होता नहीं है। यह सुनकर यूँ तो मेरे दिमाग में बहुत से प्रश्न आए, लेकिन जो दिमाग में अटका रह गया वह था कि उनकी बेटी की सास को मधुबनी साड़ी कैसे पसन्द है? उसमें तो अकसर धार्मिक कथाएँ बुनी होती हैं। कभी रामायण की, तो कभी महाभारत की, तो कभी दुष्यन्त-शकुन्तला की। मेरे शंका से आकुल मन ने कहा कि ये तो उनके लिये बुतपरस्ती हो सकती है, फिर कैसे ये मधुबनी की साड़ी लेना चाह रही हैं?

लेकिन इन सारी बातों की कतरनों को मैंने दिमाग के एक कोने में बने कतरनों के टोकरे में डाल दिया। लेकिन दिमाग का ये कतरनों का टोकरा कभी खाली नहीं होता। समय, परिस्थिति अनुसार इसमें डाली बातें वैसे ही उफन-उफन कर दिमाग में आती रहती हैं—जैसे घरों से निकला कचरा, भारी बारिश में नालियों से, सड़क से होता हुआ निचले घरों में घुस आता है। एक शंका मेरे मन कुलबुलाती ही रही।

वह अब भी कह ही रही थी, "मेरी बिटिया भी आपके दुकान से बहुत-सी साड़ियाँ ले जाती है। अपनी बड़ी मीटिंग्स और पार्टियों में वह भी यही

सब पहनती है।''

उनकी आवाज़ में नापसन्दग़ी और गर्व दोनों ही था। वैसे इन सब से मुझे क्या? पर लोगों के कहने के तरीके से उनके भाव तो समझ आ ही जाते हैं। मैंने ये समझ भी धीरे से दिमाग के एक कोने में पटक दी।

मैंने टसर सिल्क की कोसे के रंग की दो-तीन साड़ी उनके पास फैला दी, जिसमें काली, कत्थई, हरी रेखाओं की ज्यामितीय आकृतियाँ थीं। इस पर उन्होंने हाथ फिराया, फिर कुछ रंग-बिरंगे डिजाईन दिखाने की माँग की। अब मैंने धानी रंग की क्रेप सिल्क की साड़ी निकाली, जिस पर सम्पूर्ण रामायण अंकित थी। गहरे नीले रंग की शिफॉन की साड़ी निकाली, जिस पर दुष्यन्त-शकुन्तला की कथा अंकित थी। गुलाब के गुलाबी रंग की जोर्जेट की साड़ी निकाली, जिस पर राधा-कृष्ण चित्रित थे। जब मैंने मधुबनी पेंटिंग की पाँच-छः साड़ियाँ उनके आगे फैला दी, फिर भी उन्होंने एक भी साड़ी को हाथ नहीं लगाया, तो मेरा माथा ठनका, जो बात मेरे अवचेतन में थी, वह अपनी पूरी स्पष्टता के साथ मेरी आँखों के सामने आ गयी।

''हम तो जरी-गोटे वाली साड़ी या सलवार-कुरता ही पसन्द करते हैं। हमें ये सब पसन्द नहीं आता, समझ भी नहीं आता। अब उनके लिए लेना था, तो आना पड़ा। आप ही मधुबनी की अच्छी साड़ी दिलवा दीजिए। आपकी दुकान के साथ आपकी पसन्द की भी बहुत तारीफ़ सुनी है।''

अपनी असमंजस, मजबूरी और तारीफ़ भरी आवाज़ में, उन्होंने अपने साथ आई महिला की ओर देखते हुए मुझसे कहा। उनके साथ की महिला ने भी सहमति में अपना सिर हिला दिया। उनके बुर्के के नीचे से गहरे हरे रंग का जरी के कामवाला, चमकते साटन की सलवार का पाँयाचा झाँक रहा था।

मैं तारीफ़ और असमंजस का कारण तो समझ गयी, लेकिन मजबूरी नहीं समझ पाई। मेरे दिमाग में कुलबुलाता प्रश्न फिर मेरे जीभ में खड़ा हो तांडव करने लगा, लेकिन मैंने मेरे प्यार, मेरी साड़ियों के कलेक्शन पर अपना हाथ फिरा उसे शान्त किया और कहा,

''जिनके लिए लेना है उनका कॉम्प्लेक्शन कैसा है।''

''वह तो संगमरमर सी साफ शफ़्फ़ाक़ हैं।'' एक मोटी सी खनकती आवाज़ आई, जैसे तेज हवा के झोंके से शीशम की फलियाँ बज उठी हों।

''तब तो आप यह गहरे नीले रंग की साड़ी ले लीजिए। उन पर खूब खिलेगी।''

मैंने मेरे सफ़ेद संगमरमर के शिवलिंग में चढ़े अपराजिता के गाढ़े नीले फूलों के रंगों के मेल को याद करते हुए कहा।

मैंने अपराजिता के नीले फूलों के रंग की वह साड़ी, जिसमें गुलाब के गुलाबी रंग से दुष्यन्त-शकुन्तला की कथा कढ़ी थी, पूरी लम्बाई में खोल कर उनके सामने

लहराई। खुद से लगा कर दिखाई। उनके चेहरे पर थोड़ी पसन्दगी, थोड़ा असमंजस दिखा। मैंने उनके असमंजस और मजबूरी को हामी में बदलने के लिए कहा, "ले जाइए! पसन्द नहीं आएगी तो बदल दीजिएगा, लेकिन आपको गारंटी देती हूँ कि यह उन्हें ज़रूर पसन्द आएगी।"

यह कहते हुए मैंने उनके चेहरे को पढ़ लिया। उनसे कीमत की बात तय होने और पैसे मिलने के बाद यह साड़ी मैंने उन्हें पकड़ा दी। उन्होंने अब उस साड़ी पर अपनी एक उँगली फिराई। जिस पर मुझे हैरानी हुई। उँगली फिरा हाथ वापस ले जाते हुए मैंने उनका हाथ देखा, मेरा दिया प्रसाद उनकी हथेली में दबा हुआ था। दुकान से निकलते हुए, मैंने उनकी आपस की बात सुनी।

"अजरा के अब्बू ने यदि उसकी शादी मेरे अशफ़ाक से बचपन में ही करा दी होती, तो आपको आज ये बुतपरस्त मधुबनी की साड़ी खरीदने की परेशानी ही न होती। बेटी को इतना पढ़ाने का यही सिला मिला आपको।"

मेरे दिमाग को अपने प्रश्न का एक सन्तुष्ट करने लायक उत्तर मिल गया। मन ने तत्काल एक कहानी गढ़ ली कि, पक्का वह दूसरी महिला अपने बेटे की शादी इनकी लड़की से कराना चाहती रही होंगी, लेकिन लड़की के अब्बा प्रगतिशील रहे होंगे, उन्होंने बेटी को अच्छे-से पढ़ा-लिखा कर अपने पैरों पर खड़ा किया होगा। लड़की ने अपने ही किसी परिचित हिन्दू लड़के को, शायद अपने किसी सहकर्मी को ही पसन्द कर लिया होगा। जाने उन्होंने अन्तर्धार्मिक विवाह को रज़ामन्दी दी होगी या नहीं लेकिन अन्ततः स्वीकार ज़रूर कर लिया होगा, क्योंकि इसीलिए लड़की की सास की पसन्द मधुबनी की साड़ी लेने इन्हें आना पड़ा है। अब मैं उनकी मजबूरी भी समझ गयी।

बाहर हल्के बादल छाये हुए थे, जोर की बिजली कौंधी। इस पल यह अशफ़ाक मुझे मटन काटता और उनकी बेटी किसी एम.एन.सी. में मीटिंग लेती दिखी।

अब मेरे मन में प्रश्नों के रेशमी लच्छे फिसलने लगे। आगे-पीछे, इधर-उधर। उन्हें लड़की की गैर धर्म के लड़के से शादी स्वीकार है, लेकिन एक साड़ी में बने उस धर्म के प्रतीक को स्पर्श भी करना स्वीकार नहीं, लेकिन अन्त में उसे अपनी एक उँगली से तो छू ही लिया उन्होंने। यह उनके सहिष्णु होने की निशानी ही तो है, आखिर उन्होंने लड़की के ससुराल वालों को भी स्वीकार तो किया ही है।

उनके जाने से खुले रह गये मेरे अपने आप ही बन्द हो जानेवाले दरवाज़े से, बारिश की खुनक लिए हवा का एक झोंका अन्दर आया। यूँ सोचते हुए मेरी नज़र बादलों से, झूमते गुलमोहर से होते हुए उन दोनों के पीछे चली गयी। वे दुकान के सामने की रोड पार कर भीख माँगते एक बच्चे से कुछ बात कर रही थी। इसने मुझे एक जोर का झटका दिया। आसमान में तेज बिजली कड़की। मेरा मन लम्बे अरसे

से मोड़ी रखी चन्देरी साड़ी सा कट गया।

क्या उन्होंने मेरा दिया प्रसाद? नहीं!

मेरे मन में शंका की एक महीन सुई चुभी, ''मैं ईद में नाज़ के घर की सेवई खाती हूँ, बकरीद में मटन खाती हूँ, मुहर्रम में शरबत पीती हूँ। क्या नाज़ भी मेरी दी दिवाली की मिठाई खाती होगी, या अपनी किसी बाई को दे देती होगी? मैं उसके घर नॉनवेज खाते हुए, पल भर को भी नहीं सोचती, कि ये झटका है कि हलाल।''

बाहर हवा की गति बढ़ गयी थी। वह सड़क पर पड़े कचरों को उठा-पटक रही थी, गुलमोहर की शाखाओं को झकझोर रही थी। इस वक़्त शिद्दत से पहली बार मुझे अहसास हुआ, कि नाज़ ने मेरे घर पर तो कभी भी नॉनवेज नहीं खाया है। इस वक़्त मैंने याद नहीं किया, कि नाज़ मेरे दिए प्रसाद को प्रसाद मान बड़ी श्रद्धा से खा लेती थी।

मेरी नज़र दुकान के दरवाज़े पर टँगे धातु के उस आयताकार टुकड़े पर ठहर गयी। यह विधर्मी टुकड़ा... जाने क्यों मन में एक निश्चय सा हुआ कि मुझे इसे निकलवा ही देना है। जाने क्या लिखा है इसमें?

उस रात भी मेरे बिस्तर पर आदित की जगह वही जलाती चाँदनी थी। उस चाँदनी में झुलसते हुए, मैंने आदित को मोबाइल पर उन बुर्के वाली महिला की सारी बात बताई। कैसे उन्होंने साड़ी छुई ही नहीं, और कैसे मेरा दिया प्रसाद हाथ में दबाये रहीं, जाने उसे उस बच्चे को दिया या नहीं।

आदित ने पहले तो सिर्फ यही कहा, ''तो इसमें कौन सी बड़ी बात है। ऐसा तो होता ही है।''

लेकिन मैंने ही कहा, ''फिर भी ये ठीक तो नहीं'' ऐसा कह मानों मैंने खुद ही अपनी सुन्दर-सी ड्रेस की गलत कटिंग कर दी।

''फिर भी तुम उस आयत खुदे टुकड़े को सहेज कर रखे रहोगी। यह ठीक है ना।'' आदित ने लोहा गर्म देख मुझ पर चोट की।

अब मैं कुछ न कह सकी। जैसे उन्हें मन का गुबार निकालने का मौका मिला था। उन्होंने आगे कहा—''ये तुम्हारी छद्म धर्मनिरपेक्षता ही है, जो इसे अब तक तुमने अपनी दुकान में जगह दी हुई है। तुम ही सोचकर बताओ... इसकी जगह कोई भगवान की फोटो छोड़कर चला गया होता, तो तुम उसे निकाल कर ठंडा कर देने में दो दिन का समय भी नहीं लगाती।''

आदित की बात एकदम सही ही थी, अभी जब हमने घर खरीदा था, तो हमसे पहले जो किराये पर रहते थे, उन लोगों की छोड़ी भगवान की एक-एक फोटो को मैंने तुरन्त ही निकाल कर ठंडा कर दिया था। उसके लिए एक पल भी नहीं लगा था मुझे सोचने में। यहाँ तक कि ड्राइंग रूम की दीवार से चिपकी फोटो निकालने में

दीवार ख़राब होगी ये मुझे पता था, फिर भी मैंने उसे निकाल कर वहाँ एक झरने का पोस्टर चिपका दिया था।

मुझसे यह सब कहते हुए आदित की आवाज़ में सिन्दूर के जलते लाल रंग सा गुस्सा उभर आया था।

"तुम खुद ही सोचो कोई मुसलमान अपनी दुकान में किसी हिन्दू देवी-देवता की फोटो कभी भी लगे रहने देता?"

उनकी तीखी आवाज़ की छुअन से मैं लाजवंती की पत्तियों सी सिमट आई थी। इसके बाद भी आदित नहीं रुके, जाने कितने तर्क देते रहे। मैं उनकी आवाज़ के उस जलते लाल रंग से घबरा गयी। उन्हें शान्त करने के लिए मुझे बस एक ही राह सूझी। मैंने कहा—"अब बस ना! मैं इसे कल निकलवा दूँगी।"

आदित कड़वी हँसी हँस पड़े। जो मुझे जहर बुझी कटारी सी चुभी। आधी रात में गुलमोहर से कोई उल्लू चिल्लाता हुआ उड़ा, सन्नाटे में पंखों की आवाज़ बहुत भयानक लगी।

"मैंने कहा न। कल मैं इसे पक्का निकलवा दूँगी।" मैंने तुरन्त उनसे वादा कर दिया।

मेरे मन में एक कर्कश कागा चिल्लाने लगा—"क्या सच में मैं इस धातु के आयताकार टुकड़े को इसलिए नहीं हटा पा रही हूँ, क्योंकि ये दूसरे धर्म का है? क्या मुझे लगता है कि इसे हटाने से मैं संकीर्ण हो जाऊँगी, असहिष्णु हो जाऊँगी? क्या इसे हटाना मेरे धर्मनिरपेक्ष रवैये से प्रश्नचिह्न होगा? लेकिन जब भगवान के फोटो हटाने से मुझे संकीर्ण नहीं बनाया, तो इसे हटाना मुझे संकीर्ण क्यों बना देगा?"

मेरे दो भागों ने अपने-अपने शस्त्रास्त्र उठा लिये, लेकिन मामला अनिर्णित रहा। मेरे मन ने मुझे उत्तर नहीं दिया कि भगवान के फोटो मैंने दूसरे के होने के कारण हटाये थे या मैं अपना घर अपने तरीके से जमाना चाहती थी इसलिए? जबकि मन को इसका उत्तर अच्छे से पता था कि मैं घर अपने ख़्यालों के मुताबिक जमाना चाहती थी।

कल आया, लेकिन जैसे तेज तूफानी हवाएँ बादलों से ढँके आसमान के बादलों को उड़ा ले जाती हैं, वैसे ही शादी के मौसम ने, मेरे मन के संसार में छाए हुए इस विधर्मी टुकड़े को निकलवा देने के कृत्रिम बादल से विचार को उड़ा दिया। मैं दुकान में बेतरह व्यस्त हो गयी। इसे भूल ही गयी। मुझे इसे निकलवाने की तब याद आई, जब रात को आदित ने अपनी मजबूत और भारी आवाज़ में फिर मुझसे पूछा—"तुमने उसे निकलवा दिया न।"

इससे पहली रात को आदित की जलती आवाज़ याद कर मैं काँप गयी।

"मैं इसे निकलवाना कैसे भूल गयी। अब आदित फिर नाराज़ होंगे। अब

क्या करूँ?''

उनकी नाराज़गी से बचने की सँकरी गली की ओर मैंने कदम बढ़ाया।

''हाँ निकलवा दिया।''

उस वक़्त मैंने मंजिल पा ली, आदित नाराज़ नहीं हुए। आश्वस्त हुए, अब उनकी यह आश्वस्ति मुझे बनाये रखनी थी।

दूसरे दिन मैंने सारा काम छोड़ युद्धस्तर पर खोज शुरू की। कुछ मजदूर मिले, वे आए, मेरा बताया काम ध्यान से सुना, देखा, लेकिन इतना छोटा काम देख सब कल आकर करने का कह कर चले गये। वह कल इसमें से किसी का भी, कभी भी नहीं आया। एक ने इस पन्द्रह मिनट के काम के एवज में पूरे दिन की मजदूरी चाही, जिसे देने को मैं राजी नहीं हुई। अन्ततः यह धातु का विधर्मी टुकड़ा, जिसमे कोई आयत उकेरी हुई थी, मेरी दुकान के दरवाज़े के ऊपर, अपनी जगह पर लगा रहा। हर पल अपनी नकारात्मक उपस्थिति जताते हुए, हर पल मुझे आदित के आने से पहले निकलवा देने के लिए डराते हुए।

जाने इसमें क्या लिखा था, दुआ कि बद्दुआ, जाने यह मेरे दुकान पर क्या प्रभाव डाल रहा था? सुप्रभाव या कुप्रभाव या कि यह मुझे दूसरे धर्म की पाकर तटस्थ था। मुझे नहीं पता कि उसे क्या विश्वास था? अपने लगे रहने का या वह नोच कर फेंक दिए जाने की आशंका में तिल-तिल जल रहा था। विभाजन के बाद जलते मनुष्यों-सा। वे मनुष्य कहाँ थे। वे तो उस वक़्त देश का धर्म बदल जाने के बाद विरोधी धर्म के नुमाइन्दे भर रह गये थे। जिन्हें देश के मालिक धर्म के लोगों ने नोच कर फेंक दिया था। अब इस दुकान का धर्म भी बदल चुका था, इस हिसाब से इसे भी नोंच देने का वक़्त आ चुका था, पर क्या उस वक़्त भी सारे विरोधी धर्म के लोग नोंच कर फेंके गये थे? मुझे नहीं पता लेकिन यह ज़रूर लगा कि जो फेंके गये उनके मन में नागफनी उग आए। जो अब नागफनी के जंगल में बदल चुके हैं, और उनके काँटे हर ओर फैले हुए हैं। मेरा मन बहुत भारी रहा।

कोई मजदूर मिले या न मिले, शनिवार को आदित के आने से पहले मुझे इसे निकलवा देना है या निकाल देना है। घड़ी की टिकटिक-सी यह बात मेरे दिमाग में कौंध रही थी। गर्मी की दोपहर में जब बाहर सूरज गर्म किरणों के जाल फेंक रहा था। जब अन्दर ए.सी. चन्दन का लेप लगा रहा था। मेरे मन पर आदित ने अपनी औचक उपस्थिति का गर्म तेल फेंक दिया। उन्होंने यह सरप्राइज दिया था उनकी औचक उपस्थिति से मेरे चेहरे में उभर आई सलमा सितारे-सी चमक देखने के लिये, लेकिन उनकी उपस्थिति से मेरे चेहरे के आसमान में बिजली की एक चमक सी आई फिर अमावस का घनघोर अँधियारा छा गया।

उन्हें सप्ताहान्त से दो दिन पहले ही रायपुर आने का अवसर मिल गया, क्योंकि

उन्हें एक हफ़्ते के दौरे पर बिहार जाना था। जिससे आदित बहुत खुश थे। पहली बार आदित के यूँ सरप्राइज देने पर मैं खुश नहीं हुई थी। मैं ईश्वर से मना रही थी कि आदित की नज़र उस आयत खुदे विधर्मी टुकड़े पर ना जाए।

ए.सी. के हिमालय से आती ठंडी हवा से आदित के तन की और मेरी उपस्थिति से उनके मन की जलन शान्त हो गयी, तब उन्होंने कहा,

"मीनल! तुम्हें बावन बूटी की साड़ियाँ लेनी हैं न।"

"हाँ।"

"तो हम कल ही बिहार निकल रहे हैं। मुझे एक दौरे पर बिहार जाना है। हमारे काम भी हो जाएँगे और घूमना भी। वहाँ तुम्हें एक ख़ास जगह भी घुमाऊँगा।'

आदित की यह बात सुन मन में वह विधर्मी टुकड़ा न निकाल पाने का डर होते हुए भी, या शायद इसलिए ही, मैं कुछ अधिक ही किलक पड़ी। हमारी बिहार यात्रा की योजनाएँ बननी शुरू हो गयी। हम कहाँ-कहाँ जाएँगे, क्या करेंगे। बातें तो उधड़ते स्वेटर से निकलती ऊन की डोर होती है जो जितना खीचते जाओ निकलती जाती है, निकलती जाती है। अचानक हमारी ऊन का निकलना रुक गया। शायद यहाँ से दूसरा रंग शुरू होना था। दूसरे रंग का सिरा पकड़ने में आदित को कुछ पल लगे।

"ये क्या है? तुमने इसे नहीं निकलवाया! क्यों?"

आदित की नज़रें ठीक दरवाज़े के ऊपर, धातु के उस आयात लिखे विधर्मी टुकड़े पर टिकी हुई थी। मुझसे कुछ कहा नहीं जा रहा था। मेरा झूठ पकड़ा गया। मुझे लगा जैसे मैंने आदित का विश्वास तोड़ दिया।

फिर जाने कैसे मेरे मुँह से एकदम कातर आवाज़ निकली थी।

"कोई मिल ही नहीं रहा है इतने से काम के लिए। आजकल में निकलवा ही देती।"

आदित की आवाज़ सुई सी तीखी और कड़ी हो आई, मेरे मन के मलमल को सुई-सी छेदती आवाज़ में वह कहने लगे, "तुम्हें कोई नहीं मिल रहा तो मुझसे कहती मैं भेज दे देता। इसे निकालने में कितना समय लगना है? लाओ पेंचिस दो! मैं ही निकाल देता हूँ।"

उनकी आवाज़ की जलन, गुस्से का लाल रंग बन उनकी आँखों में उतर आई। आवाज़ जैसे मनों भारी हो आई। बस कुछ शब्द उनके मुँह से निकले।

"लेकिन तुमने मुझसे झूठ कहा...इसके लिए..."

यही वह स्थिति थी जिससे मैं बचना चाहती थी। मैंने कहना चाहा कि मैंने झूठ इसे बचाने के लिए नहीं तुम्हारे गुस्से से बचने के लिए कहा था। मैं तो इसे निकलवाने ही वाली थी। पर कभी-कभी स्पष्टीकरण देकर संशय दूर करना अँजुरी

में पानी भर-भर समुद्र को खाली करने जैसा निरर्थक सा लगने लगता है। मेरे मुँह से कुछ भी नहीं निकल पाया।

तभी वह बुर्काधारी महिला खुद ही दुकान में हाज़िर हो गयी जिनसे इस घटना का सूत्रपात हुआ था। आदित चुपचाप चले गये। इस बार उन महिला को अपने नाती के जन्मोत्सव में जाना था। वे लड़की के सारे रिश्तेदारों सास, ननद, खुद लड़की सब के लिए साड़ियाँ लेने आयीं थी। बहुत सी साड़ियाँ लेनी थी तो बहुत सा समय भी लेकर आयीं थी। साड़ियाँ लेने के बाद वे अपने वापस जाने के लिए किसी के लेने आने का इन्तज़ार करने लगीं। इस वक़्त को काटने में हमारी ज़बरदस्ती निकलती बातें सहारा देने लगीं। मैंने भी बातों के ज़बरदस्ती बुनते थान में से एक गज कपड़ा अपने लिए भी बुन लिया।

'आंटी आप बुरा मत मानियेगा पर मेरी इस दुकान में पहले शायद आपके ही धर्म के किसी व्यक्ति की दुकान थी। उन्होंने अपनी दुकान में वो लगाया हुआ था।' मैंने उस टुकड़े की ओर इशारा करते हुए कह ही दिया।

मेरे इशारे के साथ आँटी की नज़र भी उधर ही गयी।

''ये तो शायद आयतुल कुर्सी होगी।''

यह कहते हुए वे उठ कर ध्यान से उसे देखने लगीं।

''क्या आप बता सकती हैं कि इसमें क्या लिखा है?''

धातु के टुकड़े के ऊपर एक बार रंग-रोगन हो चुका था। उसमे उकेरे अक्षरों में वह आयल पेंट भर जाने के कारण पढ़ने में दिक्कत होनी ही थी पर उन्होंने पढ़ने की कोशिश की।

'बिस्मिल्लाहिर रहमानिर रहीम अल्लाह ला इला ह इल्ला हबल हय्युल कय्यूम...ये आयतुल कुर्सी ही हैं इसे हर बला से सुरक्षित रखने के लिए घर के दरवाज़े के पास लगाया जाता है।'

अचानक जैसे वे किसी सोच के आने से चौंकते हुए बोली—

''आप इसे निकलवा कर मुझे दे दीजिएगा, ख़ुदा की इबादत लिखी है, इसे ठंडा कर देना ही ठीक होगा।''

मेरे मन में टिड्डी दल सी गुस्से की घटा उमड़ आई। क्या ये सोचती हैं कि मैं इसे निकलवा कर फेंक दूँगी, इसलिए ये खुद को देने कह रही हैं। यदि मुझे फेंकना ही होता तो क्या मैं पहले ही फेंक नहीं सकती थी। भले दूसरे धर्म का ही सही, पर है तो पूजा की ही चीज। इसे मैंने इतने दिन तक नहीं निकाला, इसके लिए मैंने आदित से झूठ कह दिया लेकिन ये समझती हैं कि...

इस गुस्से के कारण सावन की वह सुखद बयार नहीं चल सकी जो मुझे अच्छा महसूस कराती कि वह भी पूजा की चीजें ठंडा ही करतीं हैं हमारी ही तरह।

रात जब आदित मुझे लेने दुकान आए। मैंने फिर उस आयत खुदे विधर्मी टुकड़े के लिए एक तरफ़ा बहस सुनी। देर रात जब मैं बिस्तर पर लेटी तो आदित की कही कई विरोधी बातें और कई सुनी-सुनाई बातें जेहन पर दस्तक देने लगीं। हमें सुबह बिहार जाने के लिए ट्रेन पकड़नी थी, लेकिन रात के गुजरते जाने के साथ ये बातें मेरे जेहन में डीजे के शोर सी गूँजने लगीं।

आजकल इनमें अपनी अलग पहचान बताने की प्रवृत्ति आ गयी है। पहले तो सब के बीच मिलजुल कर रहते थे ऐसे कि पहचान न आएँ लेकिन अब पठानी सलवार, टोपी...आप उनके यहाँ हलाल-वलाल सब खा लीजिए, वे आपके यहाँ ये सब कुछ छुएँगे भी नहीं और भी बहुत कुछ।

यह सब सोचते हुए दिमाग में यह भी कौंधा कि पहले तो गणेश पूजा या दुर्गोत्सव भी इतने बड़े पैमाने पर नहीं मनाये जाते थे, लेकिन अनजाने ही यह दिमाग के तहखाने में कैद हो गया। जहाँ से निकलना आसान नहीं। बड़ी मुश्किल से पड़ती नींद की खुमारी में मुझे दिखा—एक हाथ फैलाये खड़ा छोटा-सा लड़का और हाथ पीछे खींचती छोटी-सी एक लड़की जो कह रही थी, ''तुमको प्रसाद क्यों दें? तुम तो हमारा प्रसाद नहीं खाओगे।''

समय की धुन्ध भरी यादों में ये लड़की शायद मैं थी, लड़का कौन था नहीं पता। मन के इस अन्तर्द्वन्द्व से थक हार कर बड़ी मुश्किल से पकड़ाई आती नींद के आगोश में खोने से पहले, मैंने खुद को यह कसम जरूर खिला दी, कि बिहार से आते ही मुझे वह आयत खुदा टुकड़ा आदित के बिन कहे ही निकलवा देना है।

आदित के साथ मेरे बिहार जाने का कारण यह था कि पिछले कई दिनों से कई महिलाएँ बावन बूटी साड़ी के बारे में पूछ कर गयी थीं। जो मेरे कलेक्शन में तब तक नहीं थी। मुझे वही लेने जाना था और आदित को अपने कार्यालय के काम से जाना था। एक पंथ दो काज।

रास्ते भर ट्रेन की पटरियों-सी दिलो-दिमाग की नसों में विचारों की गड़गड़ाती ट्रेन चलती रही। ट्रेन और पटरियों में घर्षण निरन्तर होता है, लेकिन दोनों एक-दूसरे के बिना अधूरे हैं। दोनों एक-दूसरे के लिये सहज स्वीकार्य क्यों नहीं हो जाते। खैर—

हम बासवानबीघा पहुँचे। यहाँ की हवाओं में करघों की वैसी ही लयबद्ध खट-खट गूँज रही थी। जैसी चन्द्रपुर में या चाम्पा में कोसा बुननेवालों के बीच गूँजती है। एक बावनबूटी साड़ी बुनकर का पता लेकर हम आए थे। वहाँ पहुँचे तो देखा वे बहुत सीधे सरल लोग हैं। उन्होंने हमें हुलस कर बहुत सी साड़ियाँ दिखाई। हमसे पूछा, ''कहवाँ से आइल बानी?''

''छत्तीसगढ़ से''

'अतना दूर से आइल बानी...बैठीं...बैठीं...'

उसने अपनी घरवाली को आवाज़ दी, ''ए तनी चाय-पानी ले अई हो।''

वह हमें एक के बाद एक साड़ी दिखाते गये। एक डिजाईन दिखाते हुए उनके चेहरे पर कोहिनूर की चमक उभर आई और आवाज़ में उसके तराशनेवाले का गर्व।

''हई देखी, ई राष्ट्रपति डिजेन सारी।''

मुझे नाम सुन हँसी आ गयी।

''राष्ट्रपति डिजाईन।''

''हं मैडम!'' एही डिजेन के पर्दा राष्ट्रपति भवन में लागल रहे, हमार बाउजी बनयीले रहनी ई परदा। हमार राजिन्दर बाबू खुदे बनवईले रहनी।

मुझे यह देख बहुत दुःख हुआ कि आज वह कला जिसने यह उत्कर्ष देखा था, आज अपने अस्तित्व के लिए संघर्ष कर रही है। खैर आशा थी कि भविष्य तो उज्ज्वल ही होना है क्योंकि कुछ देर से ही सही लेकिन हैंडलूम की अहमियत लोग समझने लगे हैं। वहाँ हमने कुछ बुनकरों से उनका मोबाइल नम्बर लिया और अपने लिए दस साड़ियों का ऑर्डर भी दिया।

इसके बाद हम अगले पड़ाव के लिये निकल गये। जहाँ आदित को अपने दोस्त अमित से मिलना था। मेरे लिए राहत की बात यह थी कि मेरे झूठ से विचलित आदित का मूड भी अब तक कुछ ठीक हो गया था।

रास्ते में आदित ने कहा, ''पता है हम कहाँ जा रहे हैं। ये सरप्राइज है तुम्हारे लिये। वहाँ जाकर तो तुम खुशी से बौरा ही जाओगी।''

''अच्छा! ऐसे कहाँ जा रहे हैं हम? अमित जहाँ काम करते हैं उसी इंस्टिट्यूट में ही न। वैसे क्या नाम है उसका?''

आदित की आवाज़ में अनमनापन नहीं उत्साह पाकर यह पूछते हुए मेरे मन में उस रात के बाद से पहली राहत की साँस आई। उनके गुस्से से मेरे यूँ हमेशा शंकित रहने से वे नाराज़ होते हैं लेकिन उनकी आवाज़ का अनमनापन ही मुझे शंकित रखता है इसका अहसास उन्हें नहीं होता।

'परिवर्तन' आदित की आवाज़ में बसन्त आने सा उत्साह था।

'परिवर्तन! नाम तो अच्छा है वैसे ये क्या परिवर्तन ला रहा है?' मैं उनकी आवाज़ का यह उत्साह और जीना चाहती थी।

''जाकर ही देखना वैसे यहाँ ग्रामीण युवाओं के कौशल विकास का काम होता है, बच्चों के सर्वांगीण विकास का कार्य होता है, किसानों को खेती के वैज्ञानिक तरीके सिखाये जाते है, नुक्कड़ नाटकों के जरिये जन-चेतना का विकास होता है और भी बहुत कुछ। अरे कह तो रहा हूँ कि परिवर्तन देख तुम बौरा जाओगी।''

मैं परिवर्तन को लेकर वाकई उत्सुक हो आई। मैंने पूछा, ''वहाँ अमित क्या

करते हैं?"

"वो वहाँ ग्रामीण महिलाओं के कौशल विकास के लिए काम करते हैं। उन्हें सिलाई सिखाते हैं और उनके लिए काम ढूँढ़ते हैं। वे फैशन वर्ल्ड के काम को गाँव तक और गाँव के काम को फैशन वर्ल्ड तक पहुँचाना चाहते हैं।"

आदित की आवाज़ में ऐसा उत्साह था जैसे यह नेक काम वो खुद ही कर रहे हों।

"अच्छा तब तो दुकान के लिये भी कुछ और चीजें देख सकते हैं हम। क्यों न बावन बूटी के परदे भी हम यहीं से बनवा लें।"

अर्जुन की नज़र चिड़िया की आँख पर। मैंने भी अपने मतलब की बात ही सोची। मैं अपनी दुकान को हथकरघा की साड़ियों और रेडीमेड ड्रेसेस के साथ इंटीरियर्स डेकोरेशन के आइटम्स आदि के लिए भी खोल देना चाहती थी। यह इसके लिए उपयुक्त मौका लगा मुझे।

परिवर्तन के मुख्य द्वार से अन्दर घुसते ही एक सकारात्मक ऊर्जा का अहसास हुआ। गेट से अन्दर घुसते ही बाई ओर पाम के पौधों का घना झुरमुट था। सामने करीने से कटी बाड़ राह बना रही थी। इसी राह से सामने अमित आते दिखे। फूलों-सी निश्छल मुस्कानवाले अमित के चेहरे में भी यही सकारात्मक ऊर्जा मिली।

"बहुत देर हो गयी आप लोग को आने में?"

"हाँ! बासवानबीघा से तो जल्दी ही निकल गये थे। फिर भी।"

उनकी बातों के बीच मेरी नज़र ऊपर चली गयी। ऐसा तारों भरा चमकता आसमान शहरों में नसीब नहीं होता। आसमान में षष्ठी का चाँद अपनी मुस्कान बिखेरता मिला। रात ने अपनी तारों जड़ी चुनरी लहरा मेरे बदन में थकान और आँखों में नींद भर दी।

"बहुत थक गये होंगे आप दोनों। रामू साहब का सामान कमरे में ले जाओ। आप दोनों हाथ-मुँह धो आइये। खाना तैयार है। उसके बाद ही आराम कीजिए।"

खाने का समय निकलने को था। हम जल्दी ही तैयार हो कर निकले। गेस्ट हाउस के सामने ही अमित इन्तज़ार करते मिले। हम टहलते हुए परिवर्तन के परिसर का सोलर लैम्प्स की दूधिया रौशनी में अनुमान लगाते हुए भोजन कक्ष तक पहुँच गये। टहलते हुए हमने बाहर से ही ओपन हॉल देखा, बच्चों का कक्ष देखा, कृषि कक्ष देखा। खाना खाते हुए अमित ने आदित से पूछा—"आगे का क्या प्लान है?"

"बस कल दोपहर तक सिवान चले जाएँगे। कल वहाँ काम है फिर परसों छपरा। उसी दिन शाम को ट्रेन से वापसी।" आदित ने रूट चार्ट सामने रख दिया।

अमित ने हँसते हुए कहा, "इतनी जल्दी... ? अभी तो आपसे सिलाई का एक बड़ा आर्डर भी लेना है मुझे।"

हम हँस पड़े। मेरी ओर मुख़ातिब होकर अमित ने बात पर जोर देते हुए कहा, ''आप लोग कल शाम को सिवान मत जाइए। यहाँ कल रात फाग का आयोजन है। उसे ज़रूर देखिए, बल्कि मैं तो कहता हूँ कि आदित तुम परसों यहीं से सिवान होकर छपरा चले जाना।''

आदित को भी ये प्लान पसन्द आ गया। बाहर की बासन्ती बयार भी खुश हो कर हमसे लिपटने अन्दर भोजन कक्ष में चली आई।

फिर बातों की राह आदित और अमित की कॉलेज की यादों की ओर मुड़ गयीं। थकान के बावजूद हमनें खाने में बातों, यादों, सरसों तेल की तीखी खुशबू और घी के स्वाद से सराबोर लिट्टी-चोखा का जमकर आनन्द लिया।

रात जब बिस्तर पर लेटी, तो चाँद खिड़की में गुलमोहर की हरी पत्तियों के बीच से झाँक रहा था। हवा के झोंकों से हिलती पत्तियाँ मुझे थपकियाँ देने लगीं। मैं अपनी नींद की नदी में बहने लगी। शायद थकान का असर था, सुबह देर से नींद खुली। तुरन्त ही अमित का सन्देश मिला—जल्दी ही भोजन कक्ष में पहुँचने का।

सुबह की सुनहरी रोशनी में परिवर्तन का परिसर अपने हरे-भरे रूप में सामने दिखा। सूरज ने परिवर्तन के नाट्य मंच से अँधेरे का पर्दा हटा दिया था। हमने नाश्ते में दही-चूड़ा खाया। फिर परिसर घूमने निकल गये।

परिसर में कतार से कुछ बड़े-बड़े कक्ष बने हुए हैं। हम एक के बाद एक कक्ष घूमने लगे। हमने देखा कि कहीं हॉउस कीपिंग का प्रशिक्षण चल रहा है, तो कहीं फ़ूड एंड ब्रेवरेजेस का, एक हॉल में महिला सहायता समूह की महिलाएँ मानसिक और आर्थिक शक्ति अर्जित करने तैयार होती दिखीं। कहीं किसान खेती के आधुनिक तकनीकों से लैस होते दिखे, तो एक जगह बच्चों का कविता पाठ कुछ देर हमने रुक कर सुना। एक हॉल में बहुत से छोटे-छोटे बच्चे खेलते दिखे, एक पुस्तकालय देखा, जहाँ गाँव का कोई भी आ कर पढ़ सकता है, एक हॉल में कम्प्यूटर सीखते बच्चे दिखे, बड़े से परिसर के एक कोने में बच्चों के खेलने के फिसलपट्टी, झूले आदि तरह-तरह के साधन रखे दिखे; पता चला कि परिवर्तन का यह कोना शाम को गाँव भर के बच्चों से गुलज़ार होता है। एक ओर नुक्कड़ नाटक का अभ्यास चलता दिखा-पात्र अभिनीत करते बच्चों के चेहरे आत्मविश्वास से दमक रहें थे, इस मँजे अभिनय के आत्मविश्वास की दमक में हम वहाँ कुछ देर ठिठक गये। कुल मिला कर परिवर्तन का परिसर घूम, वहाँ हो रहे काम देखकर मन का हैंडलूम, पॉवरलूम की गति से खुशियाँ बुनने लगा।

हम परिसर घूम कर सिलाई प्रशिक्षण केन्द्र में गये। वहाँ लगभग पच्चीस औरतें वहाँ एक हॉल में लगी मशीनों में बैठी बुनाई का काम कर रही थीं। उनके काम की सफाई देख मैंने राष्ट्रपति डिजाईन कपड़े के पाँच अलग-अलग पैटर्न के पचास परदे

सिलने का आर्डर दे दिया। सिलाई करती महिलाओं में से दो-तीन महिलाएँ बुर्का पहने बैठी थी। यह बुर्का मुझे फिर हमारे बीच कलह का कारण बने उस आयत खुदे टुकड़े के पास ले गया। मैंने उसे निकलवा देने का संकल्प एक बार फिर से मन ही मन दोहरा लिया।

ढलती दोपहर में खाने का आनन्द उठाने के बाद, हम वहाँ रंगमंच में नुक्कड़ नाटक की तैयारी कर रहे बच्चों को देखने लगे। ये बच्चे भिखारी ठाकुरजी की कहानी पर 'बेटी बेचवा' नाटक की तैयारी कर रहे थे। जितना सहज उनका अभिनय था, उतनी ही सहजता से उन्होंने हमें भी स्वीकार लिया। कुछ ही देर में उनसे दोस्ती हो गयी। मुझे ये बच्चे बड़े प्यारे और कुछ कर गुजरने के उत्साह से भरपूर लगे। नाटक का अभ्यास ख़त्म होने के बाद जब वे जाने लगे, आदित ने उनसे पूछा—

"अपना गाँव घुमाओगे हमें।" उनकी आँखों के जुगनू चमक उठे। हम उनके साथ गाँव घूमने निकल पड़े।

"दीदी चलिए पहले मेरे गाँव।" एक बच्चे ने कहा।

मेरी नज़रें आदित की ओर उठीं फिर हमने मुस्कान के साथ सहमति दे दी। सड़क पर पैदल चलते यूँ लगा कि सरसों की पीली चुनरी ओढ़े वसुन्धरा के काली चाँदी के माँग टीके पर हम तितलियों से उड़ते फिर रहे हैं।

"क्या नाम है तुम्हारे गाँव का?" मैंने यूँ ही पूछा।

"बाबू भटकल" मेरे लिए ये नाम कुछ अज़ीब सा था मैंने पूछा।

"इसका मतलब।"

"बाबूओं का गाँव।"' मेरे चेहरे में अब भी असमंजस था जिसे पढ़ उसने स्पष्ट किया।

"दीदी! यहाँ ठाकुरों को बाबू कहते हैं।"

अच्छा तो ये क्षत्रियों का गाँव है दूसरी जाति के लोग यहाँ रहते हैं या नहीं?"

"ना सिर्फ बाबू लोग। एक-दो ही दूसरी जाति के लोग हैं।"

अब तक हम सड़क को छोड़ कर गाँव की पगडंडी में उतर चुके हैं। सँकरी-सी पगडंडी में हाथ बढ़ा कर सरसों को सहलाते हम आगे बढ़ते गये। आगे एक गाँव मिला।

एक बच्चे ने कहा, "ये नरेन्द्रपुर है।"

कुछ और आगे गये तो वसुन्धरा ने अपनी पीली चुनरी समेट ली। वसुन्धरा के वसन पर उभर आई घरों की ज्यामितीय आकृतियाँ। सामने एक दीवारों से घिरा हरे आयल पेंट से चमकता हरा अहाता दिखा।

मैंने पूछा, "ये क्या है?"

"ये शेख बूढ़न की मज़ार है। माने हुए पीर थे।"

एक ने श्रद्धा से जवाब दिया। सब ने वहाँ से गुजरते हुए अपनी आँखें बन्द कर हाथ जोड़ लिए।

अहाते के अन्दर एक मज़ार बनी हुई दिखी। शेख बूढ़न की मज़ार पर लाल चादर चढ़ी थी, कुछ ताजे फूल रखे थे। अगरबत्ती और लोभान से निकलते धुएँ की खुशबू आशीर्वाद के रूप में गाँव में छा रही थी। एक हिन्दू गाँव में शेख बूढ़न की मज़ार। वो भी इतनी मानी हुई। अगरबत्ती और लोभान की खुशबू का अहसास अन्तर्मन में उतरने लगा। मन में कुछ राहत का अहसास हुआ। लेकिन ये अहसास गूँगे के गुड़ सरीखा अहसास था। मेरी चोर नज़रों ने जाने क्यों एक बार आदित को ताका। उनकी आँखों में भी श्रद्धा ही तो थी; पर जाने क्यों चेहरा मुझे बेहद कठोर सा लगा। जाने ये मेरे मन का वहम है या...

हम बाबू भटकल की ओर आगे बढ़े। बच्चों के उत्साह का कोई ठिकाना नहीं था... मेरे भी... वे गाँव की हर एक चीज से हमारा परिचय करा देना चाहते थे। मैं भी अपनी रुचि की चीजों का परिचय पा लेना चाहती थी। मैंने सरसों के खेतों के किनारे लगे भांग के पौधे देखे, पाकड़ का पेड़ देखा, सरसों के साथ सेल्फी ली। घरों के बाहर बाँस की बनी अनाज़ रखने की झोंपड़ीनुमा व्यवस्था देखी। जिसके सामने एक हीरामन की बैलगाड़ी के सामान बैलगाड़ी खड़ी हुई थी। इस दृश्य को कोसे की साड़ी में उकेरने का सोच एक स्केच भी बना लिया। अब वापसी का सफर था। बच्चों की बातें भी अब ख़त्म होने लगीं थीं।

मैं उनसे उनकी पढ़ाई, घर-परिवार के बारे में पूछने लगी। मैंने सब बच्चों का नाम दोहराये। सारे नाम सही-सही याद हैं मुझे। गाँव में बहुत से बड़े-बड़े घर थे लेकिन बन्द पड़े हुए, कुछ घर खँडहर हो रहे थे।

''अधिकांश घर बन्द क्यों हैं?'' मेरे मन के प्रश्न का मेंढक फुदक कर बाहर आ गया।

''दीदी, ये सब बाहर कमाने गये हुए हैं...सउदिया भी।''

''यहाँ से सऊदी अरब?'' मुझे आश्चर्य हुआ। 'कभी आते हैं?'

''हाँ कभी-कभी।''

एक एकदम जर्जर घर दिखा जिसकी छत पर खरपतवारों का जंगल सा था। दीवारों पर उगे दो-एक बरगद-पीपल के पेड़ों की जड़ें छत से जमीन छूने लगी थीं। मन में अनायास आया कि जिनके ये घर थे उनके नौनिहालों को पता भी होगा कि उनकी जड़ें कहाँ जमी हुई हैं? मुझे अचानक बचपन में बनाये वंशवृक्ष की याद आ गयी। मैंने भारी होते मन को हल्का करने सुमित से यूँ ही पूछा—

''तुम्हारे पिता का नाम क्या है?''

''श्री भगवान सिंह।''

"तुम्हारे दादा का नाम पता है।"

"श्री गणेश शंकर सिंह।"

फिर मैंने सबको सम्बोधित करते हुए कहा—"अच्छा ये बताओ कि आप सब को अपने सबसे बुजुर्ग में किसका नाम पता है?"

मेरे विचार से मैंने उन्हें परदादा या उससे भी पहले की पीढ़ी का नाम बताने का कठिन काम दिया था। लेकिन जवाब में कोई असहजता नहीं आई। सब ने एक-एक नाम गिना दिए। एक गाँव के बच्चों से एक ही नाम आया। मैं चौंक गयी कि क्या ये सभी एक ही परिवार के वंशज हैं लेकिन उससे भी अधिक चौंकी सुमित और दो अन्य बच्चों के जवाब पर। उन्होंने कहा—"श्री फारुख शेख"

'सुमित' के बुजुर्ग 'फारुख'? मैं अपनी उत्सुकता रोक न सकी मैंने तत्काल पूछ लिया। अच्छा तो फारुख जी तुम्हारे कौन हैं? परदादा या...?

'नहीं वे मेरे परदादा नहीं वे तो गाँव के सबसे बुजुर्ग हैं।' सुमित का सीधा सरल-सा जवाब आया। जिसने मुझको घुमा दिया।

पूरा गाँव इनके लिये परिवार है? जैसे मई की गर्म धूप भरी दोपहरी में प्यास के काँटे चुभते गले को आम पना की तरावट मिल गयी। ठीक इसी वक़्त मन में प्रश्नों की नागफनी के कांटे भी चुभे।

दूसरों में ये सद्‌भाव कितना अच्छा लग रहा है न? लेकिन खुद को ऐसा कुछ करने को कहा जाए तो? तुम मानोगी अपने पड़ोसी को अपना परिवार? रखोगी वह आयत खुदा आयताकार टुकड़ा? जिसे तुमने विधर्मी टुकड़ा नाम दे दिया है। बोलो... बोलो न। मन का पपीहा उत्तर पाने चीखने लगा... लगातार...बार-बार...

लौटते हुए मन का रेगिस्तान तप रहा था, जबकि तपना छोड़ लाल-नारंगी सूरज आँखों को आराम देने लगा था। सड़क से दूर छिन्द के कुछ पेड़ हवा में लहरा कर हमें बुलाने लगे। हम उधर ही बढ़ गये। सामने तालाब था। दर्पण सा स्वच्छ पानी जिसके किनारे ये छिन्द के पेड़ खड़े थे। तालाब के दूसरे छोर में सूरज डुबकी लगाने की तैयारी में था। एक सम्मोहन-सा फैला था उस वातावरण में। हम तालाब किनारे बनी पचरी पर बैठ गये। हवा हौले-हौले हमें सहलाने लगी। तालाब के शीतल जल की शीतलता पाकर मन को थोड़ी शान्ति मिली।

कितने देर बैठ सकते थे वहाँ, आखिर वापसी के लिए उठ गये। तालाब की पचरी से ऊपर चढ़े तो पाया कि बाजू में ही एक मन्दिर है। मन्दिर की दीवारों पर चेलियाँ बँधी हुई थी। मन्दिर के जीर्णोद्धार का कार्य चल रहा था। मजदूर अपना काम ख़त्म कर शायद हाथ-मुँह धोने इधर तालाब की ओर ही चले आ रहे थे। हम मन्दिर में घुसे तो पीछे से आवाज़ आई—'बबुआ मन्दिर के गर्भगृह में नहीं जाना, आज ही फर्श बना है।"

हमने बाहर से ही दर्शन कर लिया, परिक्रमा की, मन्दिर की दीवारों पर की गयी पच्चीकारी देखी। वापसी के लिए निकले तो वे सब अपना सामान लेने मन्दिर के अहाते में खड़े मिले। काम के कपड़े बदल कर घर जाने को तैयार। उनमें से कई के सिर पर सफ़ेद जालीदार टोपी लग चुकी थी। मेरे लिए तो ये एक बहुत बड़ा झटका था। शायद आदित के लिए भी। तभी उन्होंने एक सफ़ेद टोपीवाले लड़के से बात शुरू कर दी।

''हम नरेन्द्रपुर घूमने आए हैं। आप किस गाँव के हैं?''

''मियाँ के भटकन' उसने आदित और मेरे मन की उथल-पुथल से अनजान रहते हुए सहजता से जवाब दिया।

''यहाँ क्या हो रहा है? मन्दिर का जीर्णोद्धार? कितना पुराना मन्दिर है यह?'' आदित ने कई प्रश्न एक साथ पूछ लिये।

''हाँ बाबू! मन्दिर बहुत पुराना हो गया है तो टूट-फूट हो गयी है। ये मन्दिर करीब चार सौ साल पुराना होगा।''

''आपका नाम क्या है?' आदित के मन की बात अब जबान पर आ गयी।

''सलीम...सलीम खान नाम है मेरा।''

यह सुन आदित ठगे से रह गये। मैं भी। शायद सुमित ने इस बात को समझ लिया। वो बोल उठा—''क्या भैया! आप मन्दिर में सलीम भैया को काम करते देख हैरान हैं क्या?''

आदित से कोई जवाब देते नहीं बना। सुमित ने आगे कहा।

''यहाँ का कोई मन्दिर सलीम भैया के बिना नहीं बनता। भैया इतने सुन्दर डिज़ाइन बनाते हैं, उन जैसा कोई नहीं बना सकता।''

आदित ने खुद को सम्हालते हुए कहने की कोशिश की लेकिन सम्हाल नहीं सके। वह कह उठे—''हाँ थोड़ा अज़ीब लगता है न।''

सलीम और सुमित दोनों हँस पड़े। सलीम ने कहा।

'बाबू हम राजगीर हैं। अब मन्दिर बनाना हो या मस्जिद। हमको तो अपने रोजगार से मतलब है। पेट तो उसी से भरता है।''

यह कहते हुए सलीम आगे बढ़ चुके अपने साथियों की ओर बढ़ गये। हम भी दूसरी दिशा में बढ़ गये। मेरे मन में विचारों की रेलमपेल भी बढ़ गयी। उसने सच ही तो कहा। दुनिया का सबसे बड़ा सच भूख ही तो है। मैंने आदित की ओर फिर से चोर नज़र से देखा; यह जानने कि आदित के मन में क्या चल रहा है। मन भले उर्वर हो, लेकिन लड़कों का चेहरा तो बंजर जमीन सा होता है, जिसमे जल्दी से कोई भी भाव नहीं उग पाते। मुझे भी आदित के चेहरे में कुछ नहीं मिला।

यहाँ से हम वापस चले आए। शाम के नाश्ते में चूड़ा-मटर और धनिया मिर्च

की इमली वाली चटनी का आनन्द उठा पहुँच गये मुक्ताकाश मंच पर। जहाँ फाग की तैयारियाँ जारी थी। चाँद अपनी चाँदनी बिखेर रहा था। मंच पर दरी के ऊपर सफ़ेद साफ़ शफ़्फ़ाक़ चाँदनी बिछी हुई थी।

फाग गाने के लिए बारह-पन्द्रह गाँववाले एकत्र हुए थे। अधिकांश उम्रदराज़ लोग थे। कुछ परिवर्तन के रंगमंच समूह के बच्चे भी थे। अधिकांश बुजुर्ग लोगों ने मटमैला कुरता और धोती पहनी हुई थी। कुछ ने रंगीन कुरता और मटमैली धोती, कुछ ने मटमैले कुरते के साथ चारखाने वाली लुंगी पहनी हुई थी। सबके गले में एक गमछा जरुर था। बच्चों की पोशाक आधुनिक चलन के अनुसार थी। वे सब टी-शर्ट और लोअर पहने हुए थे।

फाग गायन शुरू होने को था। सफ़ेद चाँदनी के बीच में रखा गया एक ढोलक केन्द्र बिन्दु बन गया। हमारे बैठते ही उन सब ने भी अपनी जगह सम्हाल ली। ढोलक सम्हाली एक बुजुर्ग ने जो उम्र और पहनावे दोनों से ही बहुत जीर्ण लग रहे थे। कुछ बुजुर्गों ने ताली, झाल, खंडजा सम्हाल लिये, बाकी बुजुर्गों और बच्चों के पास उनकी हाथ की हथेली का वाद्य यन्त्र था ही।

इसके पहले होली पर दूर कहीं से नगाड़ा की आवाज़ें और कुछ गाने की आवाज़ें सुनते आई थी लेकिन पास से मैं पहली बार ही फाग गायन सुनने वाली थी। फाग गायन शुरू हुआ।

मिथिला में राम खेलथी होली... मिथिला में...
मिथिला में राम खेलथी होली... मिथिला में...

फाग मेरे आसपास हरसिंगार के फूलों की तरह बिछ गया, मन किसी फूलचुहकी चिड़िया सा फाग के रस का पान करने लगा। फाग के बोल फागुन की हवा में बसी खुनक की तरह मेरे अन्दर उतरने लगे। बच्चे-बूढ़े-युवा सभी फाग रस की चाशनी में पगे हुए से लग रहे थे। फाग गाते हुए वे आपस में एक-दूसरे को देख मुस्करा देते, कभी अपनी आवाज़ में जोश भर सामनेवाले को भी जोश में भर जाने को उकसाते। ढोलकवाले के भाव अद्‌भुत थे। वह कभी एक के साथ जुगलबन्दी करता, तो कभी दूसरे के साथ। जैसे कोई फूलों भरे हरसिंगार के पेड़ को एक बार कस कर हिलाये, दो सेकेंड रुक के फिर एक बार हिलाये और फिर बिना रुके लगातार तेजी से हिलाने लगे। वैसे ही अचानक वे और अधिक जोश में भर कर अपने श़रीर को रुक-रुक कर झटके देते हुए तेजी से गाने लगे...

मिथिला में हो... मिथिला में हो... मिथिला में हो... मिथिला में हो हो हो...
मिथिला में राम खेलथी होली मिथिला में...

उनके हाथ की ताली, झाल, खंडजा, ढोलक सब तीव्र गति से बजने लगे। गाने के गति तेज हो गयी जैसे कोई मन्थर मैदानी नदी, अचानक चंचल पहाड़ी नदी

में बदल जाए जैसे उन्हें फ़ास्ट फारवर्ड कर दिया हो। जैसे मंजिल के करीब पहुँचने के उत्साह में चाल में तेजी आ गयी हो। फाग के उमंग उत्साह में वे उठ-उठ जाते। अपने सिर को लयबद्ध झटके पे झटका देते। हर आरोह के बाद एक-दूसरे को देख गाते-गाते मुस्करा उठते जैसे किसी कठिन चढ़ाई को सफलता पूर्वक पार कर लिया हो। ऐसे कई आरोह पार कर उन्होंने फाग का वह प्रथम पद गायन पूर्ण कर लिया। इसके अन्त में जोशोखरोश भरी आवाज़ में सबने जोर से कहा—''सियावर रामचन्द्र की जय।''

तब हम सब भी खुद को उनके साथ 'सियावर रामचन्द्र की जय' कहने से नहीं रोक सके। पद ख़त्म होते ही मैंने आसपास नज़रें फिराई। फाग गायन के शुरुआत में ही हम सब के चारों ओर फाग की उमंग, उत्साह, मस्ती, खुमारी का समुद्र हिलोरें लेने लगा था। मैंने कनखियों से आदित की ओर देखा। आदित भी इसी समन्दर में डुबकियाँ लगा रहे थे।

तभी दूसरा पद शुरू हुआ और मैं फिर उसी में डूब गयी। तीन-चार पद सुनने के बाद हम दर्शकों में से एक ने उनसे फ़रमाइश की कि वे बागबान फिल्म का मशहूर फागवाला गाना सुनाएँ। यह गाना था—''होली खेले रघुबीरा अवध में...होली खेले रघुबीरा...''

उन बुजुर्गों ने शायद गाना सुना नहीं था या सुना भी था तो उन्हें इसे गाने का अभ्यास नहीं था। वे समझ नहीं पा रहे थे। पहले मुझे आश्चर्य हुआ फिर लगा कि वैसे भी ये गाना अवध क्षेत्र का होगा इसलिए मिथिला क्षेत्र के बुजुर्गों के लिए इससे अनजान होना कोई बड़ी बात नहीं। बच्चों के चेहरे में गाने की पहचान उभरी हुई थी, लेकिन वे बस साथ दे रहे थे। वे अपनी परम्परा नहीं छोड़े हैं यही बहुत था।

तभी अमित ने उनमें से किसी को सम्बोधित करते हुए कहा, ''असलम जी रउवा त गाइए लेब, बस खाली सुरु करीं।''

फाग गाने वालों में से एक ने कहा, ''पूरा पद एक बेर बोलीं।''

मतलब वे ही 'असलम' हैं।

मेरे मन की सिलाई मशीन की सुई मन को धड़-धड़ छेदने लगी।

''ये असलम हैं! ये असलम हैं!''

जिन्होंने फ़रमाइश की थी, उन्होंने पद दोहराया—

''होली खेले रघुबीरा अवध में, होली खेले रघुबीरा...''

असलम जी ने अपने आसपास वालों को कुछ कहा, दूरवालों को कुछ इशारा किया, वे सब हिचक रहे थे। लेकिन बच्चे तो तैयार ही बैठे थे। इस पद से अनजान असलम जी ने तुरन्त ही एक धुन पकड़ कर गाना शुरू कर दिया। बाकि लोगों ने उस धुन को पकड़ लिया।

होली खेले रघुबीरा, अवध में... होली खेले रघुबीरा...।

अवध में हो...अवध में हो...। अवध में हो...अवध में हो हो हो हो...

होली खेले रघुबीरा अवध में...

अब मैं फाग की उमंग, उत्साह, मस्ती में नहीं बह रही थी, मुझे फागुन की खुनक का अहसास भी नहीं हो रहा था, बोल मेरे अन्दर उतर नहीं रहे थे। वे जड़ हो गये थे। बिलकुल किसी पत्थर की मूर्ति की तरह। एक लहर सी मन में उठी, जो बर्फ सी जम ही गयी, जिसने मुझे जमा दिया। मुझे ताली, ढोलक, खंडजा की आवाज़ें नहीं आ रहीं थी। मुझे सिर्फ और सिर्फ असलम दिख रहे थे।

'होली खेले रघुबीरा...' गाते हुए।

'सियावर रामचन्द्र की जय' कहते हुए

मैं उनमें और बाकी सब में अन्तर ढूँढने लगी। मुझे कोई अन्तर नहीं दिखा। मुझे याद आया, किसी फिल्म का दृश्य; जिसमें नायक एक हिन्दू और एक मुस्लिम के खून को अपनी हथेली में मिलाने के बाद पूछता है कि, बताओ कौन सा हिन्दू का खून है और कौन सा मुस्लिम का? यहाँ बैठे सब के चेहरे मुझे बस गाँववालों के चेहरे दिख रहे थे। वहीं समय की धूप से तपे, मेहनत के पसीने से सीझे चेहरे। वही एक सा कुरता वही गमछा... मुझे एक अन्तर समझ आया। असलम मियाँ ने चारखाने की तहमद पहनी थी एक और सज्जन ने भी, बाकी सब धोतीवाले थे। मन ने कहा कि ये सज्जन भी ज़रूर मुस्लिम होंगे।

मुझे धोती और तहमद का अन्तर समझ आया, लेकिन पापा भी तो पहनते हैं लुंगी। ये तो अपनी-अपनी सुविधा और आदत की बात है। लेकिन देखो! मैं ही तहमद और लुंगी दो शब्दों का उपयोग करने लगी। अभी तो फाग शुरू होने के पहले सुना था कि अमित ने इस लोअर, टी-शर्ट पहने लड़के को अपने पापा को बुला लाने को कहा था और वह असलम मियाँ को बुला लाया था। मतलब यह लड़का भी...नयी पीढ़ी में तो कपड़ों का अन्तर भी नहीं...

मेरी नज़र उस लड़के और असलम मियाँ पर जम के रह गयी। असलम मियाँ गा रहे थे... मेरी आँखें उन्हें देख रही थी... मेरा दिमाग उन्हें आवाज़ में बदल रहा था...तभी मेरे दिमाग ने दोहराया—

"सियावर रामचन्द्र की जय।"

ये मेरे दिमाग ने नहीं, असलम जी ने कहा था। सब के साथ, उसी जोश और जुनून के साथ, उसी उत्साह और उमंग के साथ; यहाँ तो खून निकाल कर दिखाने की भी जरुरत नहीं; ऐसे भी कोई नहीं बता सकता कि ये सब जो गा रहे हैं—

"होली खेले रघुबीरा अवध में..."

अन्त में जयकारा लगा रहे हैं—"सियावर रामचन्द्र जी की जय..."

इनमें से कौन हिन्दू है, कौन मुस्लिम? कोई भी नहीं बता सकता! कोई भी नहीं!

मेरे मन में कुछ अब तक सिर्फ पुस्तक में पढ़े शब्द गूँजने लगे—''भारत की गंगा-जमुनी संस्कृति।''

मुझे महसूस हुआ कि ये सब नहीं जानते कि इनका धर्म क्या है? साझा संस्कृति क्या है? इन्हें अपनी साझा आवश्यकताओं से मतलब है बस। इन्हें पता है कि इनके जीवन जीने का तरीका थोड़ा अलग है। ये उस अलग तरीके का सम्मान करते हैं, और जीने में एक-दूसरे का साथ देते हैं। ये मिलजुल कर खेती करते होंगे। ये सत्यनारायण कथा में शामिल होते होंगे और ईद में सेवईयाँ खाते होंगे, ताजिए में जाते होंगे। शायद ये सब सदियों से साथ हैं; इसीलिए उनके मन में एक-दूसरे को छाया देनेवाले बरगद उगे हुए हैं। ये है—असली सर्वधर्म समभाव। जो हमारी गंगा और जमुना के किनारे बसी सभ्यता में बसा हुआ है जहाँ नदियाँ भी हमारी साझा संस्कृति बन गयी हैं। मेरे मन में छुपा एक चोर मुझसे पूछने लगा—

''क्या तुम उस आयत खुदे आयताकार टुकड़े को वापस जाकर निकलवा दोगी? कहाँ जाएगा फिर तुम्हारा यह गंगा जमुनी संस्कृति का सम्मान। तुम भी उसी कहावत को चरितार्थ करोगी—हाथी के दाँत खाने के और, दिखाने के और।''

अब उस आयत खुदे आयताकार टुकड़े को निकलवाना मेरे लिये मेरे सोच के विरुद्ध जाना होने लगा। अब मैं इसे आज की याद, हमारी संस्कृति की, सहिष्णुता की याद के रूप में सहेज लेना चाहती हूँ। लेकिन मैं अब भी आदित के विरुद्ध नहीं जा सकती।

इसके बाद के फाग गायन में क्या गाया गया, क्या सुनाया गया, मैंने कुछ नहीं सुना। मेरे मन में आदित की बातें, आदित की नाराज़गी, उस छोटे से न दिखनेवाले टुकड़े को निकालने का औचित्य घूमता रहा। इस सुरमई सान्ध्यबेला में मेरे कानों से मेरे मन में जो उतरा, वह था उनका अन्तिम पद के गायन के बाद भरपूर उत्साह में कहा गया—

''सियावर रामचन्द्र की जय।''

अब मैंने तय कर लिया कि मुझे उस आयताकार टुकड़े को सिर्फ इसलिये नहीं हटाना है कि; वह दूसरे धर्म का है। चाहे कोई कुछ भी बोले, जब तक वह दुकान मेरी है, वह टुकड़ा अपनी जगह पर ही रहेगा। शहरों में अपनी जगह खोती इस गंगा-जमुनी तहज़ीब के सम्मान में। मैंने आदित को देखा। आदित भी ताली बजा रहे हैं। मेरी चेतना जागने लगी, उनके तर्कों के खिलाफ अपने हथियार पैने करने लगी।

रात जब हम परिवर्तन के सुन्दर-सुसज्जित गेस्ट हाउस में लेटे। जब मेरी नींद

की मन्थर मैदानी नदी ने पहाड़ी नदी का रूप अख़्तियार नहीं किया था। जब नींद में बावनबूटी साड़ियों की लहरें उठनी शुरू नहीं हुई थी। तब मन्थर बहती नींद की नदी में बहते हुए मैंने आदित की आवाज़ सुनी।

''सुनो! तुम अपनी दुकान में लगे उस आयत खुदे आयताकार टुकड़े को ऐसे ही लगे रहने देना।''

मैं नींद में ही मुस्कराई और आदित की बाँहों के तकिये में कुनमुनाते हुए सरक आई। अपने हथियार मैंने बेहद ख़ुशी से नीचे डाल दिये। आज मैंने अरसे बाद साड़ियों के अलावा कोई दूसरा सपना देखा।

मैंने देखा कि गंगा-जमुना के संगम के धीर-गम्भीर प्रवाह में सैकड़ों कश्तियाँ डोल रही है। इनमें से एक कश्ती हमारे स्वर्ग, हमारे जन्नत; हमारे देश के विकास की ओर बढ़ रही है। यह सबसे मजबूत, सबसे अच्छी, सबसे सच्ची कश्ती है। इस कश्ती में बहुत से लोग सवार हैं। बहुत से पीछे छूट गये हैं। कश्ती आगे बढ़ी चली जा रही है। आदित और मैंने ये कश्ती छोड़ते-छोड़ते पकड़ ली है। उस पर मोती की तरह सुन्दर, मोती से चमकते केसरिया, सफ़ेद, हरे और नीले अक्षरों में नाम लिखा है—साझा संस्कृति। इस कश्ती में एक सम्मोहित कर देने वाली धुन बज रही है—

अगर स्वर्ग है कहीं... तो यहीं है... यहीं है... यहीं है...

हवा में फड़फड़ाती चिट्ठी

वह ओस से भीगी-धुली सुबह होगी; जब एक जंगल की पगडण्डी में हम यूँ ही टहलते हुए, बहुत दूर निकल जाएँगे। मैं एक खुमारी में चल रहा होऊँगा, तुम्हारे साथ की खुमारी में। तुम क्यों चलती रहोगी; ये मैं सोचना भी नहीं चाहता, क्योंकि जानता हूँ—तुम्हें पहाड़, जंगल, पेड़-पौधों का साथ, सूरज, नीला आसमान सब बहुत पसन्द है। मेरे साथ यूँ चलते जाने में मेरे प्यार के अलावा, किसी भी कारण का होना सोच मैं इनसे ईर्ष्यालु नहीं होना चाहता। तुम मेरे साथ चल रही होगी, मेरे लिये यही बहुत है।

वह पगडंडी जब जंगल के अन्दर बहते हुए एक नाले के किनारे पड़े मोटे अनगढ़े पत्थरों में खो जाएगी, तो मेरी वह खुमारी टूटेगी। सामने दुधिया जल पत्थरों से मिल गाने गाता हुआ कल-कल बहता होगा। तब मुझे समझ में आएगा, कि तुम्हारे खुमार में खोए हुए, तुम्हें कहाँ ले आया हूँ। चारों ओर सागौन के, साल के बड़े-बड़े पेड़ होंगे। जिनके पत्तों की झिरी से सूरज की किरणें झर रही होंगी। तुम्हारे चेहरे पे पड़ती ये किरणें तुम्हारे चेहरे की चमक में खोती सी लगेंगी।

पूरे वातावरण में घने जंगल की महक बिखरी हुई होगी। तुम लम्बी-लम्बी साँसे लेकर ये महक अपने अन्तस में भर लेने की कोशिश करती रहोगी। इस महक के अलावा हमारे आसपास होगी- पत्तों से फिसल कर जंगल की जमीन को चूमती ओस की बूँदों की टप-टप, हरे पत्तों की सरसराहट, पहाड़ी नाले की कलकल-छलछल, दूर कूकती कोयल की तान। तुम मुझे भूल कर पूरी तरह से जंगल के खुमार में खो जाओगी। मैं तुम्हारी चढ़ती-उतरती साँसों में खोया, तुम्हें देखता रहूँगा।

तभी एकदम से परेशान होकर मैं तुमसे कहूँगा,

''सरू! चलो वापस चलते हैं, हम जंगल में बहुत अन्दर आ गये हैं।''

अगले ही पल मैं तुम्हारा हाथ पकड़ तेज-तेज चलना शुरू कर दूँगा। तुम मेरे हाथ पकड़ने से शरमाई हुई मेरे साथ खिंची चली आओगी। मेरी हथेली से घिरी अपनी पसीजती हथेली, धड़कता दिल और धौंकनी सी चलती साँसों के साथ।

कुछ देर बाद चलते-चलते ही मैं तुमसे कहूँगा—

"दरअसल पास ही कहीं जंगल कोतवाल चिल्ला रहा है, फिर एक चीतल की चेतावनी भी आई, और नाले के उस पार के महुआ के पेड़ पर बैठे बन्दर भी चिल्लाने और उछल-कूद करने लगे हैं।"

तुम एक प्रश्न भरी नज़र से मुझे देखोगी फिर नज़रें वापस पगडण्डी पर टिका मेरे साथ चलती रहोगी, यह सोचते हुए कि बन्दर कब शान्त बैठते हैं जो उन्हें उछल-कूद करते देख मैं यूँ भागने सा लगा?

मैं आगे कह रहा होऊँगा। "उनकी हरकतों का मतलब है, कि तेंदुआ कहीं आसपास है।"

यह सुन तुम्हारी धौंकनी सी चलती साँस तो रुक ही जाएगी; तुम अमलतास के पीले फूलों को मात देते पीले चेहरे से बोलोगी, 'क्या! तेंदुआ यहाँ आ गया तो?'

मैं तुम्हें आश्वस्त करते हुए कहूँगा, 'नहीं, चिन्ता मत करो, तेंदुआ यहाँ से अभी दूर होगा। बन्दरों की चटर-पटर अभी इतनी ज्यादा नहीं है और वो हमारे से विपरीत दिशा में देख रहें हैं।'

यह सुन तुम खिलखिला कर हँसते हुए, रुक कर कहोगी, 'तुम्हें कैसे पता? क्या तुम बन्दरों की भाषा जानते हो?'

फिर थोड़ी नाराज़गी से गुलमोहर की तरह लाल होते चेहरे के साथ कहोगी, 'तुम्हें मेरा पानी में खेलना पसन्द नहीं है न? तुम मुझे नाले से दूर ले जाने के लिये तेंदुए का बहाना बना रहे हो। क्यों?।'

तभी तुम्हें इस 'क्यों' का जवाब तेंदुए की गुर्राहट से मिल जाएगा और तुम गुलमोहर से अमलतास हो मुझसे लिपट जाओगी।

अकसर अभय रातों को सोने से पहले ऐसे ही सपने देखता रहता, मन ही मन सरू से बातें करता रहता। सपने में कभी सरू अभय से लिपटती, कभी चूमती, कभी उसके बालों को सहलाती। दिन में जंगल वार फेयर के प्रशिक्षण में वह जो भी सीखता, रात को उसके कुछ पल सरू के साथ जी लेता।

वह सरु से बहुत दूर था जहाँ सरू की मौजूदगी के अहसासों का ही सहारा था। जैसे रात के सन्नाटे में जंगल अधिक मुखर हो उठता है। उसी तरह रोज रात में सरू की याद भी अभय के जेहन में मुखर हो जाती। उसकी यादों में होते- सरू के साथ बीते पलों की यादें और भविष्य के सपने। सपने भी तो एक तरह की यादें ही हैं, भविष्य की यादें। दिन का कोलाहल इन यादों को एक महीन पर्त से ढँक देता जबकि रात ढोल-धमाकों के साथ इन यादों की बारात ही ले आती। अभय की हर रात ऐसे ही यादों, सपनों में खोये बीतती।

अभय सरू को ज़िन्दगी से बढ़कर प्यार करता। दोनों ने अपने घर में अपने

प्यार के बारे में सब कुछ बता दिया था। घरवाले अनमने होकर भी तैयार थे। बस अभय को अपनी ट्रेनिंग ख़त्म होने का इन्तज़ार था। तब तक वह सरू को बस यही कहता,

''सरू! मैं जल्दी ही तुम्हें लेने आऊँगा। तुम बस मेरा इन्तज़ार करो और खुश रहो। फिर जल्दी ही हम चलेंगे, पहाड़ों और जंगलों की सैर को।''

अभय की हर रात का सोने जाने और सो जाने के बीच का समय सरू से मन ही मन बातें करते बीतता। ऐसे ही किसी दिन अभय की टीम जंगल में सर्चिंग कर रही थी कि अभय को अचानक से वनचम्पा की खुशबू आई। जो उसे एकदम से सरू के पास ले गयी।

रात को उसने मन में सरू से कहा, ''तुम यहाँ होती तो कितनी खुश होती।'' जंगल की पगडंडी पर चलते हुए अचानक थमक कर कह उठती—''यह गन्ध वनचम्पा की है और यह करंज की।''

जब तुम ऐसा कहती तब तुम्हारे चेहरे पर ख़ुशी के कुसुम खिल आते और आँखों में भर आती मोगरे की चमक। तुम यहाँ होती तो आवाज़ में झाँझर की खनक ले कह उठती—

''देखो! यहाँ सागौन के कितने सारे छलनी से पत्ते बिखरे हुए हैं मैं इनमें पेंटिंग बनाऊँगी।''

तुम इन पत्तों को दौड़-दौड़ कर सहेजतीं और जंगल में पड़े टेढ़े-मेढ़े लकड़ी के टुकड़ों को इकट्ठा करतीं। इन टुकड़ों में तुम्हें कभी कोई हँस दिखता, कभी सद्यस्नात नारी तो कभी कोई कछुआ। यह सब करते हुए तुम्हारे चेहरे पर ख़ुशी के कचनार की लालिमा लबालब भर आई होती।

कचनार, अमलतास, गुलमोहर, अभय अब सरू की ही भाषा बोलता। जंगल वार फेयर की ट्रेनिंग और सरू के प्यार ने उसे प्रकृति के नज़दीक ला दिया। उसे बहुत से पेड़-पौधों के नाम याद हो गये। पहले सरू को अभय से शिकायत रहती कि उसे पेड़-पौधों, चिड़ियों के नाम याद नहीं रहते। पहले अभय को इन्हें देख ख़ुशी नहीं होती जबकि बुलबुल को देख सरू किलक उठती, और कभी खुद ही कोयल बन कूकने लगती। हरसिंगार देख वह पेड़ को हिला कर अपने ऊपर फूलों की बारिश करने से नहीं रोक पाती। अब अभय उन्हें सरू से ज्यादा पहचानने लगा। अब वह अकसर नये-नये पेड़-पौधों, चिड़ियों की पहचान सरू से कराने की सोचता। अब भी जब कभी कोई नाम याद करने में अभय को परेशानी होती है वह सरू की याद से जोड़ कर नाम याद कर लेता है।

कल ही तो उसने जंगल में लैंटाना की झाड़ी देखी। उसे सरू की बात याद आई।

''पता है मैं और मेरी सहेलियाँ इस लैंटाना के फल को बचपन में चार समझ कर खाते थे। जब घर में पता चला तो खूब डाँट पड़ी।''

यह बताते हुए सरू हँस रही थी, ''बचपन में मुझे चार और लैंटाना के फल में अन्तर नहीं समझ आता था।''

तब अभय भी उसकी हँसी के साथ हँस पड़ा पर उसने सरू को बताया नहीं, बस मन ही मन कह दिया था, ''सरू ये अन्तर तो मुझे आज भी नहीं मालूम है।''

लेकिन अब अभय के पास सरू की इन पसन्दीदा चीजों के बारे में बताने के लिये बहुत सारी बातें थीं। अभय यह दिली इच्छा रखता कि वह सरू से ये सारी बातें करे। पहाड़ों, जंगलों, झरनों, पंछियों से भरी जगह में, सरू को बाँहों के घेरे में लेकर घूमते हुए।

ऐसी जगह में घूमते हुए, ऐसी बात करते हुए अभय सिर्फ और सिर्फ सरू का चेहरा देखते रहना चाहता। उसे याद आता, शहर के पार्क में नीलगिरी की पत्तियों से झाँकता नीला आसमान। जिसे देख सरू की आँखों के जुगनू चमक उठते। ख़ुशी से चेहरे पर चाँद की चाँदनी छिटक जाती। वह अकसर सोचता, जब सरू इन पहाड़ों की अलसाई देह पर पसरे जंगल में, औंधी लेटी रात की काली चुनरी में टँके सितारों की चमक देखेगी तब तो उसका चेहरा ही चाँद हो उठेगा।

अभय के जंगलवार फेयर का प्रशिक्षण अब कुछ ही दिन में ख़त्म होना था। उसने घर में शादी की तिथि तय कर देने के लिये लिख दिया। अब शादी करने के इन्तज़ार में उसके दिन बीतते। सरू के साथ पहाड़ों में, जंगलों में प्यार करने के इन्तज़ार में दिन बीतते।

पहाड़ से लम्बे दिन आखिर बीत ही गये। ट्रेनिंग ख़त्म हुई। अभय को सर्वोत्तम कैडेट का पुरस्कार मिला। धुर नक्सल प्रभावित क्षेत्र में पोस्टिंग हो गयी। अभय और सरू की शादी हो गयी। लेकिन यह जरुरी नहीं कि हर वह चीज जो हम चाहें वह पूरी हो। अभय सरू को शादी के तुरत बाद पहाड़ों की सैर पर ले जाना चाहता था पर ये सम्भव ना हो सका। उसने देखा कि घरवालों के अपने बहू के साथ रहने के अरमान हैं तो इन अरमानों की बलि देकर सरू को पहाड़ों पर ले जाना उसे ठीक नहीं लगा। उसने सरू से वादा किया—''हम जाएँगे, जल्दी ही पहाड़ों के संसार में जाएँगे, पर किसी के अरमानों की बलि लेकर नहीं। बस जल्दी ही मैं छुट्टी लेकर आऊँगा। इस बार घर में ही रह लेते हैं।''

शादी के बाद अभय को नौकरी में वापस आए दो महीने बीत गये। सरू से सैकड़ों मील दूर रह कर भी वह अहसास करता, कि सरू उसके बिना वहाँ बहुत गुमसुम होगी। उसने घर में रहते हुए यह थाह पा ली थी, कि घरवालों ने उसकी पसन्द को रज़ामन्दी तो दे दी, पर वो इसे दिल से स्वीकार नहीं कर सके। वह जाने

अनजाने बुदबुदा उठता—

"सरू प्लीज! मेरे बिना भी घर में अपना मन लगाने की कोशिश करना।"

एक-एक दिन पहाड़ों की तरह बीतता रहा। वह अहसास करता, सरू के अनजान जमीन में अपनी जड़ें ज़माने के प्रयासों का। वह अहसास करता इन प्रयासों के नकारे जाने का। वह कई बार खुद को सरू का अपराधी सा महसूस करता, तब वह अपनी डायरी ले बैठ जाता।

"सरू! मैंने इन दो महीनों में तुमसे कुछ कहा नहीं पर मुझे मीठे बोलों की खनक में, कद कम करने की छुरियाँ तेज करने की आवाज़ बखूबी पहचानना आता है। मैं पहचानता था; रहस्यमयी अनुमतियों में बन्धनों की तीखी कटारी चुभोते आग्रहों को। कलश पादप के खूबसूरत फूल के पीछे छिपे मन गला देनेवाले एसिड से भरे गहवरों को। मुझे पता है तुम्हें इन्हीं छुरियों, कटारियों और एसिड के बीच छोड़ आया हूँ।"

"हमने अपनी पसन्द से शादी की है भले ही घरवालों ने हमारा मन रखने के लिये अपनी सहमति दे दी थी, पर उनके अरमानों को चोट तो लगी ही है। विश्वास करो, कि ये कठिन लम्हे हमारी परीक्षा के हैं। यह हमारे घरवालों की तरफ से हमारे प्यार की सजा है। यूँ समझ लो कि तुम्हें इन्हीं से अपने जीवन फल की मिठास चीरकर बाहर निकालनी है। यह मिठास उन मनों से एक बार निकलने की देर है, फिर कभी तुम्हें किसी छुरी, कटारी का सामना नहीं करना पड़ेगा। जल्दी ही हमारा प्यार घरवालों के दिल में भी समा जाएगा। मुझे विश्वास है कि तुम ये बखूबी कर लोगी।"

उस दिन इतना लिख उसने अपनी डायरी बन्द कर दी। शायद असहाय सी स्थिति महसूस करानेवाले शब्दों का बोझ हल्का हो जाने से उसे राहत मिल गयी। सरू के साथ का अहसास, उसकी खुशबू, उसकी मिठास जान लेने के बाद अब उससे दूर रहना अभय के लिये बहुत तकलीफदेह होता जा रहा था। वह सरू की आवाज़ सुनने को तरसता। घने जंगल में मोबाइल फोन भी एक डब्बा भर था। वह यहाँ वीराने जंगल में दिनों-महीनों पड़ा रहता। घंटों पगडंडियों पर दसियों किलो बोझ उठाये मीलों पैदल चलता रहता। कभी सर्चिंग के नाम पर, तो कभी रोड क्लियरेंस के नाम पर, तो कभी एरिया डोमिनेंस के नाम पर। जब थक जाता तो सोचता कि उनके सपनों के पहाड़ में, जंगल में पैदल चलते हुए सरू थक गयी है, और वह उसे अपनी पीठ में लिये घूम रहा है। इस वीराने में अभय को सरू की मीठी यादों का ही सहारा होता।

जब वह रात को सोने जाता, तो उसके दिन के किये काम किसी ना किसी तरह अपनी कड़ी सरू की यादों से जोड़ ही लेते, जैसे एक दिन उसे याद आया कि

सरू कॉलेज गार्डन में लोहे के वन बाई वन स्क्वेयर मीटर का चौखाना लेकर गिनती थी, कि इसके अन्दर कितने प्रकार के पौधे कितनी संख्या में हैं। जिससे पता चले कि, विभिन्न प्रजातियों के पौधों की डेंसिटी कितनी है। तभी अभय को लगा कि यहाँ यही वह भी कर रहा है। बस अन्तर इतना है कि, वह पाँवों के निशान गिनता है, जिससे पता चले कि इस जगह से कितने नक्सली गुजरे हैं और देखता है कि पाँवों के इन निशानों की साइज क्या है? जूतों में कील लगी हैं? एड़ी में लोहे की नाल लगी है? किसी महिला के पाँवों के निशान हैं या पुरुष के।

उस दिन अभय सरू को यह बताने के लिये उत्सुक हो उठा कि जूतों के निशान देखकर बताया जा सकता है, कि चलनेवाले की स्पीड कितनी थी। कि सामान्य गति से चलने पर जूतों के पंजों और एड़ी के निशान सामान दबाववाले होते हैं, जैसे-जैसे गति बढ़ती जाती है, पंजों के निशान भारी होते जाते हैं और एड़ी के हल्के, कि तेज दौड़ते इनसान के सिर्फ पंजों के निशान ही बनते हैं।

अभय सोचने लगा कि जब भी वह सरू से मिलेगा, तो उसे बताएगा कि ऐसे ही जूतों के निशान देख अब वह ये भी बता सकता है, कि ये निशान ताजे बने हैं या पहले के हैं। पहले के बने निशान हलके होते हैं, उन पर कीड़ों के चलने के, ओस की बूँदें पड़ने के निशान भी पड़े होते हैं। वह यह भी बताएगा, कि इससे हम नक्सली यहाँ से कितने देर पहले गुजरे हैं, यह अनुमान लगाते हैं। यूँ कहो कि जमीन पर छपे निशानों के सबूतों से, हम नक्सलियों की आमदरफ्त की कहानियाँ बुनते हैं। यही नक्सली भी हमारे साथ करते हैं।

तभी उसकी सोच को एक जोरदार ब्रेक लगा, "नहीं! वह नक्सलियों से जुड़ी बात सरू को नहीं बताएगा। नाहक ही सरू घबरा जाएगी।"

अभय एक लम्बी उसाँस भर मन में कह उठा, "पाँवों के निशान तो इनसानों के ही होते हैं पर हम इसे इनसान के पाँव नहीं मानते। इसे या तो नक्सली के पाँव के निशान मानते हैं या पुलिस के पाँवों के निशान। जैसे नक्सलियों के लिये पुलिस इनसान नहीं है और पुलिस के लिये नक्सली।"

अन्ततः उसने सरू को बताने वाली बातों से नक्सलियों की बात हटा दी। सिर्फ जमीन पर छप आए पाँवों के निशानों की कहानी सरू को बताना तय किया, और यह जान कर सरू के उत्सुक चेहरे में उग आए जुगनुओं की चमक में खो गया।

एक दिन अभय को सरू का पत्र मिला। उस दिन उसे सरू की कुछ ज्यादा ही याद आ रही थी। पत्र में सरू की शिकायत थी कि, अभय बहुत छोटे पत्र लिखता है, सिर्फ कुशलक्षेम और कुछ नहीं।

उस दिन अभय ने सोचा, 'क्या लिखूँ? जब मोबाइल डब्बा नहीं होता, तो तुम से बातें ही कर लेता हूँ, नहीं तो सारा कुछ तुम्हें सोच मन ही मन तुमसे बातें कर

के ही बता देता हूँ। इस घने जंगल में मेरे दिलो-दिमाग में या तो नक्सलियों का खौफ होता है, या तुम।'

फिर मन ही मन हँसा, ये खौफ कितना अज़ीब शब्द हैं न, दूसरे इसका मतलब झट से नक्सलियों से डरना लगा सकते हैं, लेकिन हम नक्सलियों से डरते नहीं हैं, पर हाँ! हमें नक्सलियों का डर ज़रूर होता है क्योंकि ये डर ही तो हमें हर पल सजग रखता है। उनका सामना करने के लिये।

सच ही है अभय लिखे क्या? क्या यह लिखे कि यहाँ वह हर पल मच्छरों और नक्सलियों के खौफ में हैं। जाने कब इन मोटे-मोटे मच्छरों से मलेरिया हो जाए, या जाने कब जंगल में सर्चिंग के दौरान पाँव बारूदी सुरंग पर पड़ जाए, और उसके चिथड़े उड़ जाएँ, या जाने कब किसी पेड़ के पीछे से एक सनसनाती गोली आ कर इस सीने में धँस जाए।

अभय जब भी आराम करता, सरू उसके पास ही आ जाती। सरू को लिखते हुए वह दूर लगने लगती। अभय को सरू से दूरी महसूस करना अच्छा नहीं लगता, बस इसीलिए...पर उस दिन उसने सोच लिया कि, आज वह सरू को चिट्ठी लिखेगा। उसने बहुत दिनों से सरू के लिये शब्दों के मोती कविता में पिरोये थे।

''जन्मों से मेरी सरू
इस दुनिया में न समाँ सके इतना प्यार
यहाँ मैं सकुशल हूँ और आशा करता हूँ कि घर में भी सब सकुशल होंगे।
अब ये पत्र तुम्हारे, सिर्फ तुम्हारे लिये है—
एक दिन तुम्हें जंगल ले जाऊँगा
एक छोटा सा घर बनाऊँगा
तुम्हारे साथ हँसूंगा गाऊँगा
बेले की छत होगी
मेहँदी की दीवारें
घर की खिड़की से आएँगी
जूही, चम्पा की बरातें
अमलतास की सेज होगी
मोगरे का सिंगार होगा
बढ़ती साँसों का उपहार होगा
हम रहेंगे वहाँ
बीज की तरह
मनाएँगे सृजनोत्सव वहाँ
रचेंगे अपने

सुख का संसार''

—तुम्हारी साँसों में समाने का आकांक्षी
अभय

यह पत्र लिख अभय निढाल पड़ गया। कितना मुश्किल होता है प्यार भरा पत्र लिखना? उसका दिल मानों चीर दिया हो ऐसा दर्द करने लगा। पेट में मरोड़े उठने लगीं।

''जांने कब मिल पाउँगा सरू से? छुट्टियाँ भी तो नहीं मिलती। इस बार पूरे दो महीने की छुट्टी लेकर जाऊँगा। सरू की शरबती आँखों में खोने के लिये। उसे पहाड़ घुमाने मनाली लेकर जाऊँगा।''

अभय ने पत्र को हौले से छुआ, जैसे सरू को छू रहा हो। उसके चेहरे में एक मुस्कान उभर आई।

''सरू मेरी लिखी कविता पढ़ कर कितनी खुश होगी।''

उसने उस पत्र को अपने लबों से चूमा और मोड़कर अपने जेब में डाल दिया, 'पन्द्रह दिन का यह सर्चिंग ऑपरेशन कल ख़त्म हो जाएगा। कल जिला मुख्यालय से इसे पोस्ट कर दूँगा।'

सरू इन्तज़ार करती रही, अपने पत्र के जवाब का। उसे पत्र भेजे बीस दिन हो चुके थे। वह तैयार होती, खाना बनाती, घर व्यवस्थित करती, कपड़े तह करती, चाहे कुछ भी करती पर हर पल उसके कान दरवाज़े पर डाकिये की आवाज़ का इन्तज़ार करते। उस दिन सुबह पापाजी समाचार पत्र पढ़ रहे थे, माँजी पूजा कर रही थीं। वह रसोई में कढ़ी बनाते हुए सोच रही थी।

'अभय को कढ़ी बहुत पसन्द है। इस बार अभय आएँगे तो हर दूसरे दिन उन्हें कढ़ी खिलाऊँगी, एक दिन सादी कढ़ी, एक दिन भजिया कढ़ी, एक दिन बूँदी कढ़ी। उनकी पसन्द की सारी चीजें बना के खिलाऊँगी।' सरू के न चाहते हुए भी एक उसाँस निकल गयी, 'लेकिन अभय कब आएँगे?'

पापाजी ने समाचार पत्र खत्म कर टीवी पर न्यूज चैनल चला दिया। टी.वी. में लगातार ब्रेकिंग न्यूज चल रहा था। 'नक्सली हमले में दो अधिकारीयों समेत चौदह जवान शहीद।'

तभी पापाजी को एक कॉल आया। अभय के बटालियन के किसी ने बताया कि अभय जंगलों में सर्चिंग के दौरान हुए, एक नक्सली हमले में शहीद हो गया।

सरू निराधार हो गयी। अभय के माँ-पिताजी नि:सहाय हो गये। अब उनके पास एक ही इन्तज़ार रह गया था। बेजान अभय का इन्तज़ार, अन्तिम वक़्त में उसके पास मौजूद सामानों का, अभय के अन्तिम समय की यादों का इन्तज़ार।

ये सिर्फ अभय की कहानी नहीं रही थी। ये सिर्फ इस नक्सली हमले के शहीदों की कहानी नहीं थी। ये कहानी थी, छत्तीसगढ़ के चिन्तलनार, अम्बागढ़ चौकी, चिन्तागुफा, किरन्दुल के शहीदों की, उड़ीसा के मलकानगिरी, बालीमेला, कोरापुट के शहीदों की, पश्चिम बंगाल के सिलदा के शहीदों की, झारखंड के सारंडा जंगल के शहीदों की, महाराष्ट्र के गढ़चिरौली के शहीदों की, यही कहानी तो होती है पाकिस्तान, चीन की सीमा के कई सैनिकों की, कश्मीर के सेना के जवानों की। यही नहीं कुछ ऐसी ही कहानी होती है, अफगानिस्तान में, इराक में शहीद जवानों की भी। ऐसी ही कहानी होगी भविष्य के शहीदों की भी जब तक कि लोग न समझ लें कि किसी भी समस्या का समाधान हिंसा नहीं होती।

हो सकता है सभी शहीदों की अपनी कोई सरू न हो लेकिन सबके अपने माँ–पिताजी, भाई–बहन तो होते ही हैं, जान न्यौछावर करनेवाले दोस्त होते ही हैं। हो सकता है सभी की जेब में अपनों के लिये लिखा कोई पत्र न रहा हो पर उनके दिल तो भावों से भरे होते ही हैं और सभी शहीदों की जेब में जो भी रहा हो वो उनके घरवालों के लिये उनकी अन्तिम याद होता है। अन्तिम याद! जो हर बार उसे देखनेवाले को रुला देती है, पर फिर भी वे उसे सहेज कर रखते, बार–बार देखते और बार–बार रोते हैं। अभय और सरू के साथ ये भी न हो सका।

सरू भी अभय की अन्तिम निशानियों के इन्तज़ार में थी, लेकिन हमले के दो दिन बाद अभय की, और बाकी सभी शहीदों की खून से लथपथ वर्दियाँ मय बैज, जूतों और गैर कीमती सामानों के अस्पताल के पीछे कूड़े के ढेर में पाई गयी। जिन्हें जवानों के पोस्टमार्टम के बाद लावारिस मान घोर असंवेदनशीलता से फेंक दिया गया था। आरोप–प्रत्यारोप का दौर जारी रहा।

शहीदों के वे अवशेष—जो किसी सरू, किसी माँ, किसी पिता के लिये अपनी जान से बढ़कर अपने की निशानी होते। वर्दियाँ—जिन्हें अपने अंक में भर वे अपने उस 'अपने' के होने को महसूस करते। उसके अन्तिम समय के कष्ट की कल्पना कर बिलखते। बैज—जिसे किसी सीले दिन में सीला मन लिये कोई सरू, माँ, या पिता सन्दूक के किसी कोने से निकाल कर सालों बाद भी ज़बरदस्ती सिले जख्मों की टीस में रो पड़ते। वो सब यूँ ही कूड़े में पड़े थे।

जब सरू को अभय के अवशेष मिलते। अभय की जेब में रखी वह चिट्ठी मिलती, तो वह भी रोती, इस चिट्ठी को लेकर। वह चिट्ठी को सहेजती, बार–बार देखती और बार–बार रोती; अभय की उसके लिये लिखी कविता पढ़ कर, लेकिन कभी भी सरू को यह चिट्ठी नहीं मिल सकी। जब सरू अभय की याद में बिलख रही थी, उसकी निशानियों के इन्तज़ार में थी, तब अभय की सरू को लिखी वो चिट्ठी, गर्भपात से निकले एक भ्रूण के कोने से दबी हवा में फड़फड़ा रही थी।

हल्की सी रेखा

पृथ्वी के आधे भाग ने अपने सियामीज जुड़वा भाई, दूसरे आधे भाग को अपनी रात की चादर ओढ़ा दी और खुद जाग गया। पहले जुड़वा भाई का दिन ढल गया; एक नयी कहानी लिखकर। नये अनुभवों की पोटलियाँ लोगों को बाँटकर, कुछ बाकी रह गयी अनुभव की पोटलियाँ रात के लिए रखे हुए। दूसरे जुड़वा भाई का दिन उग आया; लोगों को बाँटने के लिए अनुभवों की नयी पोटलियाँ लेकर। मोबाइल में बजते अलार्म के गाने 'तू ही मेरी शब है...सुबह है... तू ही दिन है मेरा' ने किंशु को बता दिया कि सुबह के छः बज गये हैं। किंशुक जल्दी से उठ बैठी।

किंशुक अपनी नौकरी की जिम्मेदारी पूरी करने के साथ ही, अपने कुछ सतरंगे सपने पूरे करने, पाँच दिन के लिये गाँव आई हुई है। किंशुक के घरवाले उसके ऐसे गाँव-जंगल में घूमने से डरते हैं। उसकी सुरक्षा को लेकर चिंतित भी रहते हैं, लेकिन उससे अधिक वे किंशुक के कार्यक्षेत्र, उसकी अभिरुचियों पर गर्व करते हैं। वे मानते हैं कि उनकी किंशुक सबसे अलग है। आजकल की उसकी उम्र की लड़कियाँ जहाँ दोस्त, कॉलेज, ऑफिस, पार्टीज, मूवीज, का आनन्द उठाते हुए सिर्फ अपनी सेल्फी पोस्ट करती रहती हैं। वहीं किंशुक प्रकृति के बेहतरीन पलों को, जंगल की, गाँव की, शहर की जिन्दगी को अपने कैमरे में कैद करने उत्सुक रहती है। अपने इसी जुनून में वह पत्रकारिता कॉलेज में पढ़ाने का काम छोड़कर एक समाचार पत्र में ग्रामीण संवाददाता का काम कर रही है। जिससे वह नौकरी के साथ अपनी अभिरुचि के लिए भी अवसर निकाल सके।

वह अपने फोटोग्राफी के जुनून में अपनी 'वनदेवियाँ चित्र श्रृंखला' के लिए जंगल में जीवन जीती महिलाओं की तस्वीरें इकट्ठा करने के प्रयास में है। गाँव-गाँव, जंगल-जंगल, महुआ, डोरी, मशरूम, लकड़ियाँ बटोरती औरतें, लकड़ियाँ काटती औरतें, कमार, बिरहोर, मुड़िया, माड़िया, गोंड, उराँव औरतें। गाँवों के दौरे में उसके साथ और भी लोग होते हैं। वे एक टीम के रूप में गाँव की समस्याओं पर रिपोर्ट

तैयार करते हैं। उस दिन किंशुक और सभी साथी जल्दी तैयार होकर तेंदू पत्ता बीनने वालों पर एक रिपोर्ट बनाने जंगल की ओर निकल गये।

जंगल फागुन का उत्सव मना कर अलसाया हुआ सा पसरा था। कोंपलों से लाल-बैंगनी हुए वृक्ष, अब हरीतिमा ओढ़ चुके थे। महुआ के मदमस्त पीले फूल, अब हरियाले डोरी फल में बदल चुके थे। फागुन में लगी जंगल की आग, 'पलाश' की दहक भी उसके हरे पत्तों और हरी फलियों से बुझ चुकी थी। सेमल के पेड़ों के नीचे हिरणों ने अब इकट्ठा होना छोड़ दिया था, क्योंकि अब वहाँ उनकी भूख मिटाने के लिए सेमल के कर्णफूल नहीं बिछे थे। जंगल अब फिर से सूरज के आक्रामक रुख का सामना करने के लिए अपने हरियाली वर्दी में पत्तों की युवा फौज के साथ तैयार खड़ा था।

जंगल में चलते हुए किंशुक ने पाया, कि जंगल अपने बाहर से होनेवाले सूरज के आक्रमण के लिए मुस्तैद था, लेकिन अपने ही घर के एक सदस्य से कहीं हार रहा था। अधिकांश पेड़ों के ऊपर दीमक लगी हुई थी। कई बड़े-बड़े पेड़ तो शायद दीमकों की वजह से ही खड़े-खड़े सूख गये थे। पेड़ों के नीचे मिट्टी के बड़े-बड़े ढूह थे। किंशुक के एक साथी आरव ने पहली बार जंगल देखा था। पहली बार देखे थे, छोटे-छोटे दीमकों के अविश्वसनीय रूप से बड़े घर। उसने एक ढूह के पास जाकर अपनी ऊँचाई से मापा, तो पाया कि वो ढूह उससे भी तीन-चार फीट ऊँचा था।

'आरव तुम्हें पता है कि दीमकों की इन बाम्बियों में कई साँप भी अवैध कब्ज़ा कर रहते हैं। बच कर रहना... कहीं से भी साँप निकल सकता है' किंशुक ने उसे हँसी-हँसी में डराते हुए कहा तो वह चिंहुक कर ढूह से दूर भागा।

हँसी के ठहाकों के बीच किंशुक आगे कहने लगी। 'इतना भी मत डरो आरव। मेरी वनदेवियाँ बता रही थी, कि बारिश में ये ढूह सफ़ेद रंग के बारीक मशरूम से भर जाते हैं। जिसे ये लोग 'कनकी पुटू' कहते हैं। इसे वे बड़े चाव से खाते हैं। मैंने तो सोच लिया है कि इस बारिश में मैं इन सफ़ेद ढूह परियों को अपने कैमरे में कैद करने ज़रूर आऊँगी, और उनके 'कनकी पुटू' का आनन्द भी उठाऊँगी।'

'लेकिन अभी तो तुमने कहा कि दीमकवाले ढूहों में साँप भी रहता है। बारिश में तो साँप का खतरा और भी बढ़ जाता है। फिर वे वहाँ क्यों जाती हैं? तुम भी क्यों जाओगी?' आरव ने चौंकते हुए कहा। उसकी आवाज़ में चिन्ता भी पतझड़ की तरह झर रही थी। जिसका कोई असर किंशु पर नहीं था। वह बहार में झूमते कुसुम सी मस्ती में कहती रही।

'हाँ! सोचो, मेरी वनदेवियाँ कितनी बहादुर होती हैं। डियर आरव! यह मज़बूरी नहीं स्वादिष्ट, साहसिक आनन्द है, वरना सब्जी के लिए तो जंगल में और भी कई विकल्प हैं मैं भी इसी आनन्द के लिए आऊँगी।'

आरव ने एक भरपूर नज़र से किंशुक को देखा। उसके मन के नगाड़े पर वही थाप सुनाई आने लगी—

'शायद ये तुम्हारा साहसिक आनन्द का ज़ज्बा ही है किंशु, जो तुम मुझे अपनी ओर किसी चुम्बक की तरह खींचती हो।'

बातें करते वे जंगल में चले जा रहे थे। जंगल जंगली जानवरों, चिड़ियों और अपनी सीमा का अतिक्रमण कर आए मनुष्यों से आबाद था। जंगल में कहीं-कहीं आग के निशान दिख रहे थे। जहाँ से आग कई रोज पहले अपने रास्ते में आते सूखे पत्तों, उनके बीच अपनी ज़िन्दगी जीते कीड़े-मकोड़ों को जलाती, धीमे-धीमे इठलाती नायिका सी बलखाती बढ़ती चली गयी थी, और पीछे छोड़ गयी थी कालिमा की नदी। इस कालिमा की नदी में कहीं औरतें महुआ का फल 'डोरी' इकट्ठा कर रही थीं, तो कहीं आदमी औरतें तेंदू की नईं कोंपलों को तोड़ने में लगे थे। कहीं चूल्हा जलाने के लिये लकड़ियाँ बटोरी जा रहीं थी। दूर कहीं आरे से पेड़ के चीरने की आवाज़ें आ रहीं थी। जो किसी को अपनी जान के हित में, तो किसी को मोटे माल के आस में सुनाई ही नहीं आती। किंशुक की टीम ने इस आवाज़ की रिपोर्ट भी जानेवाले दिन बनाने का तय कर लिया था।

किंशुक टीम के साथ तेंदुपत्ता तोड़ते लोगों की ओर बढ़ने लगी, तभी उसकी नज़र एक बहुत ही कमजोर सी बुढ़िया पर पड़ी, जो टोकरी भर डोरी को अपने सिर में रखवाने के लिए तैयार खड़ी थी। किंशुक की आखें चमक उठी। उसने उस बुढ़िया का फोटोग्राफ, डोरी से भरी टोकरी सिर पर रखते हुए लेना चाहा। जिससे वह टोकरी उठाने की मेहनत से उस बुढ़िया के चेहरे की रेखाओं में हुई वृद्धि को अपने कैमरे की आँख से पकड़ सके। दिखा सके गाँव की कठोर ज़िन्दगी को। एक स्टिल स्नैप में पकड़ सके उस वृद्धा की जिजीविषा को। बारह, पन्द्रह किलो वजन की एक टोकरी डोरी को सिर पर उठाना आसान नहीं होता। उस पर वो इतनी जर्जर बुढ़िया।

किंशुक की आवाज़ ठहरी हुई, गम्भीर और सपनीली हो आई, 'दाई! जब तैं ऐ डोरी के टोकनी उठाबे ता मैं तोर फोटो खींच लों का?'

जवाब में उस डोकरी दाई के पोपले चेहरे पर मुचमुचाती मुस्कान उभर आई। जैसे बसन्त की बयार ने उसे छू लिया हो। किंशुक उत्साहित हो उठी। वैसे तो सब एक-दूसरे की टोकरी उठाने में मदद कर देते हैं, लेकिन इस फोटो के अच्छे आने के लिए चाहिए था, कि वह डोकरी खुद टोकरी उठाये। किंशुक ने उससे पूछा—

'दाई तैं आपे आप टोकनी उठा सकबे?'

'कोनो पाथर में गोड़ रख के टोकनी ला उठा लीहाँ नोनी।' उसने जवाब दिया।

किंशुक ने आसपास नज़र दौड़ाई। सामने तालाब के किनारे तेंदू के एक बड़े से पेड़ के पास घुटनों तक लम्बी घास फैली हुई थी। उसी के पास एक मटमैला पत्थर

था। जिस पर कोई घास नहीं थी।

'ओ पथरा ऊपर पैर रख के टोकनी उठात बन जाही न।'

'हहो' डोकरी ने सहमति में सर हिला दिया। दोनों ने तय किया कि उस पत्थर पर एक पैर रख, उस पैर पर टोकरी रख कर, पैर के सहारे से वह डोरी फल से भरी टोकरी अपने सिर पर रख लेगी।

किंशुक अपना कैमरा लेकर तैयार हो गयी और वह डोकरी अपनी टोकरी लेकर। जैसे ही उस डोकरी ने उस पत्थर पर अपना पैर रख, उस पर अपनी टोकरी रखी, कि पत्थर में सरसराहट हुई। इससे पहले उन्हें ये समझ आता, कि क्या हो रहा है। उससे पहले ही वो पत्थर टूट गया। वहाँ की जमीन फट गयी। पत्थर टूट कर गोल-गोल सरसराने लगा। जैसे खुल जा सिम-सिम का दरवाज़ा खुल रहा हो।

किंशुक और डोकरी दोनों का दिल धक् से रह गया। कुछ पल तो उन्हें कुछ समझ ही नहीं आया, फिर जब समझ आया कि क्या हुआ है तो वे दोनों वहाँ से जोर से भागे। कोई सोच भी नहीं सकता कि इतनी बूढी, जर्जर बुढ़िया इतने तेज भी भाग सकती है। शायद जान जाने का भय व्यक्ति में प्रचंड शक्ति भर देता है।

उस तेंदू के पेड़ के नीचे से, उस पत्थर से दूर भाग कर, दोनों अपनी धौंकनी सी चलती साँसों पर काबू पाने की कोशिश कर रहे ही थे कि टीम के बाकी लोग भी दौड़ कर उनके पास आ गये। आरव ने घबराते हुए पूछा—

'क्या हुआ ?'

किंशुक ने तेंदू के पेड़ की ओर इशारा कर दिया। उन्होंने देखा कि वह पत्थर अब सरसराते हुए धीरे से उस तेंदू के पेड़ की एक डाल पर लिपट रहा है।

'अजगर !'

'हाँ वो अजगर... दरअसल उसे हम पत्थर समझ गये थे। उस पर पैर रखने से अजगर सरसराया तो समझ आया कि वो पत्थर नहीं अजगर है।' किंशुक ने हाँफते हुए स्पष्ट किया।

'हद हो तुम भी... अजगर पर पैर रख दिया। अगर वो अपने लपेटे में ले लेता तो ? जंगल में इतना तो ध्यान रखना चाहिए ना।' चिन्ता की बारिश यदि होती तो आरव की इस वक़्त की आवाज़ जैसी ही होती।

'तुम भी उसे पत्थर ही समझते।'

'तुम अपने उत्साह में कुछ ध्यान नहीं देती हो।' आरव की चिन्ता नाराज़गी के रूप में दिख रही थी। जैसे कुछ देर पहले अजगर पत्थर दिख रहा था।

अब तक किंशुक ने अपनी घबराहट पर काबू पा लिया था। उसने आरव को स्पष्ट करते हुए कहा—

'अरे ! असल में वो अजगर अपने शिकार के बाद लम्बे समय से आराम पर

रहा होगा। इतने लम्बे समय से कि उसके ऊपर धूल, मिट्टी, पत्तियाँ इकट्ठी हो गयी और दीमकों ने उसके चारों ओर घर बना लिया। इसीलिए वो हमें एक पत्थर सा लगा।'

फिर खुद पर ही हँसते हुए आगे कहा—

'तुम्हें तो मेरी और इन डोकरी दाई की हिम्मत की दाद देनी चाहिए, कि अजगर से डरकर भागते हुए भी न तो मैंने अपना कैमरा छोड़ा, न ही डोकरी दाई ने टोकरी। तुम हमारी हिम्मत की दाद देने की जगह लेक्चर दे रहे हो।'

आरव इसके जवाब में कुछ कहना चाह ही रहा था, कि तभी एक हृदय विदारक चीख सुनाई दी,

'ऐ दाई वो...'

वहाँ तेंदूपत्ता तोड़ते, डोरी बीनते, लकड़ियाँ इकट्ठी करते ग्रामीणों में हलचल मच गयी। वे सब भी आवाज़ की ओर दौड़े। तेंदूपत्ता तोड़ते दो लोगों को साँप ने काट दिया था। साँप जिस तरह पत्तों के नीचे से निकल कर काटा, उसी तरह अपनी एक झलक दिखा, पत्तों के नीचे ही गुम हो गया। किस साँप ने काटा किसी को नहीं पता, साँप गया कहाँ किसी को नहीं पता।

उन्हें एक आशा हुई कि शायद किसी बिना जहरवाले साँप ने काटा हो। लेकिन उन गाँववालों को यह आशा नहीं थी। उन सब में साँप काटने का ऐसा आतंक छाया था जैसे किसी जहरीले साँप ने ही काट लिया है।

पतझड़ और उसके बाद के दिनों में जंगल में सूखे पत्तों की प्याज की पर्तों के तरह निकलते जानेवाली मोटी पर्त पड़ी होती है। किंशुक और उसके साथियों ने तो जंगल बूट पहने थे, लेकिन दिन भर जंगल में काम करनेवाले वे ग्रामीण अधिकांशत: खाली पैर ही थे। चप्पल उनके लिए एक विलासिता ही है।

उनके पास डॉक्टर तक पहुँचने के लिए एक ही साधन था कि मरीज की डंडाडोली बना कर उन्हें लाद कर पैदल ले जाओ। खैर भाग्य से उस दिन किंशुक की टीम थी, तो गाड़ी उपलब्ध थी। उन्होंने गाँववालों से उन दोनों को अपनी गाड़ी में बैठाने के लिए कहा।

साँप काट लेने की हड़बड़ाहट, मरीजों पर तारी होती बेहोशी, उन्हें जगाये रखने की कवायद और उन्हें जीप में बैठाने की कोशिश के बीच किंशुक ने उनसे पूछा—

'सबसे नज़दीकी अस्पताल कहाँ है? आप लोग रास्ता बताते जाएँ। ड्राइवर वहाँ ले चलेगा।'

हवा का एक तेज झोंका आया। पत्तियाँ हिलने लगी जैसे वे भी दाएँ-बाएँ हिल कर नहीं कह रही हों। गाँववालों ने दोनों को अस्पताल ले जाने से इनकार कर

दिया। दोनों को जीप में बैठाते हुए एक बुजुर्ग से व्यक्ति ने कहा।

'न नोनी, हमन अस्पताल नयी जाबो। इहाँ ले दस किलोमीटर दूर एक गाँव म सिद्ध बाबा हे, उहाँ के माटी म मन्तर फुकाए हे। कोनो साँप काटे आदमी एक घ साँस चलत म, उहाँ पहुँच जाथे त ओला कुछु नहीं होए। उहें ले जाबो।'

'ऐसे में तो अस्पताल ले जाना ही ठीक होगा। डॉक्टर एंटीवेनम का इंजेक्शन लगा देंगे, तो ये दोनों ठीक हो जाएँगे।' आरव ने जोर देते हुए कहा। शहर में पले-बढ़े आरव के लिए साँप काटने पर अस्पताल न ले जाना अकल्पनीय बात थी।

'न नोनी-बाबू हमन ल त ओ आसरम म छोड़ देवा' आखिर वे ग्रामीण नहीं माने।

किंशुक ने बहस को स्थगित करते हुए ड्राइवर को कहा—

'रामू दादा जल्दी चलो।'

रामू दादा जल्दी से ड्राइविंग सीट सँभालने की जगह, दोनों के साँप काटने वाली जगह को ध्यान से देखते खड़े थे। वे मुस्कराते हुए जल्दी से बोले—

'अरे दीदी इन्हें कहीं मत ले जाओ। इन्हें बिना जहरवाले साँप ने काटा है। कुछ नहीं होगा इन्हें।'

लेकिन दो लोगों को साँप काटने का आतंक ही इतना था, कि उनकी आवाज़ नक्कार खाने में तूती की आवाज़ बन कर रह गयी। किंशुक, उसके साथी और गाँववाले सब उन पर भड़क गये। वह चुपचाप ड्राइविंग सीट पर बैठ गये। साथ में दो-तीन गाँववाले और किंशुक की टीम से सुभाष उनके साथ जाने लगा क्योंकि सुभाष उस इलाके से परिचित था। जाने आरव को क्या महसूस हुआ कि वह भी उनके साथ हो लिया। उधर दोनों मरीजों की स्थिति बिगड़ती जा रही थी। वे उनींदे हो रहे थे,

'कमली... कमली उठ...। उठ, सुत झन...'

'दसरथ उठ ग... जागे रह... बस अभी आसरम पहुँचत हन।'

उन्हें जगाये रखने की कोशिश जारी थी, और आरव की उन्हें डॉक्टर के पास ले जाने की कोशिश भी जारी थी। नदी की धारा के साथ बहना उचित समझ कर, एक बार तो आरव ने सोचा, कि चुपचाप जैसा ये कह रहे हैं वैसा ही कर दे, फिर उसे लगा कि ऐसे जानते हुए गलत करना तो ठीक नहीं होगा, इसीलिए वह रास्ते भर कोशिश करता रहा कि मरीजों के परिजन अस्पताल जाने के लिये राजी हो जाएँ। जब तक वे आश्रम पहुचे, तब तक दसरथ के घरवाले उसे डॉक्टर के पास ले जाने के लिए तैयार हो गये थे, जबकि कमली के घरवाले इलाज के खर्चे आदि की दुहाई दे, अभी भी आश्रम ले जाने पर ही अड़े थे। कमली को आश्रम में छोड़ने के बाद आरव और सुभाष जब दसरथ को अस्पताल ले जाने लगे। तब तो रामू दादा अड़ ही गये।

'आप लोग इसे भी आश्रम में ही जाने दो। अस्पताल से आश्रम अच्छा रहेगा।

मैं गाँव का रहनेवाला हूँ। मैं अच्छे से जानता हूँ कि यह आश्रम में ठीक हो जाएगा।'

लेकिन दोनों ने उनकी बात नहीं सुनी। उसके घरवाले भी अब तक अस्पताल ले जाना ही ठीक मान इनके ही पक्ष में हो गये थे।

लेकिन अस्पताल ले जाने का क्या फायदा हुआ? रास्ते में ही उसकी हालत बिगड़ने लगी। उसे साँस लेने में मुश्किल होने लगी। वह बेसुध होने लगा। उसका बदन ठंडा पड़ने लगा। साथ आए एक ने उसकी हथेलियाँ रगड़नी शुरू की, दूसरे ने उसके तलवे रगड़े। सुभाष उसके चेहरे में पानी के छींटे मारने लगा। उसका सिर बार-बार भिगोया जाता रहा, पर उसकी साँसे अनियन्त्रित होने लगी। उसे जगाये रखना मुश्किल होता गया। उसकी स्थिति ख़राब होती रही और जीप यहाँ-वहाँ भटकती रही। जैसा गाँव के इलाकों के अस्पताल में अकसर होता है, कहीं डॉक्टर नहीं मिले और कहीं डॉक्टर मिले तो एन्टीवेनम नहीं।

तभी रामू दादा गाड़ी चलाना छोड़, दसरथ से कहने लगे—

'तुम हिम्मत रखो तुम्हें बिना जहरवाले साँप ने काटा है तुम्हें कुछ नहीं होगा।'

उनकी यह बात सुन कर मरीज और भी ऐंठने लगा तो अचानक उन्होंने एक पुड़िया में रखी भभूति निकाल ली और कहने लगे—

'यह सिद्ध भभूति है, जिसे खाने से साँप का जहर उतर जाता है। यह भभूति उसी सिद्ध बाबा के आश्रम की भभूति है। एक बार मुझे काट लिया था एक नागिन ने। मैं बस इस भभूति को खाया तो सिद्ध बाबा की कृपा से मेरा जहर तुरन्त उतर गया।'

दसरथ की स्थिति बिगड़ती जा रही थी। जान बचने की आस में इनसान क्या कुछ करने को राजी नहीं हो जाता। उस भभूति को उस आदमी के घरवालों ने खिला दिया लेकिन अन्तत: उसे नहीं बचा पाए। जब तक जिला अस्पताल में डॉक्टर और एंटीवेनम दोनों मिलते, तब तक दसरथ की साँसों ने साथ छोड़ दिया था।

साँस जाने के साथ ही दसरथ के घरवालों के लिये अस्पताल जाने का औचित्य ख़त्म हो गया। उनमें एक अन्तिम आस जाग उठी, जिसके लिये वे दसरथ की मृत देह को सिद्ध बाबा के आश्रम में ले जाने के लिए उन पर दबाव बनाने लगे, कि वहाँ ले जाने पर वो बाबा साँप काटी मृत देह में भी प्राण फूँक देते हैं। आरव के एक बार अस्पताल ले चलते कहने पर वे बिफर ही गये। उनका कहना था कि अस्पताल जा कर क्या होगा। पुलिस केस और क्या? फिर पुलिस के आने तक रुके रहो। पंचनामा कराओ। इतनी देर अस्पताल दर अस्पताल घूमते दसरथ के घरवालों के धैर्य की सीमा भी जवाब दे चुकी थी। अब वे खुल कर अस्पताल लाने के निर्णय को भी इसके लिए दोषी ठहराने लगे थे।

आरव अब दसरथ के घरवालों के किसी कदम का विरोध करने की मन:स्थिति

में नहीं रह गया था। वह अब किस मुँह से उसके घरवालों का विरोध करता? वह कुछ नहीं कह सका और चुपचाप उनको उसी आश्रम में छोड़ दिया गया। जहाँ वो बाबा दावा कर रहा था कि देर हो गयी है लेकिन कोई बात नहीं वह इसमें जीवन लौटा लाएगा। यह जानते हुए भी, कि यह दावा गलत है, आरव चुपचाप सुनता रहा, देखता रहा, फिर बाहर निकल आया।

आरव रामू दादा को यूँ तो बहुत अच्छा, बहुत सी बातों का जानकार मानता था लेकिन उस दिन उनकी बातें उसे बहुत अज़ीब-सी लग रही थीं, इसीलिए जब दसरथ अन्ततः नहीं बच सका, तो वापसी में उसके घरवालों को आश्रम छोड़ने के बाद वह न चाहते हुए भी उन पर फट पड़ा।

'आप तो कह रहे थे न कि इसे बिना जहरवाले साँप ने काटा है। अस्पताल ले जाने की कोई जरुरत नहीं। अब भी कुछ कहना है आपको। शायद आप अपनी फालतू की बातें करने की जगह गाड़ी ही अच्छे से चलाये होते, अपनी भभूति वगैरह की चक्कर में समय नहीं गँवाये होते, तो हम कुछ देर पहले अस्पताल पहुँच जाते, और शायद उसे बचा पाते।'

आरव ने गुस्से और हताशा में रामूदादा को बहुत बड़ी बात कह दी। यह सीधे-सीधे दोषारोपण ही था। रामू दादा को आरव की बात ने बहुत चोट भी पहुँचाई लेकिन उन्होंने सिर्फ इतना ही कहा—

'आरव भैया, आप मेरी बात को भले ना मानों, लेकिन देख लेना, वो दूसरी औरत को कुछ भी नहीं हुआ होगा।'

रामू दादा की आँखों में, उनकी बातों में एक अज़ीब-सा विश्वास था, कि आरव ने गाँव पहुँचकर पता कराया तो सच में ऐसा ही पाया। जब तक वे अस्पताल दर अस्पताल भटक रहे थे। तब तक कमली के घरवाले उसे सिद्ध बाबा के आश्रम से मिट्टी लगवा कर वापस भी ले आए थे। इस वक़्त वह बिलकुल ठीक थी। किंशुक खुद उसे देख कर आई थी।

आरव बेतरह सोच में पड़ गया। उसने परेशान होकर किंशुक से कहा, "मुझे समझ नहीं आ रहा कि एक ही साँप ने एक ही समय में दोनों को काटा बल्कि उस कमली को तो पहले काटा। फिर कैसे दसरथ पर जहर का असर हुआ जबकि कमली पर असर नहीं हुआ? इस बारे में रामू दादा को इतना विश्वास क्यों और कैसे था?"

किंशुक ने उसकी परेशानी कम करने की कोशिश में कहा, 'छोड़ो न आरव! हो सकता है कमली को काटते वक़्त साँप के दाँत ठीक से न गड़े हों इसलिए उसे जहर नहीं चढ़ा जबकि दसरथ को साँप ने जोर से काटा हो।'

आरव किंशुक के जवाब से सन्तुष्ट नहीं हुआ। इस घटना ने आरव को कभी ना उबर सकनेवाला आतंक दे दिया था।

'नहीं किंशुक ऐसे कैसे जाने दूँ? एक जान गयी है। वो भी शायद मेरे ही कारण। यदि मैं अस्पताल ले जाने की इतनी जिद नहीं किया होता, तो वह भी शायद अभी जिन्दा होता। रामू दादा कितने विश्वास से कह रहे थे, कि आरव भैया, आप मेरी बात को भले ना मानों, लेकिन देख लेना, वो दूसरी औरत को कुछ भी नहीं हुआ होगा।'

आरव बेहद व्यथित था। जब रामू दादा ने आरव से यह कहा था। उस समय तो वह कुछ नहीं कह सका था क्योंकि, अपनी नाराज़गी के बावजूद वह उनकी आवाज़ में भरे विश्वास के भार से दब गया था। तब तक उसे पता भी नहीं था, कि उस दूसरी की जान सिद्ध बाबा की मिट्टी से बच चुकी है। गुस्सा होता ही ऐसी बुरी शय है कि ये आपके सोचने-समझने की शक्ति ले लेता है। लेकिन अब वह उनसे बात करने के लिए बेचैन हो उठा। वह तुरन्त उनके पास गया। उसने माफ़ी माँगते हुए उनके विश्वास का कारण पूछा। रामू दादा सहज ही थे जैसे कोई बड़ी बात नहीं हुई। जैसे उन्हें अकसर ऐसा देखने की आदत हो। उन्होंने कहा,

''भैया यहाँ मिलनेवाले साँपों में सैकड़ा में दस साँप ही जहरीले होते हैं उसमें से भी एक ही साँप ऐसा होता है कि जिसके काटने से जान जा सकती है। मतलब सौ व्यक्तियों को साँप काटे तो सिर्फ एक बार किसी की जान पर आ बनती है। लेकिन जिसे साँप काट ले उसके मन में साँप काटने का डर ही इतना ज्यादा होता है कि उनमें वे सारे लक्षण आने लगते हैं जो साँप के काटने पर आते हैं। आदमी सदमे से ही मर जाता है।''

''मतलब... ? मैं समझा नहीं ?''

''मतलब कि अकसर लोगों को बिना जहरवाले साँप ही काटे होते हैं। इन लोगों को भी बिना जहरवाले साँप ने ही काटा था, यदि ये कहीं नहीं जाते, बस अपनी हिम्मत बनाये रखते, तो भी इन्हें कुछ नहीं होता। उस सिद्ध बाबा के पास कोई सिद्ध मन्त्र, या मिट्टी नहीं है, लेकिन यह हुनर है कि उसने गाँववालों के मन में यह विश्वास बैठा दिया है कि जो उसके पास आ जाएगा, उसे वह मन्त्र फूँकी मिट्टी से बचा लेगा।''

आरव को अब भी उनकी बातों पर विश्वास नहीं आ रहा था इसीलिए उसने शंकित आवाज़ में पूछा—

'लेकिन तुम्हें कैसे पता चला कि वो साँप बिना जहरवाला था? तुमने तो साँप देखा भी नहीं। तुम तो दूर खड़े थे।'

रामू दादा की आँखों में अनुभव के मोती चमक उठे, उनके कन्धे जानकार होने के विश्वास में तन गये। उन्होंने कहा,

''भैया! मेरी आधी ज़िन्दगी गाँव में गुजरी है, आधी शहर में, इसलिए मैं

गाँव के लोगों के दिमाग की अन्धविश्वास की गलियों से भी परिचित हूँ, तो शहर के विज्ञान की सिक्स लेन रोड से भी। मैं एक डॉक्टर के पास दस साल गाड़ी चला चुका हूँ। उन्होंने ही मेरे को एक बार बताया था, कि जब जहरीला साँप काटता है, तो उसके दो दाँतों के निशान दिखते हैं, जबकि बिना जहरवाले साँप के काटने में कई दाँतों के निशान दिखते हैं। इन लोगों के काटे के निशान में कई दाँतों के निशान दिख रहे थे। इसी से मैं पहले ही कह दिया, कि इन्हें कुछ नहीं होगा, लेकिन कोई ज़िन्दगी से विश्वास ही खो दे तो क्या किया जा सकता है।''

रामू दादा ने यह गहरी साँस लेते हुए कहा, फिर उन्होंने आरव की ओर गहरी नज़रों से देखते कुछ ऐसा कहा, कि वह बात आरव के दिल में फाँस सी जा चुभी। उन्होनें कहा,

''भैया! जब तक आप किसी को विकल्प नहीं दे सकते, तब तक उनके उस विकल्प को नहीं छीनना चाहिए, जिसके सहारे वे जीते हैं। ये गाँव के बैगा-गुनिया आपके शहर के...वो क्या कहते हैं?...हाँ! मनोवैज्ञानिक का काम ही तो करते हैं।''

आरव के दुखी दिल के समन्दर में अपने निर्णय के कारण किसी की जान जाने की ग्लानि की लहरें तूफानी होने लगीं। उसे लगने लगा कि उसने वहाँ व्याप्त अन्धविश्वास का समर्थन न कर के गलत किया। इसी वजह से एक जान गयी। वह बेतरह उदास हो उठा। दुनिया घूमती सी लगी। वह पास ही खड़े एक बरगद के मोटे तने से टिक गया। वह रोना चाहने लगा... जोर से रोना... किसी से लिपट के रोना... वह बरगद के तने से लिपट कर जोर से चिल्ला उठा।

किंशुक ने उसे यूँ बरगद के तने पर ढेर होते देखा तो दौड़ती चली आई।

'क्या हुआ आरव? तुम इतने परेशान क्यों हो रहे हो। तुमने हर वो कोशिश तो की थी जो तुम्हें सही लगी। फिर खुद को जिम्मेदार क्यों मान रहे हो?'

आरव का दर्द बेहद घातक दर्द था। खुद की वजह से किसी की जान जाने के अहसास का दर्द। उसकी आवाज़ ग्लानि के बोझ से दबी हुई थी, आँसुओं से गीली थी।

'किंशुक मैंने कभी नहीं सोचा था कि आधुनिक विज्ञान पर विश्वास से, किसी की मदद करते हुए मैं एक जान के जाने का गुनाहगार बन जाऊँगा। गाँववालों को उस सिद्ध बाबा पर विश्वास है, तो मुझे उन्हें उनके विश्वास पर विश्वास रखने देना था। मैंने अपने गलत निर्णय से एक जान ले ली है।'

किंशुक यह सुन कर भी चुप ही रही। कभी-कभी सामनेवाले की चुप्पी का दबाव मन के फोड़े को फोड़ कर मन का मवाद बाहर निकाल देता है। आरव के मन का मवाद बहने लगा।

'पता है किंशुक! रामू दादा ऐसे सिद्ध बाबा को गाँव के मनोवैज्ञानिक का दर्जा

देते हैं। मैं भी यही सोच रहा हूँ, कि जब विश्वास में इतनी शक्ति होती तो ऐसे मनोवैज्ञानिक बाबा को अन्धविश्वास बढ़ानेवाला बैगा-गुनिया मानने की जगह हमें इन्हें मनोवैज्ञानिक ही क्यों नहीं मान लेना चाहिए। मुझे कुछ समझ नहीं आ रहा, बहुत अज़ीब सा लग रहा है।'

आरव अपनी ग्लानि में झाड़-फूँक करनेवाले, अन्धविश्वास को बढ़ावा देनेवाले बैगा-गुनिया को मनोवैज्ञानिक तक का दर्जा देने लगा। उसके मन में छाये ग्लानि के वायरस ने उसके दिमाग के सॉफ्टवेयर को विचलित कर दिया था। किंशुक को सब समझ आ रहा था। वह आरव के सवालों का जवाब भी जानती थी। लेकिन वह यह भी जानती थी कि इस वायरस का एंटीवायरस आरव के पास ही है। उसके मन के सागर में दुनिया की सारी बातों के सही गलत के जवाब छिपे हैं। बस ज़रूरत गहरे गोता लगा, सच्चे मोती चुन लेने की है, इसलिए उसने समझाने की कोई कोशिश नहीं की अपितु उससे कहा,

"आरव तुम्हें अज़ीब लगेगा कि तुम इतने परेशान हो और मैं तुम्हें अपने बचपन की बात सुना रही हूँ पर तुम एक बार सुन लो। कभी मैं भी बचपन में विश्वास की बात को लेकर ऐसे ही परेशान थी, जैसे अभी तुम हो। कुछ बड़ी हुई तो मेरी परेशानी मम्मी ने दूर कर दी। तुम भी यह बात सुन लो, शायद तुम्हारी यह परेशानी भी दूर हो जाए।"

आरव ने कुछ नहीं कहा बस टकटकी लगाये किंशुक को देखता रहा जैसे उसकी आँखें ही उसकी आवाज़ बन कह रही हों—'सुनाओ'।

"यह तब की बात है, जब मैं बहुत छोटी थी। हमारे घर के पास ही मेरी एक दोस्त शालू का भी घर था। उसके घर से हर शाम को उसकी दादी की हृदयविदारक कराहें, जो कराहें कम चीखें अधिक लगती थी, सुनाई आने लगती थीं। हर शाम उनके पेट में तेज दर्द उठता था। पहले तो रोज ही कराहें सुनाई आती, फिर वे दवाई खाने लगीं, तो उनका दर्द ठीक हो गया। जिस भी दिन उन्हें दवाई खाने में देर हो जाती, या कभी दवाई ख़त्म हो जाती, तो उनका भीषण दर्द फिर शुरू हो जाता, और उससे भी भीषण होती उनकी कराहें।"

"ओह...इतना दर्द।"

"हाँ आरव, लेकिन तुम्हें यह जानकर अज़ीब लगेगा, कि बाद-बाद में उन हृदयविदारक कराहों को, शालू की मम्मी 'ये सब तो माँजी की नौटंकी है, उन्हें कोई दर्द-वर्द नहीं होता' कहा करती थी।"

आरव के ग्लानि से धूसर हुए चेहरे में प्रश्न का एक धूमिल सितारा झलका। उसने एकटक देखते हुए पूछा, 'लेकिन वे ऐसा क्यों कहा करती थीं।'

'ये तुम्हें अभी पता चल जाएगा। तुम आगे तो सुनो।' किंशुक पुरानी बातें याद

करते हुए आगे कहने लगी।

'कुछ महीनों की दवाई खाने के बाद एक बार दादी की दर्द की दवाई ख़त्म हो गयी। उस दिन घर पर शालू के पापा भी नहीं थे। बेहद मूसलाधार बारिश हो रही थी। बिजली बन्द थी। शालू की दादी बेहद कराह रही थीं। तब आँटी ने परेशान हो कर रसोई से एक चना दाल का दाना, 'लीजिए मंगा दी आपकी दवाई' कह कर उन्हें दे दिया। शायद उनकी दवाई चना दाल जैसी ही दिखती थी। चना दाल खाने के कुछ देर बाद उन्हें आराम हो गया। इसके बाद से चार-पाँच साल तक जब तक वह रहीं, चना दाल ही दवाई के रूप में खाती रहीं। जिस दिन भी चना दाल की दवाई देने में देर हो जाए, तो उनका कराहना शुरू हो जाता था।'

'ऐसा कैसे हो सकता है?' आरव ने तुरन्त अविश्वास से कहा।

'ऐसा होता रहा है आरव। वो भी चार-पाँच सालों तक।' उतनी ही तेजी से अपनी बात पर जोर देते हुए किंशुक ने भी जवाब दिया, फिर आगे कहने लगी—

'आँटी की बात सुन कर मैं भी मानने लगी थी कि दादी दर्द का सिर्फ नाटक करती हैं। एक बार घर में उनके दर्द के बारे में बात हो रही थी। मैंने बेहद असंवेदनशीलता से दादी के लिये कही आँटी की बात दोहरा दी, कि दादी को कोई दर्द-वर्द नहीं होता था। वे तो बस नाटक करती थीं। मम्मी ने मुझे तुरन्त इसके लिए टोका, फिर उन्होंने मुझे प्लेसिबो इफेक्ट के बारे में बताया। बाद में मैंने भी पढ़ा। मम्मी के बताने से मुझे पता चला कि वे नाटक नहीं करती रही होंगी, बल्कि उन्हें वास्तव में दर्द होता रहा होगा। उन्हें उस दर्द की शाश्वतता और उस दवाई दोनों पर विश्वास हो गया था, कि उन्हें दर्द होता है, जो यह दवाई खाने से ठीक हो जाता है, और वाकई में उनका दर्द इस विश्वास से ही ठीक हो जाता था।'

आरव ने तुरन्त कहा, यहाँ भी वही विश्वास ही तो है। जिस पर मैंने विश्वास नहीं किया और अस्पताल ले चलने की जिद पाले रहा। किंशुक, तुम्हारी इस बात में इसमें मेरे प्रश्न का जवाब कहाँ है? जब विश्वास में इतनी शक्ति होती है तो ऐसे मनोवैज्ञानिक बाबा को अन्धविश्वास बढ़ानेवाला बैगा-गुनिया मानने की जगह हमें इन्हें मनोवैज्ञानिक क्यों नहीं मान लेना चाहिये?'

आरव अब भी दु:ख के गड्ढे में डूबा हुआ, ग्लानि के कीचड़ से लथपथ ही था। हममें से अधिकांश अपने प्रश्नों का गला बचपन से ही घोंटना सीख चुके होते हैं। ये हमारे समाज में अच्छा बच्चा होने, अच्छा बड़ा होने के लिए जरुरी माना जाता है। जिनके पास प्रश्न होते हैं उन्हीं के पास उत्तर भी होते हैं। किंशुक ने कभी प्रश्नों का गला नहीं घोंटा इसलिए उसके पास उत्तर भी थे।

किंशुक ने आरव से कहा, 'अभी मेरी बात ख़त्म नहीं हुई आरव। अब यदि मैं कहूँ कि उसके बाद से शालू के घर में हर बीमारी का इलाज चना दाल से होने लगा।

शालू को अपेंडिसाइटिस हो गया। उसकी मम्मी उसे दिन में चार बार चना दाल खिलाने लगी...'

आरव ने भौंचक्के होते हुए कहा, 'ये क्या पागलपन है। शालू की दादी का दर्द चना दाल खा कर ठीक हो जाता था। यह उसकी दादी का उस दवाई पर विश्वास था, यदि इसी विश्वास को घर के दूसरे सदस्यों पर भी लागू करें, हर किसी को, किसी भी बीमारी में चना दाल खिलाएँ, तो यह अन्धविश्वास ही होगा। ऐसे तो शालू की जान ही चली जाए... क्या वो बच पाई?'

किंशुक ने मन्द-मन्द मुस्कराती हुई, विश्वास से चमकती आँखों से आरव की आँखों में देखते हुए कहा,

'इसे साँप काटनेवाले केस में भी तो लागू कर के देखो... क्या कहते हो तुम?'

किंशुक की चमकती आँखें आरव के मन को भेदने लगी। ग्लानि के कीचड़ में डूबा विश्वास का सूरज उभरने लगा। उसके दिमाग में बिखरे विचारों के रेशे खुद से ही सुलझने लगे। सुलझे दिमाग ने एंटीवायरस का काम किया। अब उसे बरगद के सहारे की जरुरत न रही। विश्वास की शक्ति को पाकर, उसे असीम शान्ति मिली। उसने बुझी आँखों लेकिन वापस लौट आए आत्मविश्वास के साथ कहा—

'तुम्हें कैसे धन्यवाद कहूँ किंशुक। अब मैं समझ गया, कि विश्वास और अन्धविश्वास के बीच एक बहुत हल्की सी रेखा होती है।'

आरव की सहजता, उसकी मुस्कान के लौटने में बाधक एक जान जाने का दुःख अब भी उसके मन में था। जो उसकी प्रदीप्त रहने वाली आँखों को बुझाये हुए था। तभी रामू दादा ने आकर कहा, 'आरव भैया अब तो आप खुश हो जाइए... वो सिद्ध बाबा की मिट्टी काम कर गयी। दसरथ की साँसे वापस लौट आई हैं।'

अब आरव की आवाज़ और आँखों में वही उत्साह भर आया जैसा कभी आर्किमिडीज की आवाज़ और आँखों में 'यूरेका' कहते वक़्त रहा होगा।

'अच्छा! अब मैं ये भी समझ गया, कि दादी क्यों कहती थीं, कि साँप काटने से मरे आदमी को जलाते नहीं, नदी में बहा देते हैं।'

इस खबर के साथ ही आरव के मन का मरुस्थल होता कोना फिर हरियाला हो आया। उसने किंशुक को आत्मविश्वास भरी मुस्कान और कृतज्ञता भरी ऐसी नज़रों से देखा जो कह रही थी कि तुम्हारा आत्मविश्वास, तुम्हारी समझदारी ही तो मुझे तुम्हारी ओर चुम्बक सी खींचती हैं। जंगल में पेड़ों पर लौटते परिंदों, पेड़ों की फुनगियों की ओर चढ़ती धूप और मन में चढ़ती ज्ञान-ज्योति के बीच वह आगे कहने लगा,

'किंशुक अब मैं सारी बात समझ गया, कि यदि ये बाबा सिर्फ बिना जहरवाले साँपो के काटे व्यक्तियों का इलाज करते। गाँववालों पर अपना विश्वास बनाए रखने

के लिए जहरीले साँप काटे व्यक्तियों की बलि नहीं चढ़ाते। उन्हें बिना देरी किये डॉक्टरी सहायता के लिए भेज देते तो ही उन्हें मनोवैज्ञानिक स्वीकार किया जा सकता था। लेकिन वे अपने पर विश्वास बनाये रखने के लिए कई व्यक्तियों की बलि चढ़ा देते हैं इसलिए इसे अन्धविश्वास ही कहेंगे। जिसे किसी भी कीमत पर स्वीकार नहीं किया जाना चाहिए। तुम बिलकुल सही हो किंशुक, तुमने मुझे बेकार की बातों में फँसने से बचा लिया।'

चिड़ियों ने अपने कलरव से आसमान सर पर उठा रखा था। तेंदूपत्ता तोड़ते लोग अपने चूल्हे की आग जलाने और पेट की आग बुझाने का इन्तज़ाम कर घर वापसी की तैयारी में थे। किंशुक ने मुस्कराकर कहा—

''आज का सारा समय तो यह समझने में ही निकल गया। अब चलो, थोड़ा अपनी रिपोर्ट पर भी काम कर लें।''

हरियाले जंगल को अपने आगोश में कसती इस सुनहरी पीली सन्ध्या में सच और मन दोनों ही के जंगल में पक्षियों का उल्लासित कलरव गूँजने लगा।

सपनों की मटमैली हकीकत

रोज सुबह उठते ही पहली बात जो दिमाग में आती वो है कि—क्या आज रिजल्ट आया? जबकि रोज मैं रात को नेट पर चेक कर के ही सोई होती हूँ, फिर भी रोज सुबह पेपर आने से पहले ही उठ जाती हूँ। पेपर आने के इन्तज़ार में छत में घूमते हुए सूरज की लालिमा को आशा बनाकर अन्तस में सोखती हूँ। जब सूरज सुनहरा हो आता है, पेपर और रिजल्ट के इन्तज़ार में मन को जलाने लगता है, तो अपने सुनहरे भविष्य की कल्पना करते नीचे लॉन में घूमने लगती हूँ।

लॉन में किसी नयी कली के आने पर खुश हो जाती हूँ। कभी किसी गमले की मिट्टी ही उलट-पलट लेती हूँ। यह सब करते हुए कान होते हैं, पेपरवाले की सायकिल के तेजी से लगनेवाले ब्रेक की आवाज़ पर, और नज़रें तो हर दो पल में गेट की ओर घूम जाती हैं, पेपर आते ही दौड़ पड़ती हूँ गेट की ओर, झटपट पेपर देखती हूँ, रिजल्ट न पाकर पेपर पापाजी के लिए छोड़ देती हूँ। जब पापाजी पढ़ लेते हैं, तब फिर पेपर ले कर दो घंटे के लिये बैठ जाती हूँ। सम्पादकीय पढ़ती हूँ, समसामयिक लेख पढ़ती हूँ, मुख्य खबरें पढ़ कर उन्हें अपनी डायरी में उतारती हूँ, बस कुछ यूँ ही दिन बीत रहे हैं; रिजल्ट के इन्तज़ार में।

प्रारम्भिक परीक्षा और मुख्य परीक्षा में मुझे कभी डर नहीं लगा। जो सिलेबस पढ़ा है, उसी से ही प्रश्न आना है, जो जानती हूँ उसे लिख देना है। इसमें मुझे कभी कोई परेशानी नहीं हुई, लेकिन इन्टरव्यू की बात अलग है। यह तो व्यक्तित्व का परीक्षण है। आजकल मुझे अपने चुप्पे स्वभाव से भी डर लगने लगा है। मैं माँ की आँखों की चमक खोना नहीं चाहती। पापा के चौड़े तने हुए कन्धों को ढीले नहीं पड़ने देना चाहती। मैं इन्टरव्यू बोर्ड के सामने अच्छे से बोल तो सकूँगी न... नहीं, मुझे इन्टरव्यू के लिए भी कोचिंग ज्वाइन कर ही लेनी चाहिए। वहाँ लोगों के सामने बोलना होगा, कई बार मॉक इन्टरव्यू देना होगा, तो मेरा डर दूर होगा, लेकिन कोचिंग में अभी तो इन्टरव्यू की क्लास नहीं हो रही हैं। जब रिजल्ट निकलेगा उसके बाद

ही जाना होगा।

आखिर रिजल्ट आ गया। सलेक्शन हो गया। मम्मी-पापा बेहद खुश हैं। पापा तुरन्त जाकर मिठाई ले आए। रसमलाई हमारे घर की हर खुशखबरी की सूचक मिठाई। मैं उनकी खुशी देख कर खुश हूँ। मम्मी की आँखों में तैरते कुछ पुराने सपने मुझमें पूरे होने की आस दिख रही है। मुझे कुछ समझ नहीं आ रहा। कुछ डर भी लगने लगा है—ये आस पूरी कर तो पाऊँगी न। मुझे बस कोई सी भी एक पोस्ट चाहिए। मैं अपने पैरों पर खड़े होना चाहती हूँ। समाज में अपना एक स्थान चाहती हूँ।

रोज दस बजे के करीब राज्य शासन की एक गाड़ी मेरे स्कूल जाते वक़्त मुझे नदी के मोड़ के आसपास मिलती है। एक सपना जगाती हुई कि कुछ दिनों में एक ऐसी ही गाड़ी मेरे पास भी होगी। कुछ आगे जाने पर एक पगली घूमती मिलती है। मन कहता है, बस कुछ दिन फिर इसे किसी आश्रम में रहने का इन्तज़ाम करा दूँगी। आश्रम में रहने का इन्तज़ाम कराने और सलेक्शन में कोई सम्बन्ध नहीं, ये तो अब भी कर सकती हूँ। पहले ही कर भी लेना था लेकिन पहले कई बार कोशिश की थी। इसे आश्रम में भर्ती करने के लिए जानकारी लेने, पगली की उपस्थिति की जानकारी देने जिला कार्यालय के कई चक्कर भी लगाए लेकिन कई कारणों से हो न सका फिर मैं भी पढ़ने में लग गयी। अब ज़रूर करुँगी।

हमारे स्कूल में बच्चों के विकास की ओर शिक्षकों का ध्यान हमेशा कम होता है। सोचती हूँ यदि सहायक जिला शिक्षा अधिकारी बनी तो स्कूलों में बच्चों के विकास के लिए शिक्षकों की जिम्मेदारी सुनिश्चित करुँगी। कभी लगता है डी.एस.पी. बन अपने क्षेत्र की कानून व्यवस्था को एकदम चाक-चौबन्द रखूँगी, तो कभी सपना देखती हूँ कि महिला एवं बाल विकास अधिकारी के रूप में अपने क्षेत्र की महिलाओं और बच्चों में कुपोषण ख़त्म करने का काम करूँगी। उन्हें उनके अधिकारों के लिए सचेत बनाऊँगी। अभी मन में लोगों की सेवा के असीम, और अनिश्चित से क्षेत्रों में, धुँधले से सपने हैं, जो लोकसेवा आयोग की परीक्षा में मिलनेवाले पद पर निर्भर हैं। लेकिन इतना तय है कि चाहे जो पद मिले उस पद से जुड़े सारे कामों को सेवाभाव से करना ही प्राथमिकता होगी।

मैंने घर में रिजल्ट निकलने के बाद फिर से कोचिंग जाने का प्रस्ताव रख दिया। वहाँ कमरा तो अब भी है ही मेरे पास। जिसे मैंने मुख्य परीक्षा की तैयारी के समय किराये पर लिया था। कोचिंग के प्रस्ताव पर माँ-पापा भी तुरन्त सहमत हो गये।

माँ ने कहा, ''चल मैं भी साथ चलती हूँ।''

लेकिन मुझे तो अभी हर बात में अपना आत्मविश्वास परखना है।

''नहीं माँ! मैं अकेले ही चली जाऊँगी। कोई ज्यादा दूर तो नहीं जाना है।''

मैं बिलासपुर आ गयी। बेरोजगारों को अधिकारी बनने के सपने दिखानेवाला शहर। उनके सपने पूरे करनेवाला शहर। यहाँ मैं मुख्य परीक्षा की तैयारी करते समय भी रह चुकी हूँ। ये शहर हजारों बेरोजगारों के सपनों से सजा शहर है। जहाँ हर रिजल्ट के बाद अधिकांश के सपने सुबह जमीन पर गिरे हरसिंगार के फूलों की तरह बिखर जाते हैं। जमीन में बिखरने का मतलब यह नहीं कि अब उनका कोई महत्व नहीं। हरसिंगार ऐसा फूल है, जो जमीन पर गिरने के बावजूद ईश्वर पर चढ़ता है, बस जरुरत एक बार बिखरने के बाद खुद झुक कर इसे उठानेवाले की होती है। कुछ के सपने वे फूल होते हैं, जो हरसिंगार की डाल से ही ईश्वर रूपी सफलता तक पहुँच जाते है। मेरा सपना कैसा हरसिंगार होगा, नहीं जानती हूँ, पर मेरा सपना बिखरेगा नहीं, इसका मुझे विश्वास है।

रिजल्ट निकलने के दूसरे ही दिन मैं इस नामी कोचिंग के सफ़ेद भवन के सामने खड़ी हूँ। सामने एरिकापाम की एक पंक्ति गर्म लू के थपेड़ों में लहरा रही है। इस लू में उसकी हरियाली जैसे हर आनेवाले का स्वागत कर रही हो। आओ यहाँ मेरे पास—अपने सपने पूरे कर लो।

एडमिशन के लिए अन्दर ऑफिस में गयी तो ऑफिस में गीता बैठी मिली। एक आत्मविश्वास से भरपूर लड़की। उसने गहरे बैंगनी रंग का सलवार कुरता पहना हुआ है। कुरते के बैंगनी रंग में उनका गोरा रंग कचनार के फूल सा खिल रहा है। वह भी मेरे ही हॉस्टल में रहती है। उसे पूरा विश्वास है कि उसका चयन होना ही है। मुझमें ऐसा विश्वास नहीं है लेकिन मैं अपनी मेहनत पर विश्वास रखती हूँ।

एडमिशन फॉर्म भर कर मैं गीता के साथ हॉस्टल चली आई। नीचे मकान मालिक रहते हैं। ऊपर हॉस्टल है। हॉस्टल मुझे बेहद पसन्द है। हॉस्टल की सीढ़ियाँ जैसे ही ख़त्म होती हैं, सामने एक तुलसी चौरा है। पहले दिन की तरह आज भी चौरे में दिया जलता मिला। हॉस्टल में पूर्व की ओर खाली जगह है। जहाँ गुलमोहर अपने पूरे शबाब में खिला हुआ है। इसकी कुछ डालियाँ हॉस्टल पर भी छाई हुई हैं। लाल सुर्ख गुलमोहर के फूलों के बीच से सर चढ़ता [illegible] दिख रहा है। दक्षिण की ओर एक बरगद है। सब कुछ मेरे पसन्द का। कुल मि[illegible] मुझे लगता है कि यह सब कुछ मेरे लिए सगुन ही सगुन है।

गीता और मैं एक ही हॉस्टल के दो अलग-अलग कमरों में पड़ोसी हैं। मेरे साथ विभा रहती है। मुख्य परीक्षा में जब भी हम पढ़ते-पढ़ते थक जाते तो दस मिनट के लिए दूसरे कमरों के चक्कर लगा आते। तब तो खाली मिनटों की भी राशनिंग थी।

सुबह दस बजे से इन्टरव्यू की कोचिंग है। मैं पौने दस बजे ही निकल आई हूँ, जबकि सौ कदमों पर ही कोचिंग है फिर भी। मैं तेज-तेज कदमों से चली जा

रही हूँ। सामने से एक लड़का आ रहा है, एक कॉपी पकड़े हुए। शायद यह भी कोचिंग ही जाएगा। वह भी तेज कदमों से चल रहा है।

ये तो पहचाना हुआ सा लग रहा है। हम दोनों एक साथ ही गली की ओर मुड़ गये, अब भी साथ ही चल रहे हैं। पतली-सी गली में बराबरी में चलना थोड़ा अज़ीब सा है, लेकिन शायद हमारे अवचेतन में प्रतिस्पर्धा हो रही है आगे बढ़ने की। जैसे सिर्फ आगे बढ़ने की होड़ ही हमारी दुनिया बन गयी है। हर बात में प्रतिस्पर्धा। मैंने अपनी गति थोड़ी धीमी कर ली। वह लड़का मेरे बाएँ बगल से आगे निकल कर दाएँ घूमा। उसे मुड़ता देखते हुए मेरे मुँह से उसका नाम निकल आया,

'रोशन।'

रोशन भी ठिठक कर रुक गया।

'भावना! यहाँ कैसे?'

'इन्टरव्यू की क्लास करने आई हूँ। और तुम?'

'मैं भी।'

उसके चेहरे में एक असहजता है। शायद मुझे यहाँ देखने की असहजता। हम दोनों बचपन से एक ही स्कूल में पढ़ते आए थे। कभी वह प्रथम आता तो कभी मैं। वो मेरा सबसे बड़ा प्रतिस्पर्धी था, मैं उसकी। जब हम दसवीं में थे तो आधा से ज्यादा सत्र ख़त्म होने के बाद मेरी इंग्लिश की कॉपी गुम गयी थी। मुझे बहुत परेशानी हुई, पूरी कॉपी फिर से बनानी पड़ी। परीक्षा से पहले एक दिन मैं अचानक उसके घर गयी तो वह ड्राइंग रूम में बैठ कर पढ़ रहा था। मेरी कॉपी सामने सेन्टर टेबल पर पड़ी हुई थी। जाने क्यों इसके बाद भी वो मुझे मेरा अच्छा दोस्त ही लगता रहा था।

उसी साल वह नक़ल करते हुए भी पकड़ा गया था लेकिन उसके पापा के पद के कारण कोई प्रकरण नहीं बना। बारहवीं के बाद उसके पापा का ट्रांसफर हो गया। फिर आज यहाँ मिलना हुआ।

'चलो... अब तुम भी यहीं हो तो पढ़ने का मजा दुगना हो जाएगा।' उसने हँसते हुए कहा।

हम ऊपर के हॉल की ओर बढ़ गये। जहाँ इन्टरव्यू की क्लास होनी है। वहाँ पहुँच कर पाया कि इस बड़े से हॉल मे लगभग डेढ़ सौ लोग बैठे हुए हैं। इतने लोगों के बीच बोलना...मुझे घबराहट होने लगी। मैं एक कुर्सी में बैठ गयी। मुख्य परीक्षा की तैयारी के समय के कुछ जाने-पहचाने चेहरे दिख रहे हैं। सर आए। उन्होंने सबको अपना परिचय देने कहा। एक कोने से एक के बाद एक खड़े होकर सब परिचय देने लगे, जैसे एक पानी में कंकड़ मारने से लहरें उठती जाती है। यह काफी देर चला, फिर पूरी क्लास को इन्टरव्यू से सम्बन्धित कुछ मुख्य बातें बताई गयी। जैसे गायों के एक बड़े समूह को चरवाहा सफलता के मैदान में चराने ले जा रहा हो। एक क्लास

के बाद ही समझ आ गया कि सफलता के लिए खुद ही मेहनत करनी होगी, सिर्फ कोचिंग के भरोसे कोई तैयारी नहीं हो सकती।

क्लास ख़त्म होने के बाद भी मैं रुकी रही। पहले के कुछ परिचितों से मिलती रही, कुछ नये लोगों से परिचित होती रही। उन्हें अपनी पसन्द की छलनी में छानती रही, खुद भी उनकी पसन्द की छलनी में छनती रही। कुछ बातों और कुछ दिनों के बाद कुछ मुख्य परीक्षा के समय के, कुछ अभी के। हम पाँच लोग एक साथ पढ़ने के लिए सहमत हो गये। मैं, रोशन, गीता, सावित्री और राजीव। हमने हर रोज सुबह-शाम इन्टरव्यू का अभ्यास करना तय किया। अब दुनिया कोचिंग और कमरे तक सिमट गयी है।

मेरे दस बाय दस के कमरे की दुनिया में भी दो दुनिया बसी हुई है। एक मेरी और एक विभा की। कमरे के एक कोने में एक पलँग, एक टेबल और दीवार पर बनी अलमारी में रखी ढेरों पुस्तकों की मेरी दुनिया और कमरे के दूसरे कोने में इन्हीं सब चीजों के साथ विभा की दुनिया।

अभी जून का नर्म-गर्म महीना है, जब कूलर भी काम नहीं करता। आज सुबह से गर्मी किसी चिपचिपी क्रीम की तरह शरीर से चिपकी चली जा रही है। पसीना ही फूट कर बह निकलता, तो ठंडक लग जाती लेकिन नहीं...

मैं खुद को समझा रही हूँ, कि अभी मेरे पास इस चिपचिपी गर्मी से परेशान होने का समय नहीं है। मुझे आज ही संविधान में महत्वपूर्ण संविधान संशोधन, इतिहास में रोलेट एक्ट, जलियाँवाला बाग़ से लेकर असहयोग अन्दोलन और लोक प्रशासन में अभिप्रेरणा का सिद्धान्त पूरा करना ही है। संविधान का आज का लक्ष्य पूरा कर लिया, लेकिन शाम होने को है और इतिहास के टॉपिक्स अब तक पूरे नहीं हुये, फिर मॉक इन्टरव्यू के लिये रोशन के कमरे में भी जाना है।

तभी एक ठंडी हवा का झोंका अन्दर आया। मिट्टी की सोंधी खुशबू साथ लिए। जैसे पपीहे को स्वाति नक्षत्र की बूँद मिल गयी। एक झटके से मैं उठ कर बालकनी में आ गयी। हल्की फुहारें सामने बरगद की हरी-भरी पत्तियों पर नाच रही हैं। बूँदें बरगद के एक से दूसरी, दूसरी से तीसरी पत्ती पर भरपूर थिरक लेने के बाद, नीचे दिन भर की तपी धरती पर थप्प से गिरती जा रही हैं, गिरते ही सूख जा रही हैं, जैसे किसी दुखी मन पर पड़नेवाली खुशियों की बूँद हों। जब यूँ गिरते, सूखते, ये बूँदे धरती के सारी तपन हर लेंगी, उसके मन का सारा दुःख हर लेंगी तब ये धरती पर भी थिरकने लगेंगी।

मेरे चेहरे पर मुस्कान आ गयी। ये अच्छी पंक्तियाँ हैं, यदि कभी मानसून पर निबन्ध आया तो मैं इन पंक्तियों को ज़रूर लिखूँगी। लेकिन ईश्वर करे कि अब फिर से मुख्य परीक्षा में लिखने की जरूरत ही न पड़े। अभी मैं इन बूँदों के साथ थिरक

नहीं सकती। अभी मुझे जलियाँवाला बाग़ पढ़ना है। मन ने बगावत की- इस सुहाने मौसम में अभिप्रेरणा का सिद्धान्त तो पढ़ा जा सकता है लेकिन जलियाँवाला बाग़...

हवा तेज हो घूमरें लेने लगी है। सामने सड़क पर गुलमोहर की लाल-नारंगी पत्तियाँ भी हवा का साथ दे रही हैं। हवा का घूमर नृत्य देख बादलों को भी जोश आ गया है। वे उमड़-घुमड़ कर तेज गरजने लगे। बड़ी-बड़ी बूँदें तड़ातड़ बरसने लगीं। मैं बालकनी की रेलिंग पर सामने की ओर झुक आई। मैंने अपने दोनों हाथ फैला दिए, चेहरा ऊपर कर लिया। अब बारिश का आनन्द उठाने के लिए मैं पूरी तरह तैयार हूँ।

तभी बगल के कमरे से गीता भी निकल आई। हम दोनों एक-दूसरे की ओर देख मुस्करा पड़े। इन कुछ दिनों के साथ में दोनों को पता चल चुका है कि बारिश हमारी कितनी बड़ी कमजोरी है, कितनी बड़ी खुशी है।

'बारिश का आनन्द उठा रही हो? अभी तक का टारगेट पूरा हो गया क्या?'

'नहीं, यार अभी तो जलियाँवाला बाग़ भी पूरा करना है और असहयोग आन्दोलन भी और तुम्हारा?'

'हाँ, यदि बारिश में न खो जाऊँ तो आज का टारगेट पूरा हो ही जाएगा। अभी तो मैं जा रही हूँ छत पर, बारिश का मजा उठाने। तुम भी चलोगी?' गीता ने मुस्करा कर पूछा।

मुस्कराते हुए वह बहुत प्यारी लगती है। मुस्कराने से उसके संगमरमर से गोरे चेहरे पर छोटी-छोटी चीनी आँखें बन्द-सी हो जाती हैं। इन्टरव्यू को सिर्फ पन्द्रह दिन रह गये हैं। गीता के प्रश्न ने मुझे बारिश के स्वप्नलोक से यथार्थ में खींच लिया।

'नहीं यार मुझे अभी पढ़ना है। ये सारा कुछ इन्टरव्यू के बाद।'

अभी मेरे पास सिर्फ तीन ही काम हैं—पढ़ना, खाना और सोना। इसके अलावा किसी काम के लिए वक़्त नहीं। बारिश तुम्हें भी परीक्षा ख़त्म होने तक इन्तज़ार करना होगा मेरा।

गीता छत पर चली गयी। मैंने वापस अपने कमरे की उस दुनिया का हिस्सा बनने से पहले, बारिश की बूँदों को अपनी हथेलियों में महसूसने की कोशिश में अपनी हथेलियाँ फैला दी।

गुलमोहर की एक पंखुड़ी फिरकनी खाते आई और मेरी फैली हथेली पर चिपक गयी। मन खुश हो गया। मेरा पसन्दीदा गुलमोहर। आजकल सारी पसन्द की बातें ही हो रही हैं मेरे साथ। मैं खुद को भविष्य में अधिकारी के रूप में देखने लगी।

बिलासपुर के इस मकान कम हॉस्टल के चार कमरों और किचेन में हम ग्यारह लड़कियाँ रहती हैं। सभी लोकसेवा परीक्षा की तैयारियों में लगी हुई। दो बड़े कमरों में तीन-तीन, दो छोटे-छोटे कमरों में दो-दो और मकान की छोटी-सी रसोई में

एक। जितनी लड़कियाँ उतने ही तख़्त और टेबल।

इन दो चीजों के साथ कमरे के अपने हिस्से का किराया डेढ़ हजार रुपये प्रतिमाह। उस नामी कोचिंग के आसपास के सभी घरों में ऐसे ही कमरे और हॉल बना लिए गये हैं। लोगों को दिन-रात कभी भी घर खाली छोड़ने का अब कोई डर नहीं होता। कुछ हॉस्टल में बेस्वाद टिफिन भी कमरे के साथ लेने की मज़बूरी है। 'आम के आम और गुठलियों के दाम' के तर्ज पर मलाई काटी जा रही है।

बाहर बारिश, हवा, बादल सभी नृत्य कर रहे हैं और मैं अन्दर पढ़ाई में डूबी हुई हूँ। महत्वाकांक्षा भी हमें कितना भाव रहित बना देती है, वरना इस महीनों से प्रतीक्षित खुशनुमा बारिश के होने पर भी मैं इतिहास की तारीखें याद करती रहूँ। ये कैसे हो सकता है? लेकिन हो रहा है।

विभा को खुली खिड़कियाँ बेतरह नापसन्द हैं। जब मुझसे नहीं रहा गया, तो मैं उठी, और विभा के मना करने के बाद भी मैंने खिड़कियाँ खोल दीं। पूरी गर्मी बन्द पड़ी खिड़की चरमरा कर खुल गयी। हवा मिट्टी की सोंधी खुशबू और बूँदों की सौगात ले मेरे अन्दर तक चली आई। मैंने एक लम्बी साँस ली, और उसे अपने दिल में बसा लिया। मैंने अपने बाल खोल दिए। पसीने से चिपके बाल हवा की ताज़गी और ठंडक पा खिल उठे। बालों की जड़ों में मिलती ठंडक ने मानों मेरे मस्तिष्क को भी ताज़गी से भर दिया। मैं फिर पढ़ने लगी।

अब तक हम समूह में विभिन्न विषयों के मुख्य बिन्दुओं को दोहरा रहे थे। अब आज से मॉक इन्टरव्यू शुरू करना है। बारिश के कारण थोड़ी देर हो गयी है, लेकिन हम पाँचों साथ हैं। हमने कुछ वर्तमान परिदृश्य के बिन्दुओं पर चर्चा की फिर एक-एक कर मॉक इन्टरव्यू देने लगे। मेरी बारी आई। मैं कमरे से बाहर चली गयी। दरवाज़ा बन्द था। मैंने हल्के से दरवाज़े पर दस्तक दी फिर पूछा—

'क्या मैं अन्दर आ सकती हूँ?'

अपने इन्टरव्यू बोर्ड के सभी सदस्यों की आँखों में क्रमशः अपनी आँखें मिलाते हुए, एक साथ अभिवादन किया।

'नमस्ते मैम, नमस्ते सर।'

उन्होंने नमस्ते कर बैठने का इशारा किया

मैंने कुर्सी के पास जाकर कुर्सी खींची और बैठ गयी।

'आप पाँच वाक्यों में अपना परिचय दीजिए।'

'मेरा नाम भावना सक्सेना है। मेरे पिताजी का नाम सर्वेश्वर सक्सेना है, मैं कोरबा में रहती हूँ। मैंने एम.ए. हिन्दी से किया है, जिसमें मैंने प्रावीण्य सूची में प्रथम स्थान प्राप्त किया है।

'आप ये बताइए कि आप सिविल सर्विस में क्यों आना चाहती हैं।'

'सर! मैं हमेशा से आत्मनिर्भर बनना चाहती हूँ। इसके साथ ही यह सिविल सर्विस समाज के लिए बहुत कुछ करने का अवसर देती है। इसलिए...'

मेरा वाक्य पूरा भी नहीं हुआ था कि रोशन ने मेरा जवाब काट दिया। 'सर्विस में आना चाहने का सबसे पहला कारण होना चाहिए लोकसेवा। ये जो तुम कह रही हो ये तो व्यक्तिगत कारण है।'

रोशन एक बार यूपीएससी का इन्टरव्यू भी दिला चुका है। अभी राज्य शासन में वाणिज्यकर निरीक्षक है, वह हम सब में सबसे अनुभवी है।

मैंने बहस की कोशिश की।

'लेकिन पहले आप अपने पैरों में खड़े होंगे तब ही तो लोकसेवा की सोच सकेंगे।'

'क्यों बिना पैरों में खड़े हुए लोकसेवा नहीं होती? कितने ही लोग हैं जिन्होंने अपनी पूरी ज़िन्दगी लोकसेवा में ही लगा दी। लोकसेवा को ही ज़िन्दगी बना लिया। उन्होंने तो नहीं सोचा कि पहले पैरों में खड़े हो जाएँ फिर लोकसेवा करें।'

'लेकिन ऐसे लोग कम ही होते हैं और वो असाधारण...फिर ऐसे लोग हमारी तरह परीक्षा की तैयारी करते नहीं बैठे होते।'

'ठीक है तुम जैसा सोचती हो कहो, मैं तो मेरे सर्विस में आने का एक मात्र कारण लोकसेवा को मानता हूँ।'

रोशन की बात सुन कर मेरी बात को काटते हुए गीता ने भी रोशन का साथ दिया। आखिर वह एक पोस्ट पहले भी ले चुका है।

'हाँ सर भी यही कहते हैं कि लोकसेवा को सबसे पहले रखना चाहिए, वैसे भी परीक्षा का नाम ही लोकसेवा परीक्षा है।'

गीता ने अपना प्रश्न दोहराया,

'आप इस सर्विस में क्यों आना चाहती हैं।'

'मैं हमेशा से लोगों के लिए काम करना चाहती हूँ। समाज की सेवा करना चाहती हूँ। शासन की योजनाओं को जरुरतमन्दों तक पहुँचाना चाहती हूँ। यह सर्विस इसके लिए उचित माध्यम है, इसलिए मैं इस सर्विस में आना चाहती हूँ।'

'अब ठीक है' यह रोशन है।

'लेकिन ये तो मुझे बहुत बनावटी जवाब लग रहा है। मैं ऐसा नहीं सोचती।'

'तो सोचो!... यदि चाहती हो कि इन्टरव्यू अच्छा जाए तो बनावटी बनना ही होगा।' यह फिर से रोशन है।

'हाँ, सर कहते हैं कि राज्य में अच्छे से अच्छा इन्टरव्यू भी बीस से पच्चीस मिनट जाता है। ये पच्चीस मिनट आपके अभिनय के मिनट है। इतनी देर अभिनय कर लो फिर सफलता आपके कदम चूमेगी।' यह सावित्री है।

मेरा सर भन्ना रहा है। लोकसेवा मैं नहीं करना चाहती ऐसा नहीं है, लेकिन लोकसेवा करने के लिए तो ये सर्विस ज़रूरी नहीं, लोकसेवा कभी भी कोई भी कर सकता है। यदि सिर्फ लोकसेवा ही करना है, तो हम अपना समय यहाँ विषयों को रटने में क्यों व्यर्थ कर रहे है, क्यों नहीं समाज की धारा में कूद जाते? दुनिया के प्रलोभनों से खुद को दूर कर, मोह-माया त्याग कर लोकसेवा में लग जाते। यहाँ तो हम आत्मनिर्भर होने आए हैं। एक अच्छी सी नौकरी कर अपना जीवन सुरक्षित करने आए हैं। इसका उप उत्पाद ज़रूर लोकसेवा है, लेकिन यहाँ हम खुद को सक्षम बनाने के बाद लोकसेवा का सोच रहे हैं।

मैं अपने पैरों पर खड़े होना चाहती हूँ। समाज में अपनी पहचान, अपना स्थान बनाना चाहती हूँ। उसके बाद ही अपने कर्तव्य का पालन करते हुए ज़रूरतमन्दों की सेवा करना चाहती हूँ। शायद मैं सिर्फ खुद का सोच रही हूँ जबकि ये लोग सिर्फ अपने लिए नहीं सोच कर समाज के लिए सोच रहे है।

मुझे अचानक ग्लानि सी हो आई। खुद को स्वार्थी सा महसूस करने लगी।

ले दे कर मैंने बाकी के जवाब दिए। सब का दस-दस मिनट का मॉक होने के बाद हम हॉस्टल चले आए। मेरा दिमाग सोच के धागों में उलझा यही अटका रहा।

अपने विचारों के संघर्ष से मैं बेहद थक गयी। मुझे पढ़ने का मन नहीं किया, मैं कुछ देर यूँ ही आँखें बन्द कर लेट गयी।

'दीदी टिफिन'।

टिफिनवाला कमरे के दरवाज़े पर टिफिन छोड़ गया। टिफिन आ गया मतलब सात बज गये, बाहर बारिश भी बन्द हो गयी है। टिफिन को सोच कर मन में और उदासी आ गयी। टिफिन में वही पानी दाल, मोटी-चोकर की रोटी और मोटा से मोटा चावल, सब्जी तो कोई भी हो कोई मतलब नहीं क्योंकि सारी सब्जियों का एक ही स्वाद होता है—'बेस्वाद'। जिसे हम घर से लाये घी, आचार और अपने गॉसिप से स्वादिष्ट बना कर खाते हैं। खाना खाने का समय बीस मिनट निर्धारित है फिर दस मिनट की गपशप लेकिन आज मन कुछ ठीक नहीं लग रहा है। गपशप में हिस्सा लिए बिना मैं खाना खाकर अपने कमरे में चली आई। आज कुछ ऐसी बात तो हुई नहीं कि यूँ मूड बिगड़ जाए, लेकिन नहीं पता कुछ ज्यादा ही उदासी है।

बाहर फिर बारिश होने लगी है। बरगद के पत्ते बारिश से मिलकर उत्पाती बच्चों की तरह बेहद शोर कर रहे हैं। गीता के कमरे से गाने की आवाज़ आ रही है-

तेरे...ना...म हमने किया है...जीवन अपना सारा...सनम...

सलमान की दु:ख भरी आवाज़ फुहारों भरी हवा से मिल दिल में उतर रही है। मेरे मन का शोर दबने लगा। संगीत की मधुरता में मेरी मानसिक थकान खोने लगी। मैंने लोकसेवा के विज्ञापनवाले पेपर को अपने हाथों में उठा लिया और उसे

देखते हुए गाने लगी हूँ—

'तेरे...ना...म हमने किया है...जीवन अपना सारा...सनम होओओओ। जीवन अपना सारा...सनम।'

विभा ने हँसते हुए व्यंग्य किया, 'सारा जीवन मत कर बस ये एक साल का जीवन ही इसके नाम कर...। सारी उम्र पढ़ते ही रहना है क्या? सलेक्शन नहीं लेना?'

दोनों खिलखिला कर हँस पड़े हैं। मन फिर से पढ़ने में लग गया। पढ़ते हुए; जागते हुए, मैं सपना देखने लगी, अपना सपना पूरा हो जाने का। एक मुस्कान मेरे चेहरे पर चली आई। मुस्कान घूम रही है मेरे होठों पर, गालों में, आँखों में। मेरी किताब में जाने कहाँ से एक मकड़ी चली आई है। वह किताब में घूम रही है। पंक्तियों को काटते या गुनते क्या पता? मकड़ी को देखते हुए मैं सपना पूरा होने की स्थिति से वापस आकर अपने परीक्षा परिणाम की चिन्ता में खो गयी... क्या होगा मेरा रिजल्ट? चिन्ता और ख़्याली हरसिंगार फिर एक के बाद एक मुझ पर बरसने लगे, फिर मैंने मकड़ी को अपनी किताब से झटक दिया... मन से रिजल्ट के ख़्याल को झटक दिया। अभी बस मुझे अपना सौ प्रतिशत प्रयास करना है; फिर परिणाम चाहे जो हो। मुझे अभी परिणाम का सोच वक़्त ख़राब नहीं करना।

अब गर्मी भी नहीं है। पढ़ाई में मन रम गया, वैसे भी जैसे-जैसे रात होती जाती है, मेरा दिमाग चैतन्य होता जाता है। रात को मेरे दिमाग के सारे रिसीवर खुल जाते हैं, अपनी पूरी क्षमता से पढ़ी हुई बातें याद होती जाती हैं। मैं रात को तीन साढ़े-तीन तक पढ़ती हूँ। विभा सुबह उठ कर पढ़ती है। दोनों के पढ़ने-सोने का समय अलग होने के कारण मुश्किलें तो होती ही है, लेकिन बिना मुश्किलों के कोई मंजिल तो नहीं मिलती न। किसी तरह हम दोनों की दुनिया दो टेक्टोनिक प्लेट्स के समान कभी घर्षण के साथ, तो कभी साथ-साथ चली जा रही है।

आज के लक्ष्य के हिसाब से मैं सही चल रही हूँ। अभिप्रेरणा के सिद्धान्त एक के बाद एक गुने जा रही हूँ। बारह बज गये हैं। विभा की नींद अब पड़ गयी है। रात ज्यों-ज्यों बढती जा रही है। बारिश की ठंडक का असर खत्म होने लगा है। बारिश को धरती ने पूरा सोख लिया है लेकिन उसकी प्यास अभी बुझी नहीं है। वही प्यास अब गर्मी, उमस बन बेचैन कर रही है।

मैंने खिड़कियाँ खोल दी जिन्हें विभा ने फिर से बन्द कर दिया था। हवा अपनी ताज़गी की थपकियाँ देने लगी। कुछ देर में कमरे की उमस कम लगने लगी। हवा के हल्के झोंकों के साथ पढ़ने में आनन्द आने लगा। जब बगल के कमरे में खटपट शुरू हुई तो अहसास हुआ कि साढ़े तीन बज गये। ये नीमा के उठने की खटपट है। रसोई में नीमा का एक तख़्त है। रसोई का एक दरवाज़ा हमारे कमरे में खुलता है। जो हमेशा बन्द रहता है। लेकिन इसके कारण कमरे की हलचलों का आभास होता रहता

है। नीमा नीम अँधेरे में उठ कर पढ़ती है। सुबह साढ़े तीन बजे से। वह उठती है तो मुझे पता चल जाता है कि अब मेरे सोने का समय हो चुका है। वह मेरी घड़ी है।

मैंने लोक प्रशासन की किताब बन्द कर दी। इन्टरव्यू से पहले मैं एक बार इसके मुख्य बिन्दुओं को पूरा पढ़ लेना चाहती हूँ। बाहर खिड़की से ठंडी हवा के साथ रह-रह कर मोगरे और बेला की खुशबू आ रही है। मैं खिड़की के किनारे खड़े हो कर दोनों खुशबू का आनन्द लेने लगी। खुशबू के साथ झींगुरों की तेज आवाज़ आ रही है। लगता है आज बारिश से झींगुर भी जाग गये हैं। उनमें भी हमारी तरह प्रतियोगिता चल रही है। अपनी आवाज़ लम्बी खींच पाने की प्रतियोगिता-झींगुरों की रात्रि सेवा परीक्षा...

मैं लाईट बन्द कर सोने लगी। युवाओं की इस स्वप्न नगरी में मेरे, विभा और गीता जैसे हजारों, अपने सपने पूरे करने की आस लेकर अलग-अलग जगहों, परिवारों, स्थितियों से आए हुए हैं। हमारे ही इस हॉस्टल में वन्दना एक आई.ए.एस. की बेटी है, तो गीता एक बड़े व्यापारी की, मेरे पापा शिक्षक हैं, तो नीमा एक किसान की बेटी है, विभा के पापा इंजीनियर हैं, पर सबका सपना एक ही है। किसी तरह लोकसेवा परीक्षा में कोई न कोई पद प्राप्त कर लेना। सबका एक ही सपना लेकिन सपने की वांछित स्थिति से खुद की दूरी सबकी अलग। इस दूरी को पाटने की कोशिश में हम सभी लगे हुए हैं।

इन कोशिशों भरे दिन को गर्मी और बारिश दोनों मिल कर अज़ीब सी उमस से भरे दिन बना रहे हैं। कभी तो मौसम खुशनुमा हो उठता है, लेकिन कुछ ही घंटों बाद उमस जान निकालने लगती है। जैसे मौसम भी इस सोच में हो कि वो गर्मी बनाये रखे, या बारिश ले आए, और दिन बीते ये कयास लगाते, कि आज बारिश होगी कि गर्मी रहेगी, ठीक हमारी तरह कि कभी तो उत्साह से भरा इस बार तो सलेक्शन होगा ही, लेकिन कुछ घंटों बाद उतनी ही गहन चिन्ता कि कहीं फेल तो नहीं हो जाऊँगी। इसी सब के बीच चली जा रही है हमारी इन्टरव्यू की तैयारी ट्रेन।

कोचिंग के हॉल की खिड़की से एरिकापाम मुस्करा रहा है। अन्दर सर पदों का वरीयता क्रम बता रहे हैं जो हमें साक्षात्कार के अग्रमान्यता पत्रक में भरना चाहिए। सर के बताए क्रम मेरी कॉपी में उतर रहे हैं। मुझे तो इसमें से कोई भी पद मिल जाए। यदि द्वितीय श्रेणी अधिकारी का पद मिल जाए तब तो क्या कहने! मन साथ-साथ बात भी कर रहा है।

कॉपी में लिखा हुआ है—

पहला डिप्टी कलेक्टर दूसरा डी.एस.पी. तीसरा...

क्लास ख़त्म हो गयी। एरिकापाम भी अब शान्त है एक पत्ती भी नहीं हिल रही। हम भी रुके हुए हैं।

'गीता, तुम पदों की वरीयता क्या रखोगी? डी.एस.पी. सब से ऊपर रखोगी क्या?'

'नहीं, मैं डिप्टी कलेक्टर का पद ही ऊपर रखी हूँ। दूसरे नम्बर पर डी.एस.पी।'

सभी एक स्थिति में पहुँच अपनी बातों से समझौता क्यों कर लेते हैं, जबकि यही गीता वर्दी के लिए पागलपन की हद तक दीवानी है।

'और तूने क्या सोचा है?' मैं चौंक कर अपनी सोच से बाहर आ गयी।

'मैं तो सोच रही हूँ कि जैसा सर ने बताया है वैसा ही भर दूँ। मुझे पदों के बारे में ठीक से पता भी नहीं है।'

'रोशन तुम भी वैसा ही भर रहे हो न। तुम तो सर्विस में रह चुके हो बताओ?'

'मैं तो नहीं भर रहा सर के बताये अनुसार। प्रमोशन हो या न हो। कुछ पदों में तो ऐसे ही प्रमोशन से कई गुना ज्यादा कमा लेना है। तुम्हें पता है मेरे साथ के एक लड़के का आबकारी उपनिरीक्षक के पद में सलेक्शन हुआ था तो उसे दूसरे ही दिन शराब के ठेकेदार से एक कीमती मोबाइल गिफ्ट में पहुँच गया था। जबकि अभी पोस्टिंग भी नहीं हुई। मैं तो कमाई के हिसाब से पोस्ट की वरीयता भरूँगा।

'क्या रोशन का लोकहित स्वहित में तिरोहित हो गया? कहाँ गयी लोकसेवा?'' मेरे मन की खनकदार आवाज़ मुझे आई। वापस जाते-जाते रास्ते में गीता ने मेरे कानों में कहा,

''मैंने सुना है, कि रोशन डिप्टी कलेक्टर बनने के लिये तीस लाख दे रहा है।''

मेरे कानों में कोई धमाका नहीं हुआ। बहुत दिनों से, बहुत से लोगों से, बहुत से लोगों के लिये, ऐसी उड़ती-उड़ती बातें सुन रहीं हूँ। बगल से एक बाइक प्रेशर हॉर्न बजाते निकल गयी। ये अच्छा बिजनेस है। दस लोगों से पैसे ले लो। तीन का तो हो ही जायगा। उन तीन के पैसे मिल गये तो भी वारे-न्यारे बाकी के पैसे खिलाने-पिलाने में खर्च के नाम पर कुछ रकम काट कर वापस कर दो। हींग लगे न फिटकरी और रंग चोखा।

एक गहरी साँस ली मैंने। पैसे दो और अपनी योग्यता से सलेक्शन को भी हमेशा के लिए पैसे से सलेक्शन में बदल दो। खैर सबकी अपनी सोच है। जिसे उन तक छोड़ देना ही बेहतर है।

आज कोचिंग में मॉक इन्टरव्यू चल रहा है। कोचिंग के चार-पाँच सर सामने बैठे हैं। बैच के लोगों के नाम वर्णक्रम में पुकारे जा रहे हैं। जो इस बड़े हॉल में सब के सामने, माइक में सर लोगों के सवालों के जवाब दे रहे हैं। सब से अलग-अलग सवाल हैं। उनकी पारिवारिक पृष्ठभूमि, रूचि, गृह जिला से लेकर देश-विदेश, ब्रह्मांड तक के सवाल। सवालों का कोई सिलेबस नहीं है। लेकिन जो सबसे कॉमन सवाल

है, वो है—

'आप सिविल सर्विस में क्यों आना चाहते हैं?'

सभी का जवाब लोकसेवा के लिए ही मिल रहा है। क्या सिर्फ मैं ही ऐसी स्वार्थी हूँ? क्या मैं अपने व्यक्तिगत सपने को लोकसेवा से ऊपर रखती हूँ? विचलित हो गयी हूँ मैं। तब से अपने मन के खेत से खरपतवार बन आए आत्मनिर्भर बनने के सपने को उखाड़-उखाड कर वहाँ लोकसेवा रोप रही हूँ। आखिर कार रोप ही लिया मैंने, इन्टरव्यू का अभिनय भी पक्का कर लिया।

इन्टरव्यू कल ही है।

पापा के साथ रायपुर के एक होटल में रुकी हुई हूँ। कमरे का ए.सी. सही काम नहीं कर रहा। घुटन-सी होने लगी है मुझे अन्दर कमरे में। बाहर बालकनी में आ गयी हूँ, हवा में उमस है, लेकिन लू की तपती गर्मी नहीं। हवा सूकून ही दे रही है। अधिकांश कमरों में ताले लगे हुए हैं। होटल दोपहर को रात की तरह ही सूने हो जाते हैं। ये सूनापन भा रहा है। अचानक मेरे सुकून को किसी की नज़र लग गयी। एक लड़का पास ही के कमरे से हेलो...हेलो...करता बाहर निकल आया है।

'अब आवाज़ साफ आई?'

'हाँ भैया कल ही है।'

'भैया, डी.एस.पी. के लिए ही बोलना।'

'नहीं, नहीं, डी.एस.पी. ही अच्छा है।'

मेरी आँखें एकबारगी आवाज़ के स्त्रोत की ओर उठ गयी, फिर वापस सामने स्थिर हो गयी लेकिन सारी इन्द्रियाँ उस लड़के की बातों में ही लगी हुई हैं।

'हाँ पहले एक बार बात हो गयी है। एक दिन पहले याद दिलाना बोले थे। बस याद दिलाने के लिए ही किया हूँ। हाँ, डी.एस.पी...बस मेरा ये काम करा दीजिए भैया।'

बात ख़त्म हो गयी। लड़का अन्दर कमरे में चला गया। पढ़ने? इसे पढ़ने की क्या ज़रूरत होगी। कल ही तो है कह रहा था, यदि इन्टरव्यू की बात ही कर रहा होगा, तो कल पता चल जाएगा। ये भी आयोग में मौजूद होगा... देखूँगी जरुर...

मुझे गीता की बात याद आई, 'रोशन तो सलेक्शन के लिए तीस लाख दे रहा है...'

जाने क्या सही क्या गलत। मेरी आँखों के सामने दो साल पहले बीते कुछ लम्हे उभरे। उभर आया एक शख्स मेरे बगल में।

मैं जिला पंचायत के बाहर खड़ी हुई थी। शिक्षाकर्मी का इन्टरव्यू दिलाने के बाद, भाई के मुझे लेने आने का इन्तज़ार करते हुए। आसमान एक ओर से काला होने लगा था आज ही की तरह। वह आदमी मेरे बगल में आकर कह रहा था।

'आप अपना रोल नम्बर मुझे दे दो। मैं आपका सलेक्शन करा दूँगा।'

पहले तो मैंने उसे टाल दिया,

'नहीं देना है मुझे।'

पर वह टलनेवालों में से नहीं था।

'अरे बस दो लाख लगेंगे और आप की नौकरी पक्की। मैं गारंटी दे रहा हूँ। नहीं हुआ तो आपके पूरे पैसे वापस।'

बारिश की इक्का-दुक्का बूँदें टपकने लगी थीं। भाई अब तक लेने नहीं आया था। मैं उसे जोर से झिड़क देना चाहती थी, कि नहीं देना है, एक बार कह दिया, तो समझ नहीं आता क्या?

लेकिन नहीं, इसकी जगह मै इस आदमी की बातों का मजा लेना चाहने लगी थी। भाई के आते तक वक़्त काटने का यही जरिया ही सही।

'कैसे सलेक्शन करा देंगे आप? मैं क्यों विश्वास करूँ?'

'अरे हम लोग की पूरी सेटिंग है। आप को इन्टरव्यू में पूरे नम्बर मिल जाएँगे। और यदि थ्योरी में कम हैं तो टाइपिस्ट से भी सेटिंग है।' उस आदमी की आवाज़ में रहस्य भरी गूँज उभर आई थी।

'लेकिन दो लाख...दो लाख तो मेरे लिए बहुत है।'

मैं भी अब लोग कैसे सेटिंग करते हैं? अपने लिए इस दुर्लभ ज्ञान को ग्रहण करने के लिये तैयार हो गयी।

'दो लाख कोई ज्यादा नहीं है मैडम।'

'फिर भी दो साल का वेतन तो है ही न। अगले दो साल तक क्या खाएँगे?'

शिक्षाकर्मी बनना मेरा लक्ष्य नहीं था। वो तो यूँ ही जब तक लोकसेवा में चयन न हो जाए, तब तक करना था। इसीलिए पद खरीदना ही नहीं था तो बेचने से मना कर देने का डर भी नहीं था।

'अच्छा डेढ़ लाख दे दीजिए; इससे एक पैसा कम नहीं होगा। अभी आज कल में पचास हजार दे दीजिए। बाकी के पैसे सलेक्शन लिस्ट निकलने के बाद और नियुक्ति पत्र आने के पहले देना होगा।'

वह मामला तय करने के मूड में आ गया था।

तभी सामने से भाई आता दिखने लगा तो मैं अच्छा कह कर आगे बढ़ गयी। वह पीछे से आवाज़ दिया,

'मैडम, रोल नम्बर तो दे दीजिए।'

'नहीं, रहने दीजिए। मुझे सलेक्शन नहीं कराना है, डेढ़ लाख भी मेरे लिए बहुत ज्यादा है।'

अब मुझे मामले का मजा लेने की जगह बारिश से पहले घर पहुँचने की जल्दी

थी। मुझे कोई गरज नहीं थी इसलिए सेटिंग उसकी गरज का मामला बन गया था।

'ठीक है मैडम आप एक लाख ही दे देना।'

फिर वह एक लाख से पचहत्तर हजार में उतर आया। वह पीछे से आवाज़ देते रह गया, मैं आगे बढ़ते गयी, लेकिन इस खेल से मेरे सामने एक नयी दुनिया 'खुल जा सिमसिम' कहते खुल आई थी। क्या वही दुनिया यहाँ राज्य स्तर की इतनी बड़ी परीक्षा में भी है? मेरी रगों में सिहरन-सी दौड़ गयी।

मैंने मुड़ कर उस लड़के के कमरे की ओर देखा। क्या प्रतियोगिता परीक्षाओं में चयन छः सतहवाला रुबिक क्यूब होता है? हर सतह का रंग अलग, लेकिन होते तो वे एक ही क्यूब के हिस्से हैं। जैसे मेरे साथ मेरे स्कूल में आए दो शिक्षाकर्मियों में से एक दो लाख दे कर आया था, और एक डेढ़ लाख देकर, वैसे उस आदमी को पैसे दिए बिना भी मेरा शिक्षाकर्मी के लिए सलेक्शन हो ही गया था। बस यही बात इस बड़ी परीक्षा की गर्मी में मुझे ठंडी हवा सी राहत दे रही है।

इन्टरव्यू दे आई हूँ। वह होटलवाला लड़का भी इन्टरव्यू देने आया था। अब बस परिणाम का इन्तज़ार है, जो कुछ ही दिन में आ जाना है। दिन ख़राब नेटवर्क में घूमता सर्च इंजन हो गये हैं। जो बस घूमता रहता है, कहीं पहुँचाता नहीं है। अब तो पढ़ने का काम भी नहीं बचा। मानसून की झमाझम बारिश ने घर में कैद कर दिया है। आज सुबह से शाम हो गयी। अब भी मूसलाधार बारिश हो रही है। मन में, जीवन में सीलन-सी भर आई है। आसमान के बादल मन में घुमड़ रहे हैं—कब रिजल्ट आएगा? सलेक्शन होगा या नहीं, सलेक्शन होगा या नहीं।

मैंने खिड़की खोल दी। फुहार मेरे बिस्तर तक पहुँच गयी। बिस्तर गीला होने के डर से मैंने झट से खिड़की बन्द कर दी। मैं बन्द खिड़की के काँच से बाहर की ओर बहती अनवरत धारा को देखते खड़ी रही। उसे छूने की कोशिश करती रही। ऊपर से आती धारा को छूने, मैं अपनी उँगली काँच पर रखती कि धारा अपनी दिशा ही बदल देती। रिजल्ट और मेरे बीच भी एक काँच की खिड़की है।

देर शाम मम्मी की तेज आवाज़ से नींद खुली—

"भावना रिजल्ट आ गया है।"

मैं झकनका कर उठी। दौड़ पड़ी हूँ मम्मी की ओर। मम्मी मोबाइल पर किसी से बाते कर रही हैं—

"क्या है तेरा रोल नम्बर?"

मैं कम्प्यूटर ऑन कर अपना रिजल्ट देखने लगी। मम्मी कह रही हैं, 'थोड़े देर से फोन करती हूँ।'

मैंने आयोग की वेबसाईट खोल ली है लेकिन एक हिचक-सी हो रही है। जैसे पर्दा हटाते ही कोई राक्षस सामने आनेवाला हो। न हटाऊँ तो मैं बच जाऊँगी

जैसे। फिर भी रोल नम्बर देख रही हूँ।

'है! है मेरा रोल नम्बर! सलेक्शन हो गया है, मम्मा!'

मम्मा के चेहरे में हीरे, मोती, जुगनू सारे उग आये हैं। आँखें कुछ पनिया सी गयी हैं। बेटी के चयन की ख़ुशी के साथ अधूरे सपनों का पूरा होना भी है इनमें। इन आँखों का सामना नहीं हो पा रहा मुझसे। अच्छा हुआ कि उन्होंने मुझे अपने से लिपटा लिया है। पापा भी आ गये हैं। वे भी बेहद खुश हैं। दिल कुछ खाली सा हो आया है। क्या हो रहा है, कुछ समझ नहीं आ रहा। जैसे कोई करंट लग गया हो। धीरे से मम्मी-पापा की ख़ुशी देख ख़ुशी होने लगी है।

इसके बाद तो दिन पूस के दिनों से निकल गये। शुरू के कुछ दिन तो लोगों की बधाइयाँ लेते, मिठाइयाँ खिलाते बीत गये। विपत्ति ही नहीं सफलता भी छलनी सी होती है; जो अपने पराये का भेद दे देती है।

अब ये दिन आसमान में उड़ने के दिन लगने लगे हैं। दिन हैं हवा से बातें करने के। जब चाँद तो एक बुलावे पर निकल आए, और तारे... उन्हें तो हम जब चाहे हाथ बढ़ा तोड़ सकते हैं। गीता तो अकसर तारों को अपनी वर्दी में सजाने का सपना देखा करती है। रोशन शायद नोट गिनने के सपने देखता होगा।

ये दिन अनजानी ऊर्जा से भरे दिन लग रहे हैं। जब लग रहा है कि इस दुनिया की कोई भी चीज पहुँच से दूर नहीं। ये दिन शायद ज़िन्दगी के सबसे हल्के और फूलों की मदहोश कर देने वाली खुशबू से भरे दिन हैं। जब भूत की अनिश्चितता का अँधेरा छँट गया है। जब भविष्य सुनहरे सूरज सा चढ़ता दिख रहा है, लेकिन जिसमें नौकरी के तनावों की तपिश अभी नहीं आई है।

रिजल्ट निकले पाँच महीने बीत चुके हैं। नियुक्ति पत्र का इन्तज़ार करते-करते अब मन थकने लगा है। जिला सेनानी की सलेक्शन लिस्ट मुँह जबानी याद हो गयी है। भावना सक्सेना, रोहन कुमार, मनीष मिश्र, रमा चौहान, सचिन पाण्डेय।

अब खाने, सोने और घूमने में दिन जा रहे हैं। ठंड की खुनक हवा में छा गयी है, दोपहर को खाने के बाद आँगन में नीम से छनकर आती धूप में बैठना भला लगता है। आज दोपहर जब धूप में उनींदी सी बैठी थी, तो मोबाइल की घंटी बजी। गीता का फोन आया।

'हाई! भावना,' उसकी आवाज़, चिड़ियों की भोर में चहक है। लगता है इसका नियुक्ति पत्र आ गया।

'हाई! क्या हाल है?'

'मेरा नियुक्ति पत्र आ गया। हफ्ते भर मे ज्वाइन करना है। तुम्हारा आया क्या?'

'नहीं, अब तक तो नहीं आया है।'

'सुनो! एक बार मन्त्रालय में पता कर लो। हम लोग का भी नहीं आ रहा था;

हम तीन–चार लोग मिल के गये थे।'

'लेकिन मैं तो अपनी पोस्ट में सलेक्टेड किसी को नहीं जानती।'

'तो अकेले चले जाओ न। उसके बिना देर लग ही सकती है।' गीता की आवाज़ में कोई बात है, जिसे वो कहना चाह रही है, लेकिन कह नहीं पा रही। मैंने पूछा भी नहीं।

जब से गीता से बात हुई है, तबसे किसी बात में मन नहीं लग रहा। सोच रही हूँ कि एक बार मन्त्रालय जाकर पता कर ही लिया जाए।

अकेले ही चली आई हूँ मन्त्रालय। बाहर आम लोगों के प्रवेश द्वार में लाइन में लग कर अन्दर जाने का पास बनवा लिया है। उनसे ही गृह विभाग का पता पूछ लिया है। अब मन्त्रालय की भूल–भुलैया में लोगों से पूछते हुए बड़ी मुश्किल से गृहविभाग पहुँच गयी हूँ; जैसे मैंने मंजिल पा ली लेकिन अभी कहाँ?

सुन्दर सा नया बना मन्त्रालय है। प्लाई के कम ऊँचाई के पार्टीशन है। जिनसे पूरा हॉल दिख रहा है। जिसमें अधिकांश कुर्सियाँ खाली हैं लेकिन कुर्सी के बगल में रखे डस्टबीन पान की पीकों से नहाये हुए हैं। एक व्यक्ति के पास जाकर पूछती हूँ।

'जी, मेरा सलेक्शन जिला सेनानी के पद पर हुआ है। मुझे जानना है कि हमारा नियुक्ति पत्र कब तक जारी होगा?'

मुँह में पीक भरे उस आदमी ने मुझे एक्स–रे की निगाह से देखा फिर दूर एक कुर्सी की ओर इशारा कर कहा—

"वो, उनसे पता करिये।"

"जी मेरा सलेक्शन जिला सेनानी के पद पर हुआ है मुझे जानना है कि हमारा नियुक्ति पत्र कब तक जारी होगा?"

"अच्छा! जिला सेनानी के पद पर, बधाई हो आपको। क्या नाम है आपका?'

"भावना सक्सेना।"

"कहाँ से आई हैं?"

"कोरबा।"

"अच्छा एक काम करिये आप। वो उधर बैठे हैं, सेक्शन ऑफिसर। उनसे बात कर लीजिए।"

मन कहता है मान्यवर! जब आपको पता नहीं था, तो इतनी पूछताछ की क्या जरुरत थी, पर कहती कुछ नहीं।

"जी वहाँ तो कोई नहीं है अभी।"

"तो आ जाएँगे, चाय–पानी के लिए गये होंगे कहीं, थोड़ा इन्तज़ार कर लीजिए।"

मैं उस खाली कुर्सी के सामने बैठ इन्तज़ार कर रही हूँ। टेबल में धूल है।

आसपास मकड़ी के जाले हैं। मैं समय काट रही हूँ, टेबल की धूल में फूल उकेरते हुए, इधर-उधर नज़रें दौड़ाते हुए। एक जगह लिखा हुआ है।

'लोकहित सर्वोच्च है।'

मेरे मन में भी लोकहित अच्छी तरह से रोपा जा चुका है।

बैठे-बैठे काफी देर हो गयी। ऊब किसी ऊबकाई-सी मन में उभर आई। लगभग आधे घंटे बाद घुँघराले बालवाले, मुँह में पान भरे एक सज्जन? वहाँ आए—

'कहिये मैडम क्या काम है?' उनकी आवाज़ में बेहद ठंडापन और रूखापन है।

'जी मेरा सलेक्शन जिला सेनानी के पद पर हुआ है मुझे जानना है कि हमारा नियुक्ति पत्र कब तक जारी होगा?'

'अच्छा, आपका नाम क्या है?' आवाज़ में शहद सी नरमी आ गयी है।

'भावना सक्सेना'

'पहले तो भावना जी आपको सलेक्शन की, हमारे विभाग में आने की बहुत-बहुत बधाई। आप लोग के पुलिस वेरिफिकेशन के फॉर्म भेज दिए गये हैं। जैसे ही उनका जवाब आ जाएगा। आपको चिकित्सा प्रमाण-पत्र प्रस्तुत करने लिख दिया जाएगा। आपके चिकित्सा प्रमाण-पत्र आते ही आप लोगों का नियुक्ति पत्र जारी हो जाएगा।'

'सर! क्या मैं जान सकती हूँ कि पुलिस वेरिफिकेशन फॉर्म कब भेजे गये हैं?'

'बिलकुल जी, हम तो आप की सेवा के लिए ही बैठे हैं।'

उस सेक्शन ऑफिसर ने अपने कत्थई दाँत निकाल दिए। अपने दराज़ से एक फाइल निकाली। फ़ाइल में भी धूल की परत है। उसने धूल सामने ही झटकाई और एक महीने पहले की एक तिथि बता दी।

'सर! फिर भी अन्दाज़न कब तक हमारा नियुक्ति पत्र जारी हो जाएगा?' मैंने सम्भावना पूछ ली।

'हे...हे...हे...हम तो आप की सेवा के लिए ही बैठे हैं मैडम... अब ये तो आपके ऊपर है कि आप कितनी जल्दी करवाना चाहती हैं।'

सेक्शन ऑफिसर का ये जवाब कुछ सिर के ऊपर से ही चला गया है। अचकचा कर मैं जल्दी ही कह उठी हूँ।

'सर! हम तो चाहेंगे कि जितनी जल्दी हो जाए उतना अच्छा।'

'जल्दी के लिये कुछ चाय पानी हो जाए तो कुछ जल्दी करने की ऊर्जा मिल जाए' यह कहते हुए सेक्शन ऑफिसर के सीधे हाथ का अँगूठा और तर्जनी एक-दूसरे पर फिसल रही हैं। अब सिर से ऊपर जाता, सब कुछ समझ में आ गया, इसीलिए

इसकी आवाज़ में चाशनी भी भर आई थी।

'जी अच्छा' कह कर उठ गयी हूँ। पीछे से आवाज़ आई।

'वैसे आप अपना फोन नम्बर दे दीजिए। कोई खबर हुई तो आपको खबर कर देंगे।' आवाज़ में कुछ खीज सी है।

मैंने नम्बर दे दिया, और वापस आ गयी। आते हुए एक बार फिर उस स्लोगन पर नज़र गयी।

'लोकहित सर्वोच्च है' मुँह में नीम का रस भर गया हो जैसे।

दिन-रात मेहनत कर के सलेक्शन पाया है। अब नियुक्ति तो अधिकार है। इस अधिकार के लिए ये मुझसे पैसे माँग रहा है। कितने दिन नहीं देगा नियुक्ति पत्र? दो महीने की जगह आठ महीने लगाएगा लेकिन उसे अन्ततः देना तो होगा ही। पैसे दे कर नियुक्ति पत्र नहीं लूँगी मैं। मन विचारों की फूँक से कोयले के अंगार-सा सुलग रहा है।

घर वापस आते ही मम्मी-पापा ने उत्सुकता से पूछा, 'क्या हुआ? कब तक आएगा नियुक्ति पत्र?'

बता दी सारी राम कहानी। मम्मी-पापा भी मेरी बात से सहमत हैं। वापस आकर फिर इन्तज़ार में दिन कट रहे हैं। जैसे दिन-रात लगी बारिश की झड़ी के बाद सूरज निकलने की प्रतीक्षा होती है। इस इन्तज़ार का इलाज रसोई में ढूँढ़ रही हूँ। नयी-नयी व्यंजन विधियाँ आजमा रही हूँ। मम्मी भी खुश है। वह तो मानती ही थीं, और अब हॉस्टल में रह कर मैं भी मानने लगी हूँ, कि लड़का हो चाहे लड़की, ऑफिसर बनो चाहे कुछ और, लेकिन अच्छा खाना बनाना तो आना ही चाहिए।

मैंने नेट से अल्फाम चिकन की विधि निकाली है। आज इस पर ही जोर आजमाइश हो रही है कि एक कॉल आया।

'हेलो! मैं रोहन कुमार बोल रहा हूँ। मेरा भी सलेक्शन जिला सेनानी पद के लिए हुआ है।'

'अच्छा, सलेक्शन लिस्ट में नाम पढ़ा था आपका, अच्छा किया आपने कॉल कर लिया। आपको पता है कि नियुक्ति पत्र कब तक आ रहा है?'

'दरअसल मैं कल ही मन्त्रालय गया था। नियुक्ति पत्र का पता करने...उनसे ही आपका नम्बर मिला। मैंने बाकी सब से भी बात की है। हमें एक साथ मिल कर कुछ दे देना चाहिए।'

मेरे हाथ चिकन मेरिनेट करते हुए सने हुए हैं। ऐसा लगा जैसे कोई लिजलिजी चीज हाथों ही में नहीं पूरे अस्तित्व में लग गयी है।

'लेकिन क्यों देना चाहिए। हमारा सलेक्शन हुआ है, नियुक्ति पत्र तो उन्हें हमें देना ही होगा। आज नहीं तो कल। फिर हम रिश्वत दे कर क्यों गलत करें?'

'देखिए! वो तो ठीक है, लेकिन हमें विलम्ब के कारण हर महीने के वेतन की लगभग तीस हजार की आर्थिक हानि भी तो हो रही है। हम कुल पाँच हैं। बाकि तीनों से मेरी बात हो गयी है। मनीष तो पहले से ही एक्साइज सब-इंस्पेक्टर है, उसे नियुक्ति पत्र की कोई जल्दी नहीं। वो अभी ज्यादा कमा रहा है। बाकी के तीनों देने को तैयार हैं। यदि हम एक बार पाँच-पाँच हजार मिला कर दे दें, तो अगले ही महीने हमारा नियुक्ति पत्र आ जाएगा। मनीष के हिस्से का पाँच हजार भी मैं ही देने को तैयार हूँ।'

'देखिए मुझे रिश्वत दे कर नियुक्ति पत्र लेने की कोई जल्दी नहीं है। मैं इसमें आप लोगों का साथ नहीं दे पाऊँगी।'

'ठीक है मैडम! जैसा आप ठीक समझे लेकिन एक बार और विचार ज़रूर करियेगा।' यह कह एक पल को वह रुके रहे फिर कॉल कट कर दिया। मैंने इसके आगे कुछ नहीं कहा। जाकर मम्मी-पापा को जरुर बताया। वे भी मेरे विचार से सहमत हैं।

रात को खाना खाते हुए पापाजी ने फिर कहा—

''बेटा मुझे नहीं लगता कि तुम सब को नियुक्ति पत्र के लिए कुछ देना चाहिए। वे समय ले रहे हैं, कि नियुक्ति की जल्दी में तुम सब उन्हें कुछ दे दो। यदि नहीं भी दोगे तो भले देर से सही लेकिन नियुक्ति पत्र आएगा तो ज़रूर।''

'हाँ पापा मुझे भी यही लगता है। अब देखिए बाकी सब क्या करते हैं? मुझे नहीं लगता ये इन्तज़ार करेंगे।'

मुझे बेचैनी सी लग रही है। क्या नौकरी में आने के बाद सभी ऐसे ही लोगों से मिलना होगा?

रात जब बिस्तर पर लेटी तो खिड़की से दिखते चाँद में भी सेक्शन ऑफिसर का अक्स दिखने लगा और हल्की हवा में चाँद को घेरे हुए पीपल की एक-दूसरे पर फिसलती पत्तियाँ उसकी फिसलती अँगुली और अँगूठा बन गये। घर की दीवार पर खिड़की के किनारे एक पीपल उग आया है। जो निरन्तर बड़ा होता जा रहा है। इस पीपल के पेड़ को माँ पाप लगने के डर से नहीं उखाड़ने देती हैं लेकिन देश की दीवारों को कमजोर करती, ये भ्रष्टाचार की जड़ें किस पाप के डर में पनाह पाती हैं? पाप नहीं, सुविधा की छाँह की आस में।

रोहन का कॉल दो-तीन बार और आया लेकिन मुझसे हर बार वही उत्तर पा फिर कॉल आना बन्द हो गया। शायद उसने और बाकी लोगों ने उस भ्रष्ट सेक्शन ऑफिसर की दुराशा पूरी कर दी, जो अगले ही महीने राज्य स्तरीय चिकित्सा बोर्ड से चिकित्सा प्रमाण-पत्र पन्द्रह दिवस में प्रस्तुत करने का पत्र आ गया।

मैं रायपुर चली आई; फिर शुरू हुआ राज्य के सबसे बड़े सरकारी अस्पताल

के विभिन्न विभागों का चक्कर। हमारे बोर्ड में तीन डॉक्टर हैं। जिनके हस्ताक्षर इस प्रमाण-पत्र में मुझे लेने हैं। दो डॉक्टर के हस्ताक्षर तो आसानी से मिल गये लेकिन तीसरी डॉक्टर, जो स्त्रीरोग विशेषज्ञ हैं, उनके हस्ताक्षर ने कमजोर नेटवर्क में पूरी फिल्म डाउनलोड करने कोशिश के समान हैरान-परेशान कर दिया।

पहले टोकन लेने की लाइन में, फिर अस्पताल की पर्ची बनाने की लम्बी लाइन में फिर स्त्री रोग विभाग में पंजीयन कराने की लम्बी लाइन में लगना पड़ा। इस लम्बी लाइन में लगे हुए कुछ राहत दे रहा है, तो बाहर खिड़की से दिखता कामिनी का फूलों से लदा पेड़। जिसकी खुशबू गाहे-बगाहे हवा के झोंके के साथ आकर अस्पताल की गन्ध का भारीपन दूर कर रही है। बहुत से दु:ख-दर्द से भरे मरीज और उनके रिश्तेदार दिख रहे हैं। अस्पताल होने के इन सारे भारीपन में सब से भारी पड़ा, उनके जूनियर डॉक्टर की ही-ही, खी-खी के बीच अपने स्वास्थ्य प्रश्नोत्तरी का जवाब देना।

एक सफ़ेद कोट पहने भूरी आँखोंवाले जूनियर डॉक्टर को दूसरे जूनियर डॉक्टर ने टहोका मारते हुए कहा—

'अबे, बता न कहाँ ले गया था तू उसे घुमाने? वो चली भी गयी तेरे साथ।'

पहले के चेहरे में कामिनी के फूल वक्र होते हुए खिलते दिखे। उसने मेरे पहले खड़ी एक ग्रामीण सी दिखने वाली, लेकिन सुन्दर सी लड़की की आँखों में देखते हुए पूछा,

'आपका एल.एम.पी. डेट बताइए।'

जवाब में उसने कुछ नहीं कहा, जाहिर है, वह समझ नहीं पाई। उसे समझ में आना ही नहीं था।

'महीना तेरा महीना किस दिन आया था पिछले महीने...'आवाज़ ऊँची, अशिष्टता और खीज से भरी है। मेरा मन वितृष्णा से भर गया।

'इक्कीस अक्टूबर' लड़की संकोच से सिमटी जा रही थी।

तभी उसके पास बैठे एक-दूसरे डॉक्टर फिर टहोका मारा, 'अबे बता न। भाव मत खा।'

पहला चेहरे में वक्रता समेटे उस लड़की से मुखातिब रहा—

'यहाँ क्यों आई है कुछ परेशानी?'

'पेट में दर्द है।'

'कहाँ?' लड़की ने बताया।

उस डॉक्टर ने चेहरे पर क्षुद्र हँसी उकेरे हुए, उस लड़की का पेट दबाते हुए एक आँख मारी और कहा, 'तुझे सब कुछ जानना है क्या? तो इन्तज़ार कर।'

लड़की का चेहरा जैसे आंच पर चढ़ा दूध का भगोना बन गया, जिससे

असहजता दूध-सी उफन रही है। उस जूनियर डॉक्टर ने लड़की का परिक्षण पूरा कर पर्ची में कुछ लिख के उसे आगे बढ़ने का इशारा कर दिया। अब मेरी बारी है। ऐसे माहौल से पहली बार रूबरू होने को मिला है।

"अबे अभी इतना तो बता न, कहाँ गया था?"

"आपकी एल.एम.पी. की डेट बताइए। आपको कोई परेशानी तो नहीं होती है?"

"नहीं।"

"इसके साथ कौन-सी लड़की जाने से मना की है आज तक। ये है ही सबको शीशे में उतारनेवाला।' यह वहाँ बैठी एक नाज़ुक-सी दिखने वाली एक दूसरी जूनियर डॉक्टर थी।

"अपना तो ऐसा ही है यार।" ये वाक्य मेरी पर्ची में हस्ताक्षर करते हुए आया। तीनों खिलखिला पड़े। मेरी पर्ची उन हाथों से छूटने को फड़फड़ा रही थी।

मेरी नसों में लोकहित का रस दौड़ गया। मैं तो बीमार नहीं हूँ, लेकिन ये क्या दूसरों से भी ऐसे ही बेसिर-पैर की बातें करते हुए उनकी बीमारियों के लक्षण लिखते होंगे? ये भी तो सरकार का एक अंग ही हैं।

'यदि आप लोगों की ज़रूरी बातें हो गयी हों तो मुझे इसे दे दीजिए। मैं डॉक्टर मैडम से मिल लूँ।' मेरी आवाज़ में तल्खी के विशाल बरगद ने उनकी बातों की दीवारों में सेंध लगा दी। वे तीनों अचकचा गये।

"अ...अ...हाँ...लीजिए।"

मैं उनके काम में गम्भीरता, लगन, मरीजों के प्रति संवेदनशीलता के जब्बे के अभाव पर नपुंसक नाराज़गी के साथ स्त्री रोग विशेषज्ञ मैडम का कक्ष ढूँढ़ने लगी।

तीन-चार कक्ष आगे जाकर एक कक्ष में मरीजों की बहुत भीड़ लगी दिखी। कक्ष के सामने उस नाम पट्टिका है, जिनका नाम मेरे चिकित्सा प्रमाण-पत्र लाने के आदेश में लिखा हुआ है। कुछ देर तक मैं भीड़ कम होने का इन्तज़ार करती रही, लेकिन यहाँ की भीड़ तो कृष्ण जी के दिये अक्षय पात्र से निकलते चावल जैसी लग रही है। इन्तज़ार करना व्यर्थ जान मैं कक्ष के अन्दर चली आई।

डॉक्टर का कक्ष निम्न मध्यम वर्ग की महिलाओं, खासकर गर्भवती महिलाओं और उनके रिश्तेदारों से खचाखच भरा हुआ है। इन सब के बीच से जगह बनाते मैं डॉक्टर के पास पहुँच गयी। मैं अपनी बात कहने का, उनसे चिकित्सा प्रमाण-पत्र में उनका हस्ताक्षर लेने का मौका देखते चुपचाप खड़ी हूँ। यहाँ भी खिड़की से कामिनी के फूलों का सफ़ेद कोट पहने वह पेड़ दिख रहा है। अचानक डॉक्टर की नज़रें मुझ पर पड़ी, मुझे मौका मिला,

'हाँ बताओ।'

'जी मैडम! ये चिकित्सा प्रमाण-पत्र बनवाना है। इस पर आपके हस्ताक्षर चाहिए हैं।'

जैसे कोई बम फूटा या ज्वालामुखी या कि बिग बैंग का जोरदार विस्फोट ही हुआ।

'नहीं करना है मुझे हस्ताक्षर। जा कर कह दो मन्त्रालय में। मैडम हस्ताक्षर करने से मना कर दी हैं। मरीजों का इलाज करो कि लोगों का चिकित्सा प्रमाण-पत्र बनाओ। चिकित्सा बोर्ड का सदस्य बनाते हुए पहले पूछते हैं क्या? नहीं करुँगी हस्ताक्षर।'

बड़ी अज़ीब-सी स्थिति हो गयी है। शायद ये बेहद अधिक काम के बोझ का असर है। क्या करूँ? लेकिन ये दिन तो आसमान में उड़ने के दिन हैं। दिन हैं हवा से बातें करने के। शायद ये दिन अनजानी ऊर्जा से भरे दिन हैं। जब लग रहा है कि इस दुनिया की कोई भी चीज पहुँच से दूर नहीं इसीलिए इस बम फूटने के सन्नाटे को चीरती मैं मन्द-मुस्कान के साथ बोल पड़ी हूँ।

'जी मैडम! आप मेरे चिकित्सा प्रमाण-पत्र में हस्ताक्षर कर दीजिए प्लीज। जब मैं इसे देने मन्त्रालय जाऊँगी तो वहाँ आपका सन्देश दे दूँगी।'

डॉक्टर मैडम के पहाड़ से कठोर चेहरे से हँसी किसी कोंपल-सी फूट पड़ी। उन्होंने पूछा—

'किस पोस्ट में सलेक्शन हुआ है?'

'जी जिला सेनानी।'

'अच्छा तो पोस्टिंग के बाद एकाध सैनिक हमें भी दे देना।' उनकी इस हँसी से मेरे लिए, मरीजों से भरे, दवाओं, फिनाइल की गन्ध से महकते इस कक्ष में कामिनी की खुशबू भर आई है।

'जी मैडम!' मेरे चेहरे से भी मुस्कान का झरना झर रहा है। उन्हें पता है वे कोई सैनिक देने नहीं कहेंगी। मुझे पता है मुझे कभी कोई सैनिक देने की जरुरत नहीं पड़ेगी।

मैडम ने मुस्कराते हुए फॉर्म पर हस्ताक्षर कर दिए। साथ ही दो और लोगों ने उनसे हस्ताक्षर करा लिये।बाहर निकल कर एक ने मुझे कहा,

''हेलो मैं रमा... रमा चौहान। मेरा भी जिला सेनानी के पद में चयन हुआ है। आप?''

''मैं भावना सक्सेना।''

''अच्छा आप ही हैं भावना सक्सेना!'' बगल में खड़े लड़के ने कहा—

''मैं सचिन पाण्डेय। मेरा भी चयन जिला सेनानी में हुआ है।'' उनके कहने के तरीके से मुझे कुछ अज़ीब लगा, जैसे वह मुझे पहले से जानता हो। मैंने पूछा।

''क्या आप मुझे पहले से जानते हैं? क्या हम परिचित हैं?''

''नहीं, असल में रोहन से आपके बारे में बात हुई थी। उसने बताया था कि...''

आगे एक लम्बी चुप्पी है। अब मुझे साफ़ समझ आ गया उसका 'अच्छा आप ही भावना सक्सेना हैं' कहने का मतलब...इस प्रमाण-पत्र बनवाने का एक फायदा हुआ कि रमा और सचिन से परिचय हो गया। उनका मोबाइल नम्बर भी ले लिया। चिकित्सा प्रमाण-पत्र बनाने का एक महती काम ख़त्म हुआ अब इसे मन्त्रालय पहुँचाना है।

मन्त्रालय पहुँचते ही एक नयी समस्या सामने आ खड़ी हुई। गृहविभाग के अवर सचिव ने इस चिकित्सा प्रमाण-पत्र को हमसे लेने से इनकार कर दिया।

'इसे आप लोग कैसे ले कर आए हैं? ये गोपनीय पत्र है। इसे अधिकारिक रूप से चिकित्सा बोर्ड से आना चाहिए।'

''...''

''इसे वापस ले जाइए आप लोग।''

अब तो कुछ कहना जरुरी ही है।

''सर उन्होंने हमें ही दे दिया, यह कह कर कि इसे मन्त्रालय में जमा कर देना। अब हमें तो प्रक्रिया पता नहीं है सर। प्लीज इसे ले लीजिए।'' कोशिश कर के दो-तीन वाक्य निकले।

जाने क्या हुआ कि उन्होंने हमारी स्थिति समझी और इसे ले लिया। हम सब वापस आ गये। एक-दूसरे का नम्बर ले कर। जल्दी ही मिलने की आशा ले कर। आशा जल्दी पूरी होने को है। रोहन के चाय-पानी ने अपना काम कर दिया है, लेकिन नियुक्ति पत्र आने से पहले सेक्शन ऑफिसर का कॉल आया।

''आप लोग की पोस्टिंग के आर्डर निकलनेवाले हैं। मन्त्री महोदय के पी.ए. आप लोग से मिलना चाहते हैं। आप अठारह सोमवार को यहाँ आ जाएँ।''

''जी, सर, लेकिन किस सम्बन्ध में? क्या आप बता सकते हैं?''

''ये तो आप को आकर ही पता लगेगा। वैसे सम्भवत: पोस्टिंग के सम्बन्ध में बात करना चाहते हैं।''

''जी सर।''

इन दो शब्दों के अलावा तो कोई विकल्प ही नहीं है।

''पापा सोमवार को हम लोगों को मन्त्रालय में बुलाये हैं।'' मैं अपना संशयग्रस्त चेहरा लेकर पापा के सामने हूँ—

''क्यों?''

''शायद पोस्टिंग के सम्बन्ध में बात करने।'' मेरी आवाज़ में असमंजस है।

''पोस्टिंग के सम्बन्ध में क्या बात करेंगे? शासन पोस्टिंग से पहले पसन्द तो

नहीं पूछता।'' वही असमंजस पापा की आवाज़ में भी उग आया है।

''क्या पता।''

''हो सकता है पोस्टिंग के लिए पैसे माँगे जाएँ। बेटा यदि पसन्द देते हैं तो तुम आसपास का कोई जिला ले लेना। भले इसके लिए वे कुछ लेंगे पर चलेगा।'' पापा मेरी पोस्टिंग नक्सली क्षेत्र में न हो जाए इस को लेकर कितने चिन्तित हो गये हैं अभी तक पैसे देने को गलत माननेवाले पापा पोस्टिंग के लिए पैसे देने तैयार हैं।

''लेकिन पापा आप?''

'बेटा अब तो तुम सिस्टम का अंग बन रही हो। मैं ये नहीं कह रहा कि तुम भी कभी अंग बन कर पैसे लेना, लेकिन अपनी सुविधा तो खरीद ही सकते हैं हम।'

पापा के चेहरे में आज चिन्ता और उम्र का असर कुछ अधिक ही दिख रहा है। मैं पापा के गले लग गयी। पापा मेरे बालों में हाथ फिराने लगे।

'मेरी बिटिया स्मार्ट है, अच्छे से बात कर लेगी है न? मैं भी साथ चलूँ?'

पापा की चिन्ता इस बात को लेकर लग रही है कि मैं कहीं उनकी अब तक की दी शिक्षा याद न रखे रहूँ। पापा की आँखों में देख आश्वस्त करती नज़रों से मैं मुस्करा उठी।

सोमवार को ऑफिस के समय में मन्त्रालय पहुँच गयी। वहाँ रमा और सचिन आए हुए हैं। रोहन और मनीष से भी मिलना हो गया। मनीष पहले से एक्साइज सब इंस्पेक्टर के पद पर है। उसे नौकरी करते पाँच साल हो चुके हैं। पहली बार अधिकारिक रूप में मन्त्रालय में बुलाया गया है। आज बिना नियुक्ति पत्र पाए भी शासन का अंग होने का अहसास हो रहा है। मन खुद पर गौरवान्वित हो रहा है।

दूसरी बार मन्त्रालय आई हूँ। यह बाहर से अब तक के देखे गये सरकारी कार्यालयों से अलग है। एकदम साफ़-सुथरा लेकिन अन्दर कोई अन्तर नहीं है। वही जगह-जगह पान की पीकें, दीवारों और पंखों पर लटकते जाले, बाबुओं के टेबल के पास की अलमारियों में फाइलों का धूल से ढँका अम्बार है।

यहीं बातों-बातों में पता चला कि नियुक्ति पत्र के लिए मैंने और मनीष ने पैसे नहीं दिए हैं, बाकी रमा, और सचिन ने पाँच-पाँच हजार दिए है, रोहन ने मेरे और मनीष का हिस्सा खुद से मिलाते हुए पन्द्रह हजार दिए हैं।

कुछ समय बाद बताया गया कि हमें मन्त्री जी के बंगले में बुलाया गया है और मिलने के लिए बारह बजे का समय दिया गया है। हम सब एक साथ मन्त्रालय से जल्दी ही निकल गये। रास्ते में मेरे मुँह से निकल गया।

'जाने क्यों बुलाया है।'

'ज़रूर पोस्टिंग की जगह के लिए बुलाए होंगे।' रोहन ने जवाब दिया।

'नियुक्ति पत्र के लिए तो आपने पैसे नहीं दिए लेकिन अब पोस्टिंग के लिए

तो देंगे ना।' रोहन ने मनीष से कहा।

'देखते हैं कहाँ-कहाँ पोस्टिंग का विकल्प है कोई अच्छी जगह होगी तो देंगे नहीं तो सोचेंगे।'

मुझ से किसी ने कुछ नहीं पूछा। मैं खुद से पूछ रही हूँ—

'क्या करुँगी मैं? एक जिले में दो से तीन साल रहना होगा। जनता की सेवा का काम करना है। कभी अच्छी जगह पोस्टिंग होगी तो कभी पिछड़ी जगह और जब शासन की सेवा में आए हैं तो शासन जहाँ चाहे वहाँ भेज दे।'

मन मजबूत हो चुका है।

बंगले में भीड़ लगी हुई है। कितना सुन्दर बंगला है। हमें एक हॉल में इन्तज़ार करने कहा गया। ऐसा लग रहा है जैसे किसी दरबार में सब अपनी-अपनी अर्जी लेकर बैठे हैं। हमारी बारी आ गयी है। एक-एक कर बुलाया जा रहा है। सबसे पहले रोहन को बुलाया गया। उसके बाहर निकलते ही मनीष को बुलाया। रोहन से हम सब पूछने लगे—

'क्या हुआ? क्यों बुलाया गया है?'

'कुछ नहीं पोस्टिंग की जगह तय करने के लिए ही बुलाया गया है।'

'क्या कह रहे हैं?'

'राज्य के मैदानी जिलों का कुछ ऑप्शन दे रहे हैं। जिसके लिए पैसे लेंगे अन्यथा नक्सली क्षेत्र में पोस्टिंग हो सकती है।'

दिल धाड़-धाड़ धड़कने लगा है। जैसे अनाड़ी हाथों में बजता मान्दर हो।

मेरी बारी आ गयी है। किसी जाल में फँसी चिड़िया के धड़कते दिल के समान धुक-धुकी लिये कक्ष के अन्दर चली आई हूँ। सामने सोफे के कोने में मन्त्री जी के पी.ए. बैठे हुए हैं। सामने सेंटर टेबल है। सोफे के बगल में ही, सामने रखे सेंटर टेबल से लगभग सटी और पीछे दीवार से सटी हुई एक कुर्सी रखी हुई है। उसी कुर्सी पर बैठने का इशारा किया गया।

''नमस्ते मैडम आइये।''

''नमस्ते।''

बेहद सँकरी सी जगह है। बैठते भी नहीं बन रहा। पी.ए. भी सोफे के मेरी ओर के कोने में ही हत्थे पर झुके बैठे हैं।

'देखिए, ऐसा है कि हम नहीं चाहते कि महिलाओं को पोस्टिंग के लिए कोई समस्या हो, इसलिए सोचा पहले ही पूछ लें। कहाँ पोस्टिंग चाहती हैं आप?'

'सर! कहीं भी। जहाँ शासन पोस्टिंग कर दे।' पापा की मौजूदा सीख कोई काम नहीं आई है। बचपन से घुट्टी में पी सीख भूली नही हूँ मैं।

'फिर भी...अब देखिए, ये कोई परीक्षा का सवाल या इन्टरव्यू तो है नहीं, कि

आपको कोई नम्बर मिलना हो। यहाँ आप खुल कर अपनी बात कह सकती हैं। हम यहाँ आपकी सेवा के लिए ही हैं। आप अपनी पसन्द की जगह बता दीजिए हम आपकी पोस्टिंग वहीं कर देंगे।'

'जी सर, मैं कहीं भी जाने को तैयार हूँ।'

'कहीं भी, नक्सली क्षेत्र में पोस्टिंग कर दें तो?' उसकी आवाज़ में चुनौती उभर आई है।

'सर जब परीक्षा दी थी तब ये नहीं सोचा था कि कहाँ जाऊँगी, कहाँ नहीं जाऊँगी। मुझे बस शासन में सेवा करना है। शासन जहाँ चाहे वहाँ भेज दे।'

पी.ए. भन्ना सा गया है—

'देखिए! मैदानी इलाके में सिर्फ बालोद और बेमेतरा जिला खाली हैं, बाकी सब नक्सली जिले हैं। आपके साथी तो यहाँ पोस्टिंग के लिए पचास हजार देने को तैयार हैं। आप महिला हैं इसलिए आपको सिर्फ दस हजार में ही हम पोस्टिंग देने को तैयार हैं। सोच लीजिए।'

यहाँ आकर मेरा मन एक दम स्पष्ट कह रहा है अपनी बात। हाँ यही मैं चाहती हूँ। मैं अपनी पोस्टिंग के लिए भी पैसे नहीं देना चाहती।

''सर मैं कहीं भी जाने को तैयार हूँ।''

''तब तो ठीक है मैडम। आप जा सकती हैं।''

मैं बाहर निकल आई हूँ। बेहद शान्ति महसूस कर रही हूँ। एक अज़ीब-सी शान्ति जिसमें नक्सली क्षेत्र में पोस्टिंग की धुकपुकी भी शामिल है।

अब यह धुकपुकी पोस्टिंग आर्डर के निकलते तक परछाई की तरह साथ ही रहनी है। बाहर निकलते ही मेरे सामने भी वही प्रश्न हैं—

''क्या हुआ?'

''पोस्टिंग की जगह पसन्द करने बुलाये हैं।''

''कहाँ पोस्टिंग के लिए कहा तुमने?''

''जहाँ शासन चाहे वहाँ कर दें कह दिया है।''

''क्या?' यह तेज आवाज़ रोहन की है।

मैंने इस क्या का कुछ जवाब नहीं दिया। शायद सब मुझे बेवक़ूफ़ समझ रहे हों। ठीक है समझते रहें।

हमारी नियुक्ति की फ़ाइल में शायद पहिए लग गये हैं। बेहद तेज चलने लगी हैं। एक हफ्ते में ही हमारा नियुक्ति आदेश आ गया। हम में से दो को मुख्यालय में और बाकी चार को मैदानी इलाकों के ही नये बने जिलों में पोस्टिंग मिली है। मुझे बालोद पोस्टिंग मिली है।

पापा-मम्मी की साँस में साँस आ गयी है। अब मम्मी चैन की नींद सो पाएँगी,

वरना अब तक तो मेरी नक्सली इलाके में पोस्टिंग का कीड़ा उनकी नींद, उनका चैन कुतरे जा रहा था।

दिन दिसम्बर के सूरज से हो गये हैं। रजाई से नर्म, कुनकुनाहट देते गर्म।

मम्मी के चेहरे पर भी एक सूरज उग आया है। मम्मी मुझे देने के लिए आँगन में बैठ कर गुझिया की पूरी बेल रही हैं। पास ही उसका खोवा और मेवे से भरा मसाला रखा है। पेड़ से छन कर आती सूरज की रोशनी आँगन में, मम्मी के चेहरे में सोने की अशर्फियाँ बिखरा रही हैं। मम्मी की आवाज़ में इन अशर्फियों की खनखनाहट है।

''अब की तुम रायपुर से आओगी, तो मैडम बन के आओगी।''

''क्या मम्मा आप भी।''

''मेरा सपना था ये बेटा। जिसे तुमने पूरा कर दिया।''

झिलमिल सपना अब भी मम्मी की आँखों में दिख रहा है। मैं जानती हूँ मेरी आँखों में भी इस वक़्त अशर्फियाँ चमक रही है। मम्मी के सपने को पूरा करने की चमक है इन अशर्फियों में।

हम सब ने मुख्यालय में अपनी उपस्थिति दे दी है। यहाँ भी दीवारों पर स्लोगन लिखे हुए हैं।

''हम आपकी सेवा में तत्पर हैं।''

''हमें अपनी सेवा का मौका दीजिए।''

''लोकहित सर्वोच्च है।''

मैं अब अपने पैरों पर खड़ी हूँ। आत्मनिर्भर हूँ। अब मेरा उद्देश्य लोकहित है। अपनी सेवा-पुस्तिका में हम सबने लोकहित की शपथ पर हस्ताक्षर कर दिए हैं।

मुझे अब तक जीवन में मिले बहुत से परेशान, फटेहाल लोग याद आ रहे हैं। मैं अब उन सबकी मदद करना चाहती हूँ। लोकहित मेरे रगों में ऊर्जा और उत्साह बन दौड़ रहा है। मुझे अब ग्लानि नहीं है, कि मैं पहले अपने पैरों में खड़े होना ज्यादा महत्वपूर्ण मानती थी। अब मैं भी बाकी सब की तरह लोकहित के लिए समर्पित महसूस कर रही हूँ। ऐसा लग रहा है कि शासन में आते ही मैं सब कुछ बदल कर रख दूँगी।

ऑफिस आते कई दिन बीत गये हैं। हमारा प्रशिक्षण प्रारम्भ हो गया है। हर फ़ाइल में मैं लोकहित को ढूँढ़ रही हूँ लेकिन इसे छोड़कर मुझे लोक प्रशासन में पढ़े नौकरशाही के लक्षण जैसे लालफीताशाही, रूढ़िवादिता, मानवता का अभाव आदि गुण दिखने लगे हैं।

हमारे मुख़्यालय में उपस्थिति देने के लगभग पच्चीस दिन बीत चुके है। हम सभी स्थापना शाखा में बैठ कर बाबू से विभाग की जानकारी ले रहे हैं।

'कितने पद हैं विभाग में जिला सेनानी के?''

राज्य के हर जिले में एक जिला सेनानी का पद है। इसके अलावा उस वेतनमान के मुख़्यालय में दो पद है। इस तरह कुल उनतीस पद हैं।

''सारे भरे हुए हैं?''

''आप लोग की पोस्टिंग से सारे पद भर गये हैं। पहले नये बने चार मैदानी जिले और दो मुख़्यालय के पद खाली थे। जिन पर आप लोग की पोस्टिंग हुई है।''

'क्या? मैदानी जिलों के पद खाली थे। नक्सली क्षेत्र के कोई पद खाली नहीं थे?'

''नहीं।''

स्थापना के बाबू का ये जवाब सुनते ही हम सभी प्रशिक्षु अधिकारियों की नज़रें एक-दूसरे की नज़रों से जा मिलीं। इसके बाद किसी का ऑफिस में कुछ सीखने में मन नहीं लगा। सब जाकर मीटिंग हॉल में बैठ गये। जहाँ फ़िलहाल हमारी बैठने की व्यवस्था है। सचिन फट पड़ा।

'नक्सली क्षेत्र में पोस्टिंग का झूठा डर दिखाया उसने। पूरे तीस हजार पानी में गये। न देते तो भी मैदानी जिले में ही पोस्टिंग होनी थी।'

'क्या तीस हजार? मेरे से तो पचास हजार ले लिये इसके लिये। तुमने ही सही किया भावना।' यह रोहन है।

'भावना तुमने पहले से पता लगा लिया था क्या, कि कहाँ-कहाँ पद खाली हैं?' रमा मुझसे पूछ रही है।

पी.ए. से मिल कर निकलते वक़्त सभी मुझे बेवक़ूफ़ मान रहे थे, अब शायद खुद को। सब बेहद नाराज़ हैं, ठगे जाने की बेचैनी से जूझ रहे हैं। अब मेरे मन में शान्ति का समुद्र और गहरा गया है।

एक-एक कर शासकीय सेवा के दिन बीतने लगे हैं। पहले शासन का हिस्सा बनने की खुशी के पर्वत में चढ़ते जाने का समय था। अकादमी में आधारभूत प्रशिक्षण फिर विभिन्न कार्यालयों में व्यावहारिक प्रशिक्षण फिर फील्ड पोस्टिंग। कामकाज की असली स्थितियों का सामना।

मैं सरकारी तन्त्र को समझ कर उसमें शामिल होते जा रही हूँ, कभी खुद को अलग बनाये रखने की कोशिश भी जारी है। अब इन्टरव्यू के समय लोकहित की माला जपनेवालों की असलियत भी खुलने लगी है। मैं अकसर रोशन के बारे में सोचती हूँ। वह क्या कर रहा होगा? तन्त्र में किस हद तक शामिल हो चुका होगा। अलग बने रहने की कोशिश में तो नहीं ही लगा होगा?

इस पद पर नियुक्त हुए ढाई साल बीत गये। प्रशिक्षण के बाद जिला सम्हाले छह महीने तो हो ही गये। इन छः महीनों में मैं एक जिला कार्यालय का स्वतन्त्र

प्रभार सम्हालने लगी हूँ। एक बड़ा सा कमरा है मेरा, जिसे मैंने अपनी रूचि से सँवारा है। जिसमें बैठकर मैं ये पूरा कार्यालय ही नहीं, अपने विभाग के अपने जिले में पदस्थ सारे कर्मचारियों से नियमों में रहते हुए, जैसे चाहे, वैसे काम करा सकती हूँ। जिन उद्देश्यों को लेकर सेवा में आई हूँ, उन्हें पूरा कर सकती हूँ।

मेरे विचार में मैं ऐसा कर भी रही थी, लेकिन कल...कल की एक घटना ने मेरी इस खुशफहमी को तोड़ दिया। मैं खुशफ़हमी की टूटी किरचें समेट कर फिर से जोड़ कर उसे वास्तविक बनाने की कोशिश कर रही हूँ

कल ऑफिस में एक कर्मचारी की विधवा आई थी। एक साल हो गये उसके पति को स्वर्ग सिधारे। अब तक उसकी पेंशन शुरू नहीं हुई है, जबकि मृत्यु के अगले ही महीने से नब्बे प्रतिशत पेंशन तो प्रत्याशा में दी ही जा सकती है। वो भी नहीं मिली। कारण सिर्फ इतना है कि नये बाबू को इस काम के लिए चाय-पानी नहीं मिल पाया। लचर बहाना ज़रूर कागजातों के पूरे न होने और वक़्त न मिल पाने का है।

अभी तक मुझे इस प्रकरण का पता ही नहीं था। ऐसे जाने कितने प्रकरण मेरे ऑफिस में होंगे? न जाने कितने सारे अन्य ऑफिस में होंगे? ऐसे में लोकहित की शपथ तब से झूठी सी लग रही है। कल मैं बाबू को आज ही पेंशन का आदेश बना लाने को कह मैदानी निरीक्षण पर निकल गयी थी लेकिन उसके बाद शाम को शहर में कुछ तनाव होने से वापस फील्ड में ही सारा समय निकल गया और आज का सारा दिन समय-सीमा के प्रकरणों की बैठक फिर फील्ड में निकल जाना है। कल से राजधानी में राज्य स्तर का एक सप्ताह भर का प्रशिक्षण है। ऐसे तो मैं भी उस विधवा को तत्काल राहत का आश्वासन देने के बाद भी, हफ़्ता भर तो उसके प्रत्याशित पेंशन के आदेश को हस्ताक्षरित करने में ही लगा दे रही हूँ। यह बात मुझे गहरे चुभ रही है।

इसी चुभन के साथ आज समय-सीमा बैठक में समय पर पहुँच गयी हूँ। कलेक्टर सर समय के पाबन्द हैं तो आज सब समय पर आ गये हैं वरना पिछले कलेक्टर के समय में ग्यारह बजे की टी.एल. बैठक डेढ़-दो घंटे बाद ही शुरू होती थी। जिले के सभी महकमों के अधिकारी यहाँ हैं। विभागवार कलेक्टर सर एक-एक कर सबसे जानकारी लेते जाएँगे, निर्देश देते जाएँगे।

मैंने अपनी नज़रें पूरे हॉल में फिराईं। जिनकी बारी चल रही है और जिनकी बारी आनेवाली है उनको छोड़कर सब ध्यान से सुनने का दिखावा करते हुए व्यस्त हैं। कोई कुर्सी पीछे खिसका एक झपकी लेने की कोशिश में है, तो कोई अपने साथी अधिकारी से गपशप में लगा हुआ है, कोई मोबाइल पर वीडियो देख रहा है, जो संसद में भी देखे जाते हैं, तो कई अपने मोबाइल पर व्हाट्सएप्प और फेसबुक में

खोये हुए हैं। इस वक़्त मैं खुद बाकी सब में खोई हूँ, महसूस कर रही हूँ कि इन सब के बीच शासन का वास्तविक उद्देश्य कहीं खोया जा रहा है।

पीछे के दरवाज़े से सहाय साहब आ रहे हैं। वे महिला एवं बाल विकास अधिकारी हैं। कलेक्टर सर ने उन्हें देर से आते देख लिया।

'सहाय! तुम इतनी देर से क्यों आ रहे हो? क्या तुम्हें बैठक का समय पता नहीं है।' अग्निवर्षा प्रारम्भ हो चुकी है।

'सर, एक अत्यावश्यक जानकारी भेजनी थी मुख्यालय। बार-बार संयुक्त संचालक सर का कॉल आ रहा था।'

'तुम्हें पता नहीं था कि आज मैं बैठक लेता हूँ?'

'याद था सर। वो बार-बार संयुक्त संचा...'

'भाड़ में गये तुम्हारे संयुक्त संचालक। कौन... कौन है वो? वो बड़ा है कि मैं?'

'सर आप...'

'आइन्दा से समय का ध्यान रहे।'

'जी सर...सॉरी सर...' सिर झुका कर सहाय साहब एक कुर्सी में दिखाने के लिये सिमट गये हैं। कुछ देर में फ़ैल जाएँगे यहाँ सब की चमड़ी मोटी हो चुकी है। ज़रूर जानकारी भेजना जरुरी रहा होगा तभी...लेकिन शासन में जानकारी-जानकारी का ही तो खेल खेला जाता है। थोड़े बहुत अन्तर के साथ फोर्मेट होते हैं। कभी ये जानकारी भेजो तो कभी वो जानकारी...।

ये जानकारी-जानकारी का खेल कम कर दिया जाए तो ही लाखों पेड़ काटने से बच जाएँ, लेकिन ये छोटी-छोटी बातें शासन में सोची नहीं जाती। यहाँ सोचने के लिए बहुत सी बड़ी बातें हैं, करने के लिए तो बातों को और भी बड़ा होना जरुरी है। बैठक ख़त्म होने में ही साढ़े तीन बज गये। अब फील्ड में दौरा करना होगा। कल सुबह ही राजधानी जाना है। लगता है आज उस विधवा का पेंशन आदेश जारी नहीं कर पाऊँगी।

नहीं, मुझे आज ही उसके पेंशन के आदेश पर हस्ताक्षर करना ही है। मैंने कार्यालय में सूचना दे दी है। मैदानी दौरे के बाद भले ही नौ बज जाएँ, पर राजधानी जाने से पहले मैं उस विधवा के पेंशन के आदेश में हस्ताक्षर कर के ही जाऊँगी। मेरे दिल ने व्यवस्था की कोलेस्ट्राल भरी धमनियों में लोकहित का रक्त पम्प करने अपनी पूरी शक्ति से, तेजी से, जोर लगा कर धड़कना शुरू कर दिया है।

बेमौसम की मूसलाधार बारिश ने थर्मामीटर का पारा बहुत गिरा दिया है। नवम्बर की हवा ही दिसम्बर की ठंडी हवा बन हड्डियों को चीर रही हैं। सूरज की किरणें भी बादलों से सहम कर ठंड रोकने में कामयाब नहीं हो पा रही। आसमान में काले,

सफ़ेद, धूसर बादल फैले हुए हैं। अभी और बारिश हो सकती है। जगह-जगह गड्ढों में बारिश का पानी भरा है। उनमें आसमान की छाया है। धरती पर उतर कर आसमान भी मटमैला दिख रहा है। रेलवे स्टेशन में चीथड़ों में फिरते भिखारियों को देख शरीर में सिहरन और बढ़ती जा रही है।

आखिर कल उस विधवा के पेंशन आदेश में हस्ताक्षर कर ही दिया, लेकिन दिमाग को अब भी उस विधवा की बातें ठंडी हवा सी चीर रही हैं। जाने ऐसे कितने भुक्तभोगी होंगे जिनके जीवन के कई अनमोल साल दफ़्तरों के चक्कर लगते निकल जाते होंगे। गूँज रही हैं उसकी आँसू, लार और नाक से लिसड़ी बातें—'मैडम सारी जमा पूँजी ख़त्म हो चुकी है। दो साल के बेटे को दूध पिलाने को पैसे नहीं हैं। चावल का माड़ पिला कर उसे बहलाती हूँ। अब भी यदि कुछ नहीं हो सका तो जान ही देना पड़ेगा। रोज-रोज भूखों मरने से तो एक ही बार में मर जाना अच्छा है।'

दिमाग में कोई खदान बन गयी है, जहाँ लगातार बारूदी विस्फोट हो रहे हैं। दूर से ट्रेन आती दिखी। यहाँ ट्रेन सिर्फ दो मिनट रूकती है। ट्रेन में चढ़ने की हड़बड़ी में ठंड और बारूदी बातें स्टेशन में ही कहीं खो गयी। ट्रेन के वातानुकूलित डिब्बे में बैठ कर ठंड से राहत महसूस हो रही है, लेकिन दिमाग में चलते तूफ़ान ने बीते दो सालों की यादों को सामने मलबे सा बिखेर दिया है।

मैं इन यादों की उथल-पुथल में खो गयी। इन यादों में लोकसेवा किसी भँवर में फँसी नाव की तरह हिचकोले खा रही है। मुझे अहसास ही नहीं हुआ कि ट्रेन किसी स्टेशन में रुकी हुई है। किसी की बिलकुल पास से आवाज़ आई—

''हेलो भावना, कहाँ जा रही हो?''

''ओ! रोशन! रायपुर जा रही हूँ। कितने दिनों बाद मिले तुम। कहाँ हो अभी।''

एक साँस में एक मन ये सारी बातें प्रत्यक्ष कह गया।

''बिलासपुर।''

दूसरे मन को लोकसेवा की सोच मे डूबे हुए रोशन की बात याद आई।

उसने बहुत पहले इन्टरव्यू के समय कहा था—

''ठीक है तुम जैसा सोचती हो कहो मैं तो मेरे सर्विस में आने का एक मात्र कारण 'लोकसेवा' को मानता हूँ।''

इसकी लोकसेवा की शपथ शायद सच्ची होगी। यह तो तब भी लोकसेवा को ही ध्येय मानता था।

''तुम कहाँ जा रहे हो, रायपुर?'' मैं साइड लोअर बर्थ में हूँ जिसमें बैठने के लिये पर्याप्त जगह है। रोशन मेरी सीट पर ही बैठ गया है।

''हाँ, मैं भी रायपुर।''

''रायपुर क्यों जा रहे हो? कोई मीटिंग?'

''हाँ यही समझ लो। वैसे पैसे पहुँचाने जा रहा हूँ ऊपर।' रोशन ने स्कूल के ज़माने की ही बेतकल्लुफी से सामने की ओर झुक कर मुझसे कहा।

''पैसे पहुँचाने? मतलब।''

''अब मतलब मत पूछो तुम?''

नौकरी करते ढ़ाई साल हो गये लेकिन ऊपर पैसे पहुँचाने की बात पहली बार इतनी खुल कर सामने आई है। मैं जानबूझकर पूछना चाहती हूँ।

''अच्छा समझ गयी। कितना मिल जाता है महीने में?''

''बस यही कोई चार-पाँच लाख। तीन-साढ़े तीन, ऊपर दे देता हूँ। बाकी अपना।''

मैं हैरान हूँ जितना मैं चार महीने के वेतन में पाती हूँ, ये एक महीने में वेतन के अलावा उतना पा जाता है। उसके कपड़ों, जूतों की ओर अनायास निगाहें दौड़ पड़ी, फिर वापस अपने कपड़ों, जूतों को अनजानी दृष्टि से देखने लगी हैं। अन्तर स्पष्ट है। इन्टरव्यू की तैयारी के समय रोशन के कहे वाक्य मेरी चेतना को झकझोर रहे हैं।

''और तुम? तुम्हारा कैसा चल रहा है? कितना मिल जाता है?''

''बढ़िया चल रहा है, लेकिन मैं अपने वेतन में ही खुश हूँ। ये तुम्हारा 'ऊपर का' मेरे पास एक पैसा भी नहीं है अभी तक, आगे भी नहीं ही होगा।''

यह कहते हुए मुस्करा उठी हूँ, खुद पर गर्व हो आया है, लेकिन रोशन की आँखों में इसे लेकर कुछ अज़ीब से, मेरी बात को नकारने के भाव हैं, जिन्हें मैं समझते हुए भी नहीं समझना चाहती। खिड़की से बाहर देखने लगी हूँ। ट्रेन आगे दौड़ती जा रही है, सामने धान के सुनहरे लहलहाते खेत, खेतों में खड़े पेड़—ठंड से ठिठुरते हुए, उदास-निराश से, चिथड़ों में लिपटे भिखारियों से, आखिरी छोर की जनता से, ज़िन्दगी की परेशानियों के पानी में डूबे खड़े हैं। आँखों के सामने बहुत से जुमलों की ट्रेन चलने लगी है।

लोकहित सर्वोच्च है।

हम आपकी सेवा में तत्पर हैं।

हमें अपनी सेवा का मौका दीजिए।

लेकिन लोकहित दूर हाँफते-दौड़ते, पीछे छूटते खेतों में खड़े पेड़ों की तरह पीछे छूटते जा रहा है। शासन की ट्रेन आगे बढ़ती जा रही है।

स्वप्नदंश

काली सड़क के ऊपर पेड़ों का हरा चन्दोवा तना हुआ है। एक कार चली जा रही है, इस काले कोबरा-सी लहराती सड़क की पीठ पर, जैसे घुसी जा रही हो काले फर्श और हरी छतवाली सुरंग के अन्दर और अन्दर। कार में बैठी मीनल घुसी जा रही है, काली और सिर्फ काली गहरी सुरंग में अन्दर और अन्दर। साथ ही खुद को चैतन्य कर बाहर खींचती भी जा रही है—नहीं रोना है मुझे...सम्हालना है खुद को...नहीं रोना है मुझे...लेकिन जैसे ही मन थोड़ा ढीला पड़ा कि फिर वही गहरी, काली, अँधेरी सुरंग। मीनल सुरंग में धँस रही है; खुद को बाहर खींच रही है; फिर धँस रही है।

कार के बाहर आसमान बरस रहा है, अन्दर मीनल का दिल। हरे पेड़ों और काली सड़क की सुरंग बारिश की बूँदों के आसमानी कोहासे से भरी हुई है। जैसे बारिश के साथ आसमान गिर पड़ा हो धरती पर। बूँदें कार की छत पर पड़ रही हैं...तड़-तड़, तड़ातड़-तड़ातड़। सामने वाईपर चल रहा है...सप-सप-सप। कार के पहिये सड़क के पानी को चीरते आगे बढ़े जा रहे हैं...चिर्र-चिर्र-चिर्र।

पूरी दुनिया चल रही है लेकिन मीनल कुछ दिनों से एक ही जगह ठहरी हुई है। इस वक़्त वह कार की पिछली सीट पर सिर टिकाये आँखें मूँदे बैठी है। दोनों हाथ गोद में लस्त पड़े हैं। अचानक तेज चलती कार में ब्रेक लगा, एक स्पीड ब्रेकर है शायद, दायाँ लस्त पड़ा हाथ तुरन्त चुस्त हो पेट पर लिपट गया। दिल में एक हूक उठी। अगले कुछ ही पलों में वह हाथ पेट पर हल्के से फिसलता हुआ किनारे हो गया, जैसे दो पक्के दोस्त एक-दूसरे से अन्तिम विदाई के वक़्त हाथ छोड़ रहे हों, गहरी टीस के साथ। मीनल को पेट के अन्दर से रुलाई उमड़ी और आँखें छलक आई।

वह आँखें पोंछ बाहर देखने लगी। आँखें बरसना रुक गयी, लेकिन ये आसमान, जो मन है, वो नहीं रुक रहा। जाने कब समझेगा कि अब जरुरत नहीं पेट को किसी

भी झटके में सहारे की, कि खो दिया है उसने अपना अंश, उसके पूरे आकार लेने से पहले ही, कि ये आँसू भी अब वापस नहीं ला सकते उसे।

ये जो अवचेतन मन है न, वह बार-बार मीनल को उस खोये हुए की याद दिला देता है। बमुश्किल सिले जाते जख़्म फिर-फिर उधड़ जाते हैं। कार में अचानक ब्रेक लगने से उधड़ आया जख़्म सिलने की कोशिश के बीच ही मीनल की कार ऑफिस पहुँच गयी।

अब तक बारिश रुक गयी है। मीनल कुछ पल को यह जख़्म भूल गयी। उसने कार का दरवाज़ा खोला। एक हाथ से सीट, एक हाथ से दरवाज़े को पकड़ते हुए हौले से उसने अपना बायाँ पैर जमीन पर रखा। सख्त जमीन पर पैर रखते ही कठोर सच्चाई का काँटा फिर चुभा, जख्म फिर उधड़ गया—कि अब जरुरत नहीं है, यूँ हौले से कदम रखने की, कि अब तो वह कूद कर भी उतर सकती है। अब ऑफिस पहुँच चुकी मीनल ने पेट अन्दर से रुलाई उमड़ने पर भी आँसू रोक लिए।

अवचेतन पर उसका नियन्त्रण नहीं, लेकिन चेतन पर तो है ना। उसका सम्हलना जरुरी है। वह खुद नहीं सम्हली तो वह दूसरों को कैसे सम्हाल सकेगी फिर उसका तो काम ही है- दूसरों का दुःख सुन उन्हें सहारा देना, दुःख से उबरने में मदद करना। मीनल मनोविज्ञान में परास्नातक है। वह एक समाजसेवी संगठन से जुड़ी हुई है, जो शारीरिक-मानसिक स्वास्थ्य के क्षेत्र में काम करता है।

मीनल का ऑफिस एक समाजसेवी संगठन द्वारा किराये में लिया हुआ, दो कमरे, एक हॉल और रसोई का छोटा-सा मकान है। जिसके एक कमरे में वह समय-समय पर मानसिक रूप से परेशान लोगों से मिलती है, उनकी काउंसलिंग करती है, उन्हें उनके अन्धे कुओं से निकलने में मदद करती है। आज भी उसे कुछ लोगों से मिलना है। एक है सुप्रिया...जिससे वह पहले एक बार मिल चुकी है। आज से उसकी काउंसलिंग शुरू होनी है। उसके अलावा कुछ दूसरे जो आज पहली बार उसके पास आएँगे।

कार से उतर कर वह ऑफिस में अन्दर चली आई। अन्दर कमरे में उसने लम्बी-लम्बी साँसे ले कर अपने भावों को व्यावहारिकता का नकाब पहनाते हुए सन्तुलित करने का प्रयास किया। भला कोई अशान्त सागर उसमें मिलने आई उफनती नदी को शान्त कर सकता है? उसने खुद से फिर-फिर कहा,

"मुझे शान्त होना होगा...मुझे नहीं रोना है...शान्त होना है..."

जब उसे लगा कि उसने अपने घावों की तात्कालिक मरहम पट्टी कर ली है, तब उसने रिसेप्शनिस्ट से लोगों को एक-एक कर भेजने के लिए कहा।

सबसे पहले जो अन्दर आई, वह सुप्रिया ही है। सुप्रिया को पहले एक कार्यकर्त्ता उसके पास ले कर आई थी। मीनल को सुप्रिया के सागर मन की अतल गहराई में

छुपे ऑक्टोपस को खींच कर बाहर निकालना है, जो उसके मन और आत्मा को अपने शिकंजे में कसे जा रहा है। आज इस खींचतान की पहली बैठक है, लेकिन आज उसे खुद को इस काउन्सलिंग में ज़बरदस्ती खींचना पड़ रहा है। मीनल ने सुप्रिया का सप्रयास हँस कर स्वागत किया। उसे आराम से बैठने को कहा।

इसके बाद सुप्रिया से मुख़ातिब होने की जगह, अनजाने ही उसकी आँखें काँच की खिड़कियों से बाहर देखने लगीं। बाहर बारिश के बाद की हवा में गुलमोहर डोलता दिखा। मीनल के लिए गुलमोहर हमेशा से आशा का, जिजीविषा का प्रतीक रहा है। उसने गुलमोहर से आशा उधार ली, लेकिन गुलमोहर के पीछे दूर तक एक बंजर पहाड़ नर-पिशाच सा पसरा हुआ है। उसने वह उधार ली आशा भी छीन ली।

मीनल ने एक लम्बी साँस भरी, फिर उठ कर खिड़की के परदे लगा दिए। कमरे की खिड़की पर सुन्दर से बेल-बूटे कढ़े नारंगी परदों ने बाहर की दुनिया पर पर्दा डाल दिया। कमरा नारंगी पर्दों से छन कर आती गुलमोहरी आभा से भर उठा। इस आशा की आभा को उसने अपने मन में लपेट लिया। उसने अपना ध्यान अपनी सोच से हटा कर सुप्रिया की ओर लगाने की कोशिश में एक लम्बी साँस छोड़ी। मानों साँस के साथ सोच का बोझ भी कम हो जाएगा। इसके लिए ली साँस के साथ कमरे के कोने में रखे सुनहरे गुलदान में लगे, रजनीगन्धा के फूलों से निकलती मधुर गन्ध उसके अन्तस में उतरती गयी। अब ऑफिस के उस शान्त कमरे में मीनल को अपने और सुप्रिया के बीच की चुप्पी चुभने लगी।

यूँ भी सुप्रिया बेहद उद्विग्न-सी, अपने हाथों को टेबल पर टिकाये, कुर्सी पर आगे की ओर झुकी हुई, पेशानी पर उथले समुद्र की पल-पल रूप बदलती लहरों के साथ, बार-बार अपना पहलू बदलती हुई बैठी है। अकसर मीनल के मरीज़ शुरुआत में ऐसे ही बैठते हैं। सुप्रिया भी वैसे ही बेहद परेशान हालात में दिखी।

मीनल ने पहले उसके बारे में, उसके परिवार के बारे में, उसकी रुचियों के बारे में हल्की-फुल्की चर्चा कर उसे सहज बनाने का प्रयास किया। उसने जाना कि सुप्रिया एक हॉस्पिटल में नर्स है, घर में सिर्फ एक बूढ़ी माँ और एक छोटा भाई है, कोई कुआँ जब खोदा जाता है, तो आहिस्ते से उसकी गहराई बढ़ती है, जब उसे भरना हो, तो भी पहले गहराई का अन्दाजा लगाना होता है, जिससे जरुरी मिट्टी का इन्तज़ाम किया जा सके, फिर इंच दर इंच मिट्टी डाली जाती है, तब ही कुआँ भली-भाँति भरता है। मीनल ने अपनी बातों से कुएँ की गहराई नापने की तैयारी शुरू कर दी।

उसने पूछा, ''उस दिन आप किन्हीं सपनों के बारे में कह रही थीं कि आप सपनों से परेशान हैं। क्या परेशानी है आपको ?''

सुप्रिया को तो जैसे इसी प्रश्न का इन्तज़ार था। उसकी बातें स्विच-ऑन करते

ही किसी ट्यूबवेल से निकलती पानी की मोटी धार-सी फूट निकली—

''जी मुझे भयानक से सपने आते हैं। हर रोज ही। मैं मानसिक रूप से डरपोक या कमजोर इनसान नहीं हूँ लेकिन फिर भी अब मुझे सोने से डर लगने लगा है कि मेरे सोते ही वह सपना कहीं फिर से न आ जाए। आजकल मैं सोने के कुछ ही देर बाद घबरा कर उठ जाती हूँ। ये सपने बहुत भयानक होते हैं। मैं इन सपनों से परेशान हूँ।''

बाँध छलकने से नदी में पानी हरहराता बहने लगा है। मीनल पूरा ध्यान लगा कर सुन रही है।

''क्या देखती हैं आप सपने में'' अब मीनल की आवाज़ में नरमी है, संवेदना है, मिठास है, आश्वस्ति है, जो उसके काम के लिए जरुरी है। अपने इन्हीं उपकरणों के बदौलत वह अपने हर मरीज के दिल का ऑपरेशन कर, उसमें भरा मवाद, गन्दगी सब साफ़ कर सकती है।

सुप्रिया की आवाज़ में बेचैनी है, बदहवासी है, कड़ुवाहट है, घबराहट है—

'उस सपने में मैं देखती हूँ कि मेरे चारों ओर लाल-लाल गर्म खून भरा हुआ है। जिसमें कुछ अजन्में बच्चे तैर रहे हैं, जोर-जोर से रो रहे हैं, मैं अपने कान बन्द कर लेती हूँ, बच्चों के रोने की आवाज़ें धीरे-धीरे कम होती जाती हैं, मैं धीरे-धीरे अपनी आँखें खोलती हूँ, ये अजन्में बच्चे मेरे चारों ओर घूमने लगते हैं, खेलने-खिलखिलाने लगते हैं। इनमें से एक बच्चा बिलकुल मेरे बचपन के चेहरे की ब्लैक एन व्हाईट फोटोकॉपी है। मुझे उससे प्यार हो जाता है, फिर अचानक न जाने मुझे क्या होता है, कि मैं अपना हाथ बढ़ा कर उसकी गर्दन पकड़ लेती हूँ। उसे एक इंजेक्शन लगा देती हूँ। इंजेक्शन लगते ही वह छटपटा कर शान्त हो जाता है। मैं इधर-उधर देखती हूँ। सारे बच्चों के शरीर में एक-एक इंजेक्शन ठूँसा हुआ है।

बच्चों से जुड़ा ऐसा भयानक सपना सुन कर मीनल ने परेशानी में अपना पहलू बदला, सुप्रिया कह ही रही है—

'मैं देखती हूँ कि ये हँसते-खिलखिलाते बच्चे अचानक चिल्ला-चिल्ला कर रोने लगे हैं, मेरे चारों ओर घूमने लगे हैं, मैं दोनों हाथों से अपने कान दबा देती हूँ, आँखें बन्द कर लेती हूँ, लेकिन अब बच्चों की आवाज़ें कम ही नहीं होती, वह गर्म खून बढ़ता जाता है, बढ़ते-बढ़ते मेरी नाक तक पहुँच जाता है, मैं साँस नहीं ले पाती, घबरा कर उठ बैठती हूँ।'

उस ठंडे कमरे में भी मीनल को पसीने की चिपचिपाहट महसूस होने लगी। सामने सुप्रिया की साँसे धौंकनी सी चल रही हैं। टेबल में रखा पानी का गिलास उठा कर एक ही साँस में खाली कर उसने आगे कहा—

''पहले तो इन बच्चों की संख्या कम थी, लेकिन अब दिन पर दिन बढ़ती जा

रही है। डॉक्टर! मुझे इससे मुक्ति दिला दीजिए। डॉक्टर! मैं चैन की नींद सोना चाहती हूँ। अब मुझे चैन की नींद सोने का एक ही रास्ता नज़र आने लगा है। लेकिन डॉक्टर वो रास्ता कायरता का रास्ता है। मैं ऐसा नहीं करना चाहती।'

सुप्रिया की साँसें और भी तेज-तेज चलने लगी, मीनल ने उसकी ओर पानी का एक और गिलास बढ़ा दिया, जिसे उसने एक ही बार में खाली कर दिया, पानी पीकर वह कुछ शान्त हो आराम कुर्सी में श्रान्त-क्लान्त लेट गयी, फिर भी उसने अपनी आँखें बन्द नहीं की, जैसे उसे डर हो कि आँखें बन्द करते ही भयानक सपना सामने आ खड़ा होगा।

ये तय है कि मीनल के लिए यह केस बहुत मुश्किल साबित होगा। उसने भी एक गिलास पानी अपने हलक के नीचे उतारा, मानों पानी के साथ उसके उमड़ते भाव भी नीचे उतर जाएँगे। इस सपने की मार्मिकता और खुद अपनी विचलित मन:स्थिति से उसकी आवाज़ भी कुछ लरज उठी, लेकिन उस ने अपनी नज़रें सुप्रिया के चेहरे पर टिकाए हुए सप्रयास नर्म और धीमी आवाज़ में फिर से कहा—

"आप मुझे डॉक्टर नहीं, दीदी ही कहिये, मुझे अच्छा लगेगा। अच्छा, क्या आपको याद है कि ऐसा सपना आपको पहली बार कब आया था?"

मीनल की नज़रें सुप्रिया की पेशानी पर पड़े बलों की उठती-गिरती लहरों में डोलती नन्ही सी लाल बिन्दी में टिक गयीं, उसे बिन्दी रक्त की बूँद दिखी।

'हाँ! दीदी वह दिन मैं कभी भी नहीं भूल सकती। मैं आपको शुरू से बताती हूँ। तब मैं पहली बार गर्भवती हुई थी, लगभग दो महीने हो चुके थे, एक रात मुझे परेशानी होने लगी... खून जाने लगा था मेरा। सुबह होते ही मैं हॉस्पिटल पहुँची, वही हॉस्पिटल, जहाँ मैं नर्स की नौकरी करती थी। मैं वहीं काम करती थी; तब भी दो घंटे के इन्तज़ार के बाद डॉक्टर मैम आई। उन्होंने मेरी सोनोग्राफी की और बताया कि मुझे गर्भपात हो रहा था, लेकिन अधूरे में रुक गया है, अब मेरे गर्भ में भ्रूण के अवशेष ही हैं।'

दो बूँद आँसू दोनों की आँखों से बह निकले। जिन्हें मीनल ने सफाई से पोंछ लिया। आखिर मीनल भी तो इसी दु:ख से गुजरी थी, लेकिन सुप्रिया ने इन बहते आँसुओं के साथ आवाज़ में भर आई रुलाई रोकते हुए कहा—

'जब आप ऐसी परेशानी में होते हैं, तो डॉक्टर आपके लिए भगवान होता है और उनका कहा हर वाक्य 'ब्रह्म वाक्य।' जो वे कहें आपको मानना ही होता है। मैडम ने कहा कि तुम्हें एक इंजेक्शन लगा देंगे, फिर पूरी तरह से गर्भपात हो जाएगा। मैं क्या कह सकती थी, मैंने सहमति में सिर हिला दिया।'

यह बात सुन मीनल का सिर भी सहमति में हिल गया। उधर इस बार सुप्रिया के आँसुओं की धार सिसकियों के साथ बह निकली। मीनल ने अपना रोता दिल

कड़ा किया, लेकिन सुप्रिया को रो लेने दिया। सुप्रिया कुछ शान्त हुई तो उसने आगे कहना शुरू किया—

'बाद में मेरे साथ उसी हॉस्पिटल में काम करने वाली दोस्त ने बताया कि उसने डॉक्टर मैडम को सर से कहते सुना था कि'—सोनोग्राफी के वक़्त मेरे उस बेटू में कार्डियक एक्टिविटी तो थी, लेकिन सब-कोरियोनिक ब्लीडिंग बहुत ज्यादा थी। मैडम के अनुसार वह फुल बेडरेस्ट लेने पर भी शायद ही सर्वाइव कर पाता। उन्होंने यह भी कहा था कि फुल बेड रेस्ट मुझ जैसे गरीब वर्ग के लोगों के लिए मुश्किल ही होता है, फिर दो और नर्स लम्बी छुट्टी पर गयी हुई हैं, और मेरे भी लम्बी छुट्टी पर चले जाने से एक और टेंशन। बस इसीलिए डॉक्टर मैडम ने मुझे बिना यह सब कुछ बताये, अबोर्शन का निर्णय ले लिया।'

सुप्रिया की गहरी कोटर में धँसी आँखें, किसी गहरी गुफा के द्वार सी अँधेरी लगने लगीं। जिनमे ज़िन्दगी का कोई चिन्ह न हो। ये सब सुन मीनल को घुटन सी लगने लगी। उसने उठ कर खिड़की के परदे खोल खिड़की खोल दी। सामने फिर पिशाच सा पहाड़ पसरा हुआ दिखा। सुप्रिया की आवाज़ किसी गहरे कुँए से आती आवाज़ लगने लगी।

'बस दीदी! उसी रात मुझे पहली बार ये सपना आया था।'

यह पिशाच सा पहाड़ मीनल के दिल पर बैठ गया। पहाड़ से इस बोझ को बाहर फेंकने की कोशिश में उसे जरुरी लगा कि वह जल्दी से कुछ कहे। इस जल्दी में पहले से जाना हुआ प्रश्न ही उसके मुँह से निकल गया।

'अच्छा हाँ! आपने बताया था कि आप नर्सिंग होम में काम करती हैं। तो आप एक नर्स हैं?'

कभी-कभी अनजाने ही काम की बातें निकल आती हैं, मीनल के प्रश्न का यह दोहराव व्यर्थ नहीं गया। सुप्रिया ने कहा।

'मैं नर्सिंगहोम में काम करती हूँ, नर्स का काम करती हूँ पर नर्स नहीं हूँ।'

''मतलब?'' मीनल इस बात पर उलझ गयी। उसने सुप्रिया की बात अच्छे से समझने के लिए उसकी आँखों में अपनी असमंजस भरी आँखें टिका दी।

'तब घर की आर्थिक स्थिति बहुत खराब थी, मेरे पति मुझे छोड़ चुके थे, मायके में सिर्फ माँ थी, उस वक़्त हमारे कस्बे के उस हॉस्पिटल में एक नर्स की जरुरत थी। मैं बारहवीं तक जीवविज्ञान पढ़ी हुई थी, उन्होंने मुझे वजन लेना, रक्तचाप लेना, शुगर चेक करना, इंजेक्शन लगाना, मरीज की हिस्ट्री लिखना, बोतल चढ़ाना वगैरह सीखा दिया, मैं नर्स का काम करने लगी। उस वक़्त तो मुझे झाड़ू-पोंछा भी करना पड़ता तो करती। यह काम मेरे लिए बहुत ही अच्छा था, मुझे कम पढ़ी-लिखी होने के बाद भी इज्जतदार काम मिल रहा था। हाँ! यह उतना ही अच्छा डॉक्टर

मैडम के लिए भी था; क्योंकि एक हजार रुपये महीना में उन्हें प्रशिक्षित नर्स कहाँ मिलती, इसलिए मैंने कहा कि मैं नर्स का काम करती हूँ पर नर्स नहीं हूँ।'

सुप्रिया पहली ही बैठक में मीनल से खुलती जा रही है। कम ही ऐसा होता है कि मरीज पहली ही मुलाकात में अपना दिल खोल कर रख दे। यह तभी सम्भव है; जब मरीज खुद अपने हालात से बाहर आने की कोशिश कर रहा हो। जैसा सुप्रिया कर रही है।

सुप्रिया अपने भयानक सपनों से निजात पाने की आर-पार की लड़ाई लड़ने यहाँ आई है। इस लड़ाई में जरुरी है कि डॉक्टर और मरीज के बीच सहजता रहे। तभी विश्वास का रिश्ता कायम हो सकता है। मीनल के इशारा करने पर अटेंडेंट ने चाय के दो कप लाकर रख दिए हैं। मीनल ने सुप्रिया की बातें ध्यान से सुनते हुए, उसकी ओर चाय का कप बढ़ा दिया। सुप्रिया के दिल के फर्नेस में पिघला लोहा खौल रहा हो जैसे, उसके खौलते दिल का ताप आसानी से कम नहीं हो सकता।

'धीरे-धीरे सारे कामों में मेरा हाथ इतना अच्छा होने लगा, कि कोई भी जो एक बार मेरे से इंजेक्शन लगवा लेता, वो अगली बार मुझे ढूँढ़कर मुझसे ही इंजेक्शन लगवाना चाहता।'

सुप्रिया ने चाय का एक घूँट भरा। यह वाक्य कहते हुए एक पल को उसकी आँखें चमक उठीं, फिर तूफ़ान में किसी मोमबत्ती की तरह धप्प से बुझ गयी। वह रुक गयी, जैसे मुँह में भुई नीम सी यादों की कड़वाहट भर आई हो। उसने कप रख दिया और कहा—

'मुझसे नहीं पिया जाएगा।' इसके बाद वह चुप हो गयी।

मीनल ने उसे उसका वक़्त लेने दिया। यादों की कड़वाहट को घूँटकने दिया। कुछ देर बाद सुप्रिया फिर बोलने लगी—

'उसके बाद से उस हॉस्पिटल में मेरा दम घुटने लगा। वह डॉक्टर मुझे मेरे बच्चे की हत्यारिन लगती और मैं खुद अपने बच्चे की हत्या में सहयोगी। सोनोग्राफी मशीन, टेबल, सीरिंज सारे दिन मुझे उसकी ही याद दिलाते। रात को यह सपना परेशान करता। मुझे लगने लगा कि ये घर, ये हॉस्पिटल, ये शहर, मैं इस सारे वातावरण से दूर हो जाऊँ तो शायद मुझे राहत मिले। यही सोच मैंने अपना घर, अपना क़स्बा छोड़ दिया और रायपुर आ गयी।'

मीनल ने अपनी हथेलियों को सुप्रिया की कसी हथेलियों के ऊपर रख हल्के से दबाते हुए कहा।

'अच्छा किया आपने...'

शायद यह कसाव सुप्रिया की यादों की कड़वाहट को कुछ हल्का कर सके, जो अब अगले प्रश्न से आने याद आनेवाली थीं।

'लेकिन आप हॉस्पिटल के वातावरण से दूर हो जाना चाहती थीं। फिर भी आपने रायपुर में भी यही काम क्यों चुना। क्या कोई और कारण भी था रायपुर आने का।'

स्पर्श ने अपना काम कर दिया। सुप्रिया की आवाज़ में एक अपनापन उभर आया।

'इसके अलावा करती भी क्या दीदी? यही तो सीखी हूँ। यही मेरी आजीविका बन गयी है। कम पढ़ी-लिखी हूँ तो कोई और इस जैसा सम्माननीय काम तो मुझे मिलने से रहा। कम से कम उस अस्पताल से तो दूर हो ही गयी। रायपुर आने के पीछे एक कारण और भी था। रायपुर बड़ी जगह है, तो यहाँ के अस्पतालों में ज्यादा और अलग-अलग तरह के मरीज आते हैं। यहाँ ज्यादा सीखने का मौका है। यहाँ के अस्पतालों में वेतन भी कस्बे के अस्पतालों से ज्यादा होता है, बस इसीलिए...'

सुप्रिया की आवाज़ में यथास्थिति स्वीकार कर लेने की तटस्थता थी। कभी-कभी अन्दर खौलता ज्वालामुखी बाहर से सुप्त ही दिखता है। उसका खौलना तभी पता चलता है जब उसमें विस्फोट हो जाए। मीनल को अभी ज्वालामुखी को सुप्त ही रहने देना उचित लगा। उसने सुप्रिया को कुछ अधिक सहज बनाने की कोशिश की।

'आपने तो चाय भी नहीं पी, मुझे बेहद प्यास लगने लगी है, आपको कोल्डड्रिंक तो चलेगी ना? आप कुछ ले लो, अच्छा लगेगा।' सुप्रिया के हाँ कहने पर मीनल ने दो कोल्ड ड्रिंक मँगवाई और फिर आहिस्ते से पूछा—

'यहाँ आने से आपको अपनी घुटन और सपने की आवृति में कुछ अन्तर दिखा?' वह बातों को सुप्रिया की परेशानी के दायरे में ही रखने के लिए सपने की ओर वापस लौटी।

'हाँ! दीदी पहले तो बहुत अन्तर आया। नयी जगह, नये लोग, नयी-नयी बातें, सीखने के लिए नयी-नयी चीजें। मेरा ध्यान काफी हद तक बँट गया, सपने काफी कम हो गये।'

'अच्छा! क्या यहाँ व्यवस्थित होने में कुछ परेशानी भी आई?'

'हाँ, आई तो थी, एक तो मैं नयी थी, ऊपर से छोटे कस्बे से आई थी, इसलिए भी मुझे डॉक्टर और बाकी स्टाफ का विश्वास जीतने में काफी समय लगा। जब यहाँ पहली बार मैंने मरीज को इंजेक्शन लगाया, तो कस्बे की तरह यहाँ भी पूछ लिया, कि क्या आप यह इंजेक्शन ले जाओगी? वहाँ तो अधिकांश गाँववाले अपना इंजेक्शन वापस ले कर जाते हैं, कई बार उपयोग करते हैं पर यहाँ... मेरा यह प्रश्न पूछ देना ही, उस दिन एक बड़ा मुद्दा बन गया। उस मरीज ने हंगामा खड़ा कर दिया। वह चिल्लाने लगी—यह बहुत गलत बात है...आपके हॉस्पिटल में ऐसा ही

होता होगा...मैं इसकी शिकायत करुँगी...और भी बहुत कुछ...गनीमत यह रही कि मुझे अस्पताल से निकाला नहीं गया।'

उसके चेहरे में राहत के भाव आए, जैसे अब भी वह इसके लिए भगवान को शुक्रिया अदा कर रही हो। किसी-किसी का चेहरा उसके मन का दर्पण होता है, जो दिल में है, वो उनके चेहरे पर उभर आता है। अपने अनुभव से मीनल भी यह जान चुकी है, कि ऐसे दिल के दर्पण से चेहरेवाले अकसर बहुत दुखी होते हैं; क्योंकि वे सरल, सहज होते हैं, वे इस जटिल दुनिया के लायक नहीं होते।

सुप्रिया की बुझी आँखों में विश्वास की एक चमक दिखी, जब उसने आगे कहा।

'खैर इसी तरह सीखते हुए दिन बीतने लगे। शुरु में मेरी ड्यूटी जरुरत के अनुसार रिसेप्शन से लेकर डॉक्टर की मदद तक कहीं भी लगा दी जाती थी, लेकिन धीरे-धीरे मैंने अपनी जगह बना ली। बाद में महत्वपूर्ण और विशेष दक्षता वाली जगहों में भी मेरी ड्यूटी लगने लगी। अपनी घुटन और सपने से तो मैंने पूरी आजादी नहीं पाई, पर अब वो सब बहुत कम होने लगा था।'

सुप्रिया की बातों में एक विरोधाभास आ गया, जिसे स्पष्ट करना ज़रूरी लगा, मीनल को ज्वालामुखी के गर्भ से लावा निकालना था, लेकिन बिना विस्फोट के, इसके लिए जरुरी है कि मरीज को ऐसा न लगे कि उससे कोई पूछताछ की जा रही है। मीनल ने रुक कर भोली और जिज्ञासा भरी आवाज़ में सुप्रिया से कहा।

'अभी तो आपको बहुत अधिक सपने आते हैं ना? आप को फिर से ज्यादा सपने कैसे आने लगे?'

सुप्रिया की आँखों में आई विश्वास की चमक फिर बुझ गयी। उसकी आवाज़ एक गहरी सुरंग से आती लगी—दबी, गूँजती आवाज़, जिससे मीनल को उसे बाहर निकालना है। उससे कुछ अधिक गहरी, अधिक काली सुरंग, जिससे वह खुद भी बाहर निकलने की कोशिश में लगी हुई है, उस पर ऐसा जटिल और गर्भपात से ही जुड़ा हुआ केस, जिसे सुनते हुए बार-बार मीनल को खुद से दोहराना पड़ रहा है—रोना नहीं है...खुद को सम्हालना है...रोना नहीं है...

सुप्रिया के दिल का बाँध फूटने को था, वह कहने लगी।

'मैं एक दिन रिसेप्शन में बैठी थी, तब वह जोड़ा वहाँ आया। पत्नी, पति की बाँहों के घेरे का सहारा ले सीढ़ियों पर चढ़ रही थी। पति बड़े प्यार से उसका हाथ पकड़ा हुआ था। मुझे देखते ही बड़ी ईर्ष्या हुई। मैं तो पति प्रताड़ित, परित्यक्ता ठहरी। मुझे किसी पति का अपनी पत्नी का ऐसा ख़्याल रखना, एक बारगी ईर्ष्या ही देता है, भले ही इस ईर्ष्या को बाद में मैं दबा देती हूँ।' सुप्रिया के चेहरे पर एक लाचार मुस्कराहट उभर आई।

'ऐसी ईर्ष्या तो सामान्य है। आप इसे गलत न समझें। फिर क्या हुआ?' मीनल ने सांत्वना देते हुए कहा।

'पति ने पत्नी को आहिस्ते से एक कुर्सी पर बैठाया। रिसेप्शन में फीस वगैरह जमा कराई। वह बहुत परेशान सा लग रहा था। मैंने पत्नी को बुलाकर उसका वजन लिया, बी.पी. नापा, परेशानी पूछी। उसे वही परेशानी हुई थी, जो मुझे हुई थी; यह जानते ही मेरे दिल का एक तार उससे जुड़ गया। एक दूसरी स्टाफ को उसकी परेशानी बता, उसे जल्दी डॉक्टर से मिलाने के लिए कह, मैं अगले मरीज का बी.पी. लेने लगी। कुछ देर बाद मुझे सोनोग्राफी टेबल पर जाने के लिए कहा गया। वहाँ की लड़की किसी काम से अचानक छुट्टी ले रही थी। मैं वहाँ पहुची, तो मैंने देखा कि वही औरत कहूँ या लड़की सोनोग्राफी के इन्तज़ार में बैठी हुई थी।'

यह बताते हुए सुप्रिया की बेचैनी, काले बादलों में भरे जल की तरह, उसके रोम-रोम से छलकने लगी। उसकी आवाज़ भी बेहद बेचैन थी। कभी तेज होती, तो कभी फुसफुसाहट की हद तक धीमी हो जाती। मीनल भी थोड़ी अपदस्थ हो उठी, उसने इस बेचैनी से कुछ निजात पाने, आशा का दामन थामने खिड़की की ओर देखा। बारिश के बाद गुलमोहर की पंखुडियाँ नीचे हरे लॉन में फैली हुई दिखी। अगले ही पल मीनल की नज़रों में ये पंखुडियाँ रक्त के उन कतरों में बदल गयी, जिन्हें देख कर वह फूट-फूट कर रोई थी। जिसमें वो नन्हीं उँगलियाँ भी थी, जो बड़ी होकर उसकी उँगलियों को थामतीं। उसने खुद को सम्हालने की कोशिश करते हुए चोर नज़र से सुप्रिया को देखा। वह कोल्ड ड्रिंक के ठंडे घूँट भरते हुए किसी सोच में फिर से गुम दिखी।

मीनल भी एक आशा की खोज में खुद भी अन्दर गुम हो गयी, लेकिन खुद में गुम होते ही वह काली अँधेरी सुरंग में थी। सुरंग में एक नवजात की दूधाइन खुशबू थी, ऊँआ...ऊँआ रोने की आवाज़ थी, किलकारी थी, नहीं था तो कोई मासूम सा चेहरा। वह अँधेरी सुरंग भी गीली सी होने लगी थी। क्या ये गीलापन उसके ही रक्त का था। वह चौंक उठी—यूँ जागते हुए सपना देखना ठीक नहीं। वह खुद को उस काली, गहरी, अँधेरी सुरंग से बाहर खींचने लगी। उसे कुछ समय लगा। खुद को सम्हाल कर फिर उसने पूछा—

'फिर क्या हुआ?' तो सुप्रिया जैसे वर्तमान में लौटी।

'क्या हुआ? मैं क्या बता रही थी?' सुप्रिया भूल गयी कि वह क्या बता रही थी। अकसर मरीजों के साथ ऐसा ही होता है। इसलिए मीनल को अपने क्लाइंट की बातों को ध्यान से सुनना जरुरी होता है, कि यदि कहीं वे भूल जाए, कि वे कहाँ थे, तो वह उन्हें याद दिला सके।

'आपने देखा कि वही औरत सोनोग्राफी के इन्तज़ार में बैठी हुई है।' मीनल

ने बातों का वही सिरा पकड़ते हुए कहा, जहाँ बात छूटी थी। सुप्रिया ने वह सिरा लपक लिया।

'हाँ! सोनोलॉजिस्ट एक के बाद एक सोनोग्राफी करते जा रहे थे, उसका नम्बर नहीं आ रहा था। वह औरत परेशान भी दिख रही थी। मुझे लगा अपना नम्बर नहीं आने से परेशान हो रही होगी। मौका पाकर उसने मुझसे संकोची स्वर में पूछा, कि क्या उसकी सोनोग्राफी भी यही डॉक्टर करेंगे? उसे बताया गया था कि उसकी सोनोग्राफी नीचे से ट्यूब डालकर की जाएगी। वह एक पुरुष डॉक्टर से ऐसे सोनोग्राफी कराना पड़ेगा सोचकर बहुत झिझक रही थी। मैंने उसे आश्वस्त किया कि उसकी सोनोग्राफी मैडम ही करेंगी, इसीलिए उसे रोक कर रखा गया है। सबसे आखिरी में उसकी सोनोग्राफी होगी।'

अब तक ये सारी बातें चट्टानी किनारों से बन्धे सागर की लहरों की तरह सुप्रिया के ही अन्दर पछाड़े खाती, अपना सिर पटकती रही थी। वे ही आज जब रास्ता पा कर बह निकली तो सुनामी सी हर बाधा को हटा बहती ही जानी थी। मीनल ने अपने दु:ख में खोने को बेहद प्रयासों से रोकते हुए अपना ध्यान उसकी बातों पर ही केन्द्रित रखा। सुप्रिया किसी सोच में गुम-सी हो कहने लगी।

'मेरा मन बार-बार उसकी ओर खींच रहा था। अपना अनुभव याद आ रहा था। वह कैसा महसूस कर रही होगी? काश मैं उसे सांत्वना दे सकती। जब सारे सोनोग्राफी के मरीजों की सोनोग्राफी हो गयी, तब उसे अन्दर बुला कर सोनोग्राफी टेबल पर लिटा दिया गया। सोनोग्राफी कक्ष में परदे के एक ओर डॉक्टर मैडम सोनोग्राफी करने आ गयी थी, जबकि कमरे में दूसरी ओर सोनोलॉजिस्ट सर सभी रिपोर्ट में हस्ताक्षर करने बैठ गये। एक नर्स मरीजों की संख्या के आधार पर डॉक्टर साहब के भुगतान का हिसाब करने लगी। बीच में परदे खींच दिए गये।'

'मैं उस औरत के पैरों पर चादर डालकर उसके पास खड़ी थी। वह औरत अपनी आँखें मिचमिचाये जा रही थी, उसकी निगाहें बार-बार सामने जल रही लाल लाईट पर जाती, वह फिर आँखें मिचमिचाती। जाने वह बहुत ही ज्यादा परेशान थी या मुझे उससे अधिक सहानुभूति हो रही थी। मैंने उसकी परेशानी समझ वह लाल लाइट बन्द कर दी। उसने एकदम कातर स्वर में कहा, 'थैंक यू! मैं आपको कहने ही वाली थी कि प्लीज ये लाईट बन्द कर दीजिए। बहुत चुभ रही थी।'

मैडम ने ट्रांसवैजाइनल अल्ट्रासोनोग्राफी स्टिक अन्दर डाली। सोनोग्राफी मशीन के मॉनिटर की स्क्रीन पर कुछ धुँधले फोटोग्राफ्स दिखने लगे। मेरे लिए तो वे तस्वीरें काला अक्षर भैंस बराबर ही थीं। मैडम कुछ देर स्टिक को घुमा कर कुछ देखती रहीं फिर बोली-

'ओह! देयर इज रुडिमेंट्स ऑनली। दिस इज अ मिस्ड अबोर्शन।'

मीनल का दिल अचानक से धड़क उठा। सुप्रिया कहती रही।

'इतने दिनों के अनुभव से मुझे इतना पता था कि मिस्ड अबोर्शन मतलब ऐसा अबोर्शन जो होते-होते रुक गया हो। मेरा मन उस औरत के लिए रो उठा। ऐसा नहीं था कि मैंने पहले ऐसे केस नहीं देखे हों। मैंने बहुत से ऐसे केस देखे थे। लेकिन इस औरत से ईर्ष्या से शुरू हुआ रिश्ता, ममता के दर्द पर आकर जुड़ गया था। डॉक्टर मैडम ने आगे कहा कि मुझे लगता है आपको सफाई करानी पड़ेगी।'

'वह मशीन नयी मशीन थी, जो मेरे रहते में ही मैडम ने खरीदी थी। दो-चार दिनों पहले ही कम्पनी का इंजीनियर उसे इंस्टॉल कर गया था। मैडम अब भी स्टिक को अलग-अलग एंगल में घुमाते हुए स्क्रीन पर कुछ देखने की कोशिश कर रही थी। वह औरत मजबूत थी अब तक। मैं उसे ही देख रही थी। वह अपने दाँत भींचे हुए, अपनी भावनाओं को नियन्त्रित करने की कोशिश कर रही थी। ऐसे कठिन पल में एक्-दो मिनट भी तो घंटों से गुजरते हैं। मैंने सोचा, ये बाहर जाते ही अपने पति को देख अपना नियंत्रण खो देगी। उसका पति उसे अपनी बाँहों में भर सम्हाल लेगा। उस अभागे पल में भी मैं अपने को यह सोचने से नहीं रोक सकी; कि कितनी खुशकिस्मत है यह। अचानक मैडम ने जाने क्या सोचा कि सोनोलॉजिस्ट सर से कहा—

'सर प्लीज! विल यू सी दिस वन्स।'

'उस औरत के चेहरे पर दूना दर्द छा गया। उसका संकोच, मैं जानती थी। उसने मुझसे बाँटा था अपना संकोच। सोनोलॉजिस्ट सर आए, उन्होंने स्क्रीन पर अपनी नज़रें गड़ा दी। मैडम को कहा—

'स्टिक थोडा राईट लो, बस थोडा प्रेशर डालो, थोडा लेफ्ट बस। बस... ये तो है कार्डियक एक्टिविटी। हाँ! देखिए ब्लड क्लॉट है लेकिन अभी कार्डियक एक्टिविटी अच्छे से हो रही है। पल्स रेट देखिए?'

मैडम ने कोई बटन दबाया, तो सर ने कहा—

'नहीं, नहीं, ये नहीं वो बटन दबाइये। इंजीनियर ने सेटिंग्स ठीक से नहीं की हैं।' अगले ही पल कहा।

'हाँ! देखिए। हार्ट बीट वन फोर्टी पल्स पर मिनट हैं, अच्छी हैं। कुछ नहीं हुआ है। बस सब-कोरियोनिक ब्लीडिंग है।'

सर ने सोनोग्राफी मशीन के कुछ बटनों को दबाते हुए मैडम को इंजीनियर को बुलवा कर सेटिंग ठीक करवा लेने की सलाह दी। यह भी कहा कि, करवा लीजिए। वरना रिजल्ट ठीक नहीं आएगा,'

फिर उस औरत को ढाढ़स बन्धाते हुए कहने लगे—

'देखो! भ्रूण अच्छे से गर्भाशय की दीवार पर जम नहीं पाया है। ब्लीडिंग हुई

है। अब फुल रेस्ट लेना। खाना, पीना, जाना सब बिस्तर पर। कुछ दिनों में ठीक हो जाएगा।'

सुप्रिया बेचैनी से बार-बार पहलू बदलने की कोशिश के साथ कसमसाते हुए यह सब कहती रही।

'इस सारे वक़्त मेरी आँखें उस औरत के चेहरे पर टिकी हुई थी। उस चेहरे पर पल-पल बनते बिगड़ते भाव मेरे दिमाग में पत्थर में खिंची लकीर से जम गये।'

असल में सुप्रिया के दिमाग में ये घाव पत्थर में खिंची लकीर की तरह नहीं थे अपितु उसके दिमाग की ढीली-गीली मिट्टी में दब कर, खुद के और ऐसे ही दूसरे मरीजों के दर्द के ताप-दाब से किसी फ़ॉसिल्स से बन गये थे।

मीनल की आँखों में डॉक्टर मैडम की बात सुन उस मरीज का हताशा के दर्द से जर्द हुआ चेहरा, उस दर्द में आशा की हर किरण खो स्याह हुआ चेहरा, फिर एक पुरुष डॉक्टर के यू.टी.बी. करने के संकोच से शर्म की धूल पुता स्याह चेहरा, फिर एक आशा की किरण पाकर आँखों में डर पर, चेहरे में मजबूती और होठों के किनारों पर अभी तक तो सब कुछ ठीक है, की मन्द स्मित लिए खिलता हुआ चेहरा, एक के बाद एक उभर आया। यह कल्पना करते हुए उसका चेहरा सन्देह से स्याह हो गया।

सुप्रिया उत्तेजित हो कहे जा रही है—

'यदि मैडम को सोनोग्राफी मशीन चलाना ठीक तरीके से नहीं आता, तो उन्हें नहीं चलाना चाहिए। ये औरत ही पुरुष सोनोलॉजिस्ट के सोनोग्राफी करने के नाम पर कितना हिचक रही थी, लेकिन यही तो इसके लिए भगवान बन कर आए। सोचो यदि ये सोनोलॉजिस्ट चले गये होते, तो यह पता ही नहीं चल पाता, कि भ्रूण में अभी जान है। डॉक्टर जो कहते हैं, सही ही कहते हैं मान कर, ये भी सफाई करा दी होती और मेरी ही तरह हत्यारिन बन जाती। ऐसी हत्यारिन, जिसे अपने कसूर की कोई जानकारी मरते दम तक नहीं हो पाती। वह सबसे यही कहती की मुझे अबोर्शन हो गया। न की यह कि मैंने अपने जीते-जागते बच्चे को मार दिया।'

सुप्रिया कहे जा रही है, यह बिना देखे कि मीनल सुन भी रही है कि नहीं।

'अन्त में उसके चेहरे में राहत की मुस्कान देखने के बाद भी मुझे विश्वास सा हो गया था, कि अब ये यहाँ इस अस्पताल में कभी नहीं आएगी। कोई अपने सही सलामत सपने को टूट गया है, कह देनेवाले को कैसे माफ़ कर सकता है। मैं होती तो कभी माफ नहीं करती।

तभी मुझे याद आया, कि यही कुछ तो मेरे साथ भी हुआ, लेकिन यह जानने के बाद भी मैं महीनों वहीं काम करती रही, अभी भी तो मैं कितनी ही सोनोग्राफी में ऐसे ही मैडम के साथ खड़ी रही हूँ, कई मिस्ड अबोर्शन की साक्षी रही हूँ, क्या वो सब भी हत्या ही थे? अभी भी यदि सोनोलॉजिस्ट सर नहीं होते, तो ये एक और

हत्या भी मेरे सर पड़ी होती। उस रात मुझे बार-बार यह सपना आता रहा, मैं रात भर नहीं सो पाई।'

अब मीनल और सुप्रिया दोनों ही बेहद बेचैन हो, कभी इस पहलू बैठतीं तो कभी उस, कभी उठने की कोशिश करतीं, फिर रुक जाती, उन्हें कैसे भी चैन नहीं आ रहा था। सुप्रिया के दर्द के मूल तक बात पहुँच गयी थी, बात ने मीनल के मर्म को भी छू लिया था।

सुप्रिया कहती रही, 'तब से जितने भी ऐसे केस आते, मुझे लगता कि असल में गर्भपात हुआ ही नहीं है, ये डॉक्टर मैडम सही तरीके से जाँच नहीं कर पा रही हैं।'

बाहर घनघोर काले बादल फिर घिर आए। बेहद गरजने लगे, मूसलाधार बरसने लगे। वही बादल मीनल की दिल दुनिया के अन्दर भी बरस रहे हैं। बेआवाज़। सुप्रिया की बातें बरस रही हैं—तड़-तड़ तड़ातड़,

'तब से मेरा दिल हरदम मुझसे ये प्रश्न पूछता रहता है, कि इस दुनिया में ऐसी कितनी ज़िन्दगियाँ आना चाहती रही होंगी या इस दुनिया में मौजूद रही होंगी, लेकिन ऐसी ही या अलग लापरवाहियों के कारण दुनिया में नहीं आ सकी या इस दुनिया से चली गयीं? जाने कितनी ज़िन्दगियां? जाने कब तक ऐसे ही जाती रहेंगी? और डॉक्टर सर, मैडम जैसे डॉक्टर बस पैसा कमाने की मशीन बन चाँदी काटने में लगे रहेंगे। मेरे जैसे चुपचाप उनका साथ देते रहेंगे।

सुप्रिया की बातें दिल चीर रही हैं- चिर्र...चिर्र...चिर्र

'धीरे-धीरे मेरे सपने में भी ऐसे बच्चों की संख्या बढती गयी, साथ ही बढ़ते गये ये सपने भी, परेशानियाँ भी। बस घटती गयी तो जीने की इच्छा। दीदी! मुझे बचा लीजिए, वरना एक दिन मैं खुद को मार डालूँगी।'

यह कहते हुए सुप्रिया एक बार जोर से तड़पी, फिर निढाल पड़ गयी। उसने अपनी सारी बातें कह ली। सारा लावा बाहर निकल गया। अब मौका था मीनल के कुछ कहने या करने का, उसे ढाढ़स बन्धाने का, लेकिन मीनल सुन्न बैठी रही। आखिर सुप्रिया को ही कहना पड़ा,

'दीदी! दीदी!'

मीनल की आवाज़ जैसे किसी गहरी गुफा से आई। ऐसी सिसली गुफा जिसमें सन्देह का माउन्ट एटना ज्वालामुखी अभी-अभी ही फूटा है, उसकी नसों में सन्देह का गर्म खौलता लावा दौड़ने लगा है, कुछ न जान पाने की असहाय स्थिति का धुआँ, गुस्से की गर्म राख़ उस पर छाने लगी है। घुटती आवाज़ में उसने कहा,

'तुम रायपुर के किस अस्पताल में काम करती हो?'

इस अप्रासंगिक प्रश्न से हैरान होते हुए भी सुप्रिया ने जवाब दिया।

'देवी नर्सिंगहोम'

मीनल की आँखों के वही लाल लाइट जलने-बुझने लगी। आँखों में बेदर्दी से चुभने लगी। उसने अपनी आँखें कस कर बन्द कर लीं। बन्द आँखों में सपना उग आया नन्हें-मुन्ने का। जागती आँखों से देखे इस सपने के असहनीय दंश से उसका समूचा अस्तित्व हिल उठा।

इसके साथ ही उस शान्त कमरे में, दो दिलों में बाहर बादलों में गुलमोहर की प्रश्नवाचक चिह्न सी पंखुड़ियों में, पहाड़ में, आसमान में, उसमें टँगे अनगिनत गोलों में मीनल का यह सन्देह भी सुप्रिया के प्रश्नों की तरह तड़पने लगा।

ज़िन्दगी में नून

पहला प्यार ज़िन्दगी का सघन अहसास होता है। शादी से पहले वाइल्ड लाइफ फोटोग्राफी सन्ध्या का पहला प्यार था, जो शादी के बाद दूसरे नम्बर में खिसक गया था; पहाड़ थे सन्ध्या का तीसरा प्यार। वह जब भी ऊँचे-ऊँचे पहाड़ देखती, तो उसे लगता कि वह लोहा है, और ये पहाड़ चुम्बक। जो अपनी पूरी शक्ति से उसे अपनी ओर खींच रहे हैं। उसे पहाड़ों में, जंगलों में कैमरा लिए भटकना बहुत पसन्द था। हर्षित से पहली मुलाकात भी पहाड़ ने ही कराई थी।

शादी से लगभग पन्द्रह साल पहले की बात है। जब स्काउट गाइड का जम्बूरी कैम्प देहरादून में हुआ था। पूरे देश से अलग-अलग भाषा, संस्कृति, रहन-सहन के बच्चे, उन पन्द्रह दिनों के लिए एक जगह इकट्ठे हुए थे। दिन भर विभिन्न कार्यक्रम होते रहते, फिर रात को कैम्प-फायर। दिन धुनकी हुई रुई सरीखे उड़े चले जा रहे थे। अन्तिम दिन से दो दिन पहले एक माउंटेनियरिंग इवेंट रखी गयी थी। इसमें एक पहाड़ी के ऊपर लगे ध्वज को लाने का लक्ष्य दिया गया था।

उस पहाड़ी की चोटी तक सबसे पहले पहुँचनेवालों में हर्षित और सन्ध्या ही थे। हर्षित कुछ आगे ही था, तभी सन्ध्या का सन्तुलन बिगड़ा, और वह चट्टान की एक खोह में फिसल गयी। उसकी चीख सुन कर हर्षित वापस आये। खोह से उसे बाहर निकालने के लिए उन्होंने अपना हाथ आगे बढ़ाया, नीचे चट्टान की खोह में मासूम-सी घबराई सन्ध्या दिखी।

हर्षित ने हाथ आगे तो बढ़ाया था, लेकिन सन्ध्या की भयभीत हिरनी-सी आँखें, स्ट्राबेरी की दो फाँकों से होंठ और उसके शरबती गेहूँ से सुनहरे चेहरे को छिपम-छिपाई खिलाते, भूरे-काले बाल देख कर उसे खींचना ही भूल गये। वह उम्र भी वैसी ही थी—अनछुई कली सी मासूम, मँडराते भंवरे-सी शोख। वह तो सन्ध्या ने उनका हाथ खींचा, तो उन्हें होश आया। सन्ध्या के खोह से निकलने बाद, दोनों फिर अपने लक्ष्य की ओर बढ़ गये, लेकिन ध्वज को पकड़ने के ठीक पहले हर्षित के

कदम लड़खड़ा गये।

रात को कैम्प-फायर में सन्ध्या ने हर्षित से पूछा—"आप जानबूझ कर लड़खड़ाये थे न?" जवाब में एक भेदक मुस्कराहट थी। जिसने सन्ध्या के दिल के गिरहबख़्तरों को खोल दिया, और बरछी सी उसके दिल में जा चुभी। जब मुस्कराहट की बरछी दिल को मरोड़ने लगी, तब एक फुसफुसाता जवाब आया, "हारकर जीतने वाले को बाजीगर कहते हैं।"

एक पल रुक कर, एक खुले दिल की हँसी की बाढ़ सन्ध्या को बहा ले गयी।

इस खुले दिल की हँसी ने सन्ध्या के दिल से मुस्कान की बरछी तो निकाल दी, पर मुँह में इमली रखने पर बार-बार चटखारे लेती जबान-सी, दिल में मीठी मरोड़ें उठने लगीं। जम्बूरी कैम्प से वापस आकर सन्ध्या ने निहारिका टॉकीज में बाजीगर चार बार देखी थी। एक बार घरवालों के साथ, तीन बार घरवालों से छुपकर। दूरी ने इन मीठी मरोड़ों को धीरे-धीरे धीमा कर दिया, और कुछ ही समय में सन्ध्या ने मान लिया, कि यह उम्र के सोलहवें साल की शरारत थी।

भगवान सब की ज़िन्दगी की स्क्रिप्ट उनके इस धरती में आने के पहले ही लिख लिए होते हैं। लगभग पन्द्रह साल बाद हर्षित के आई.एफ.एस. में चयन होने का पता पाकर, सन्ध्या के माँ-पिताजी उनके घर गये थे। उन्होंने सन्ध्या को बेहद लाड़-प्यार दे कर पाला था। लेकिन उनके लिए भी लड़की के जीवन का अन्तिम उद्देश्य अच्छे घर-वर से विवाह ही था। ऐसा कर वे अपनी जिम्मेदारी पूरी करना चाहते थे। लड़केवालों को भी आई.एफ.एस. लड़के की सोसाइटी में रह सकनेवाली लड़की चाहिए थी। सन्ध्या कान्वेंट में पढ़ी, अच्छे क्रेडेंशियल्स वाली लड़की थी। खूब धूम-धाम से उनकी शादी हुई। हर्षित और सन्ध्या के दिलों में सालों पहले उठी मीठी मरोड़ें उनकी देखने-दिखाने की रस्म के दौरान हुई मुलाक़ात के साथ ही फिर उठने लगीं। लेकिन अब की ये मरोड़ें बेहद तीखी थीं।

उनकी शादी के शुरुआती सालों का अधिकांश समय विरह में बीता। शुरुआत में कुछ महीने ससुराल में ही रहकर सबको जानने समझने की बड़ों की इच्छा का सम्मान, फिर हर्षित का आई.एफ.एस. का लम्बा प्रशिक्षण इसका कारण बनता रहा।

इन शुरुआती वर्षों में सन्ध्या के लिए सबसे अच्छा समय होता बारिश का। जब हर्षित पन्द्रह दिन की लम्बी छुट्टी लेते। जिससे वह अपने सैकड़ों एकड़ की खेती के कामों से भी जुड़े रह सकें। इन छुट्टियों में वह आई.एफ.एस. अधिकारी न हो कर एक किसान हो जाते। वह खेती के अन्य कामों के साथ ही धान रोपने में भी जुट जाते। जब वह मजदूरों के साथ मिलकर धान रोपने लगते, तो मजदूरों में भी एक अलग ही जोश भर जाता।

जब हर्षित खेतों में धान रोपते। तब सन्ध्या उन्हें किसी पेड़ के नीचे खड़े होकर

देखती रहती, सोखती रहती। यूँ तो उसका भी मन करता कि वह साड़ी का फेंटा कस, लेई मताए धान के खेत की टखनों तक धँसती मिट्टी में फच-फच जा घुसे, और धान रोपते हुए माटी की ठंडक और हर्षित के साथ का आनन्द ले। लेकिन वह बहू थी। बहू का यूँ खेतों में धान रोपना अशोभनीय होता, इसलिए वह हर्षित को धान रोपते देख ही खुश हो लेती।

इस वक़्त अपने कसरती बदन में हर्षित सन्ध्या को किसी पहाड़ से लगते। जैसे कल कल करती धाराएँ, हरे-भरे पहाड़ों की चोटियों से, हर चार कदम पर किसी जिद्दी बच्चे-सी मचलती बहती हैं। वैसे ही हर्षित के कसरती बदन से कभी वर्षा की धाराएँ, तो कभी पसीने की धाराएँ बहती रहती। इन जलधाराओं के बीच हर्षित की मछलियाँ चमकती रहती। ये धाराएँ हर्षित की पीठ से कन्धे, गले से होती हुई ठोड़ी तक पहुँच कर मिट्टी में टपकती, या कन्धों से बाँहों में बहते हुए धान के साथ जमीन में रोप दी जातीं। उस खेत का हर्षित के पसीने से पलोया धान, सन्ध्या के लिए कुछ खास हो जाता।

जिस दिन हर्षित पानी से भरे खेत में धानी धान का रोपा लगाते, उस दिन धान के लहलहाते पौधों सी ख़ुशी से सन्ध्या का मन झूमने लगता। उस खेत के चावल का नमकीन स्वाद तो उसे बाद में मिलता पर उस दिन हर्षित भी नमकीन हो जाते। सन्ध्या हर्षित से महीनों दूर गुजरनेवाली, अपनी उबली सब्जी-सी ज़िन्दगी में कुछ नमक बुरक लेती। यह नमक उस समय में भी सन्ध्या की ज़िन्दगी को नमकीन बनाये रखता, जब हर्षित अपने आई.एफ.एस. के प्रशिक्षण में जंगलों की ख़ाक छानते रहते, ऐसे में सन्ध्या गाँव में, अपनी ससुराल में आदर्श बहू का फर्ज निभाती होती। बड़ा घर था, बड़ा परिवार, खेती किसानी के काम, गृहस्थी का हर बन्धन मौजूद था वहाँ। खेती-किसानी के दिनों में नौकरों के लिए खाना बनवाने की जिम्मेदारी भी निभानी होती। खाली समय में घर की महिलाएँ अनाज, दाल आदि साफ़ करातीं, या सीने-पिरोने का काम करतीं जिनमें सन्ध्या को कोई रूचि नही थी। जिनमें सन्ध्या को रूचि थी वे काम उन सब की नजर में बेमतलब के थे।

शादी के शुरुआती दिनों में उसने ससुराल में अपने पसन्द के काम करने की कोशिश की थी। बहू थी तो घर से बाहर अकेले तो निकल नहीं सकती थी लेकिन वह बुआ सास को अपने साथ बाड़ी में घूमने के लिए मना लेती। घूमते हुए वह पेड़ों में चहकती चिड़ियों को देखती, फूलों में मँडराती तितलियों को देखती और अगली बार मायके जाने पर अपना कैमरा लाने की सोचती पर ऐसा एक दो या शायद तीन बार ही हो सका, फिर बुआजी ने मना कर दिया साथ जाने से, कि वह चिड़ियों में जाने क्या ताक-झाँक करती रहती है। अब सन्ध्या कमरे की खिड़की से ही, नज़रों की सीमा तक प्रकृति को निहारती रहती, लेकिन यह भी तो एक अच्छी बहू का

लक्षण नहीं, कि वह जब देखो तब खिड़की से बाहर निहारती मिले।

शादी से पहले सन्ध्या की ज़िन्दगी जंगल में उड़ते फिरते परिन्दे-सी थी। इसलिए अब उसके लिए परम्परागत साड़ी, गहनों और ढेर सारी बन्दिशों से जकड़े हुए, सारा दिन घर के अन्दर ही बिताना बहुत मुश्किल था। फिर भी वह हर्षित के प्यार की नदी में आकंठ डूबी, घर की सरहद तक सीमित हो जाने की मुश्किल को पार किये जा रही थी। उसने अशान्ति से बचने के लिए दिलोदिमाग के ताले बन्द करने शुरू कर दिए थे। इस आस के साथ की एक दिन जब मौका मिलेगा तो वो इन तालों को खोल देगी।

ऐसे में सन्ध्या को संयुक्त परिवार की रसोई की जिम्मेदारियों से जब भी खाली समय मिलता, वह अपने को उर्जित करने, एक बड़े कप नींबू नमकवाली चाय, दोनों हाथों में पकड़, रॉकिंग चेयर में झूलती हुई हर्षित की यादों, मधुर अहसासों और भविष्य की कल्पनाओं की जुगाली करते समय बिताती। कप को अपने दोनों हाथों से पकड़े हुए, चाय की गर्माहट में हर्षित की गर्माहट पाते, और उठती भाप में अपनी यादों और कल्पनाओं के रंग भरते हुए। कभी चाय में नमक डालते वक़्त, कप के कगारों में रह गया नमक, चाय के पहले घूँट के साथ मुँह में नमकीन स्वाद घोल देता, तो वह हर्षित को अपने पास पा खिल उठती।

शादी के कुछ साल बाद, जब साथ रहने का वक़्त आया, तो दोनों ख़ुशी के बादल में सवार हो गये। उनके दिन नयी-नयी गृहस्थी जमाते, एक-दूसरे को समझते-समझाते निकलने लगे। उनका सप्ताहान्त अक्सर जंगल के बीच किसी फारेस्ट रेस्ट हाउस में बीतता। जहाँ सन्ध्या अपने वन्य जीवन फोटोग्राफी के शौक़ का भरपूर आनन्द लेना चाहती। वह कैमरा लेकर, हर्षित के साथ जंगल में गहरे, और गहरे उतरना चाहती। लेकिन हर्षित इन दिनों में सिर्फ और सिर्फ आराम करना चाहते, सन्ध्या को आगोश में लिए हुए आराम। आखिर इतने दिनों बाद साथ रहने का मौका मिला था। सन्ध्या के हाथ में कैमरा उन्हें अपना रकीब लगता, जो उनका समय ले रहा है।

समाज में पति-पत्नी का रिश्ता कुछ ऐसा है, जैसे पत्नी गीली मिट्टी हो और पति कुम्हार। जैसा चाहे वैसा गढ़े। बचपन से लड़कियों की परवरिश भी कुछ ऐसी ही होती है, सन्ध्या भी ऐसी ही थी। धीरे-धीरे उसने अपनी इच्छानुसार कोई प्लान बनाना छोड़ दिया। रसोई में क्या बनेगा के अलावा, किसी और निर्णय के बारे में बिना पूछे सोचना छोड़ दिया। दिमाग के कुछ तालों में दोहरा ताला लग गया। हर्षित के प्यार में डूबे हुए उसने जंगल में गहरे उतरने की जिद छोड़ दी। हर्षित जब बाहर होते तब भी वह कैमरा लेकर घर के आस-पास तक ही निकलती।

कुछ हर्षित का प्यार, कुछ शौक़ का कुछ हद तक ही सही, लेकिन पूरा होना। सन्ध्या के चेहरे की चमक बढ़ती जा रही थी। कुछ दिनों बाद जब चेहरे की चमक

तो बढ़ती गयी, लेकिन तबियत ढीली रहने लगी तब पता चला, कि चेहरे की चमक बढ़ने का कारण सिर्फ हर्षित का साथ मिलना और फोटोग्राफी के शौक़ का पूरा होना ही नहीं था।

अब एक नयी समस्या आ खड़ी हुई। सन्ध्या की देखभाल कैसे हो? घर की हजारों जिम्मेदारियों को छोड़कर माँ आ नहीं सकती थीं। सन्ध्या को काफी परेशानियाँ भी हो रही थी। यहाँ अच्छी स्वास्थ्य सुविधा भी चालीस किलोमीटर दूर देहरादून में ही उपलब्ध हो सकती थी, जबकि गाँव के घर से दस किलोमीटर पर ही राजधानी की स्वास्थ्य सुविधाएँ मिल जानी थी। तब तय हुआ कि सन्ध्या ही घर चली जाये। सन्ध्या एक बार घर गयी, तो फिर वही की हो कर रह गयी।

पहले शिवम् के जन्म से पहले, फिर शिवम् के लगभग साल भर का होने तक वह गाँव में ही रही। उसके बाद उसने कुछ ही महीने हर्षित के साथ उसकी पोस्टिंग वाली जगह पर बिताये ही थे, कि मौली के आने की आहट आ गयी, फिर लगभग डेढ़ साल ससुराल में निकल गया। दोनों बच्चों के साथ जब वह अन्ततः हर्षित के साथ रहने लगी, तब मौली एक साल की और शिवम् तीन साल का हो चुका था। इतने लम्बे समय तक ससुराल के बन्धनों में रहते हुए शादी से पहले की सन्ध्या अब पूरी तरह खो चुकी थी। उसके अनजाने ही सारे तालों की चाबियाँ भी खो चुकी थीं। अब उसकी दुनिया की सरहद घर तक, नज़रों की सरहद पांव तक, दिमाग की सरहद घर के कामों तक ही सीमित थी जिसमें किसी भी नये विचार का आगमन निषिद्ध था।

दो बच्चे और सन्ध्या एक अकेली जान। हर्षित तो अक्सर दौरे पर ही रहते। यूँ तो उसकी मदद के लिए बहुत से नौकर थे पर बच्चों का काम नौकरों से करवाना खुद सन्ध्या को ही नहीं पसन्द था। वह सुबह बच्चों को ब्रश कराने से लेकर उन्हें नहलाने, तैयार करने, स्कूल छोड़ने, लेने जाने, खाना खिलाने, सुलाने, पढ़ाई कराने जैसे सारे काम खुद ही करती। अब सारे दिन उसे चैन की साँस लेने की भी फुर्सत नहीं मिलती थी।

कभी किसी नाजुक पल में उसे याद आता कि बहुत महीनों से कैमरा बाहर नहीं निकला, कहीं उसके लेंस में फफूँद न लग जाये तो वह कभी कैमरा निकाल कर उसे झाड़-पोंछ कर फिर रख देती। रखने से पहले देर तक वह यूँ ही कैमरे को अपने हाथों में थामे, उसे सहलाते, उसे महसूस करते बैठी रहती। इस बैठने के बहाने वह अपनी पुरानी यादों में टहलते रहती।

धीरे-धीरे यह अन्तराल बढ़ता गया। एक बार कैमरे का ध्यान आया तो यह याद ही न आया कि वह रखा कहाँ है। सन्ध्या ने भी ज्यादा कोशिश नहीं की। जब कैमरा मिला तब तक वह ख़राब हो चुका था, फिर भी कभी-कभी किन्हीं नाजुक

लम्हों में फोटोग्राफी को लेकर एक टीस सी मन में उठ जाया करती। धीरे-धीरे इस टीस की जगह एक नितान्त खालीपन ने ले ली।

हर्षित के साथी अधिकारियों की पत्नियाँ मॉल जातीं, शॉपिंग करतीं, किटी पार्टीज करतीं, हौजी खेलती। इस बहाने से अपने गहने-कपड़ों की नुमाइश करतीं। ये सारी बाते सन्ध्या को बिलकुल भी आकर्षित नहीं करती। उसने कुछ दिन यहाँ भी मन लगाने की कोशिश की लेकिन सिर्फ और सिर्फ दिखावे के इस माहौल में उसका दम घुटता।

अब उसे सिर्फ हर्षित की पसन्द, शिवम् के प्रोजेक्ट्स, मौली के साथ खेलना याद रह गया था। शादी के एक साल बाद सन्ध्या हर्षित के साथ कश्मीर गयी थी। कश्मीर की हरी-भरी वादियों में वह खो गयी थी। वापस आते हुए भी वह रोड के दोनों ओर फैले धान और मक्के के खेतों की हरियाली में, चिनार की ऊँचाई में गुम थी, लेकिन जवाहर सुरंग पार करते ही सामने खुशहाल हरियाली की जगह भूरे-तीखे पहाड़ सामने थे जैसे किसी ने हरियाली का सुख अचानक से छीन लिया हो।

ऐसा ही सन्ध्या के साथ अब भी हुआ। जब बच्चे बड़े हो गये। अब उन्हें दैनिक कार्यों में मम्मी की जरुरत नहीं थी, पढ़ाई कराने के लिए मम्मी की जरुरत नहीं थी। अब उनके खाली समय को आनन्द से भरने के लिए मम्मी की गोद की जरुरत नहीं थी। सन्ध्या का अन्दरूनी खालीपन उतना ही बढ़ता गया, जितना वह बाहर के कामों से खाली होती गयी।

अब वो मौली को अपने साथ बिठा कर लाड़ करना चाहती तो मौली कभी मोबाइल गेम में, कभी पढ़ाई में तो कभी प्रोजेक्ट में, कभी सहेलियों के साथ व्यस्त होती। शिवम् और भी बड़ा हो चुका था। मम्मी उसके लिए सिर्फ एक मम्मी मटेरियल ही रह गयी थी। जिनसे अपनी फरमाइशें पूरी करा सकते हैं पर अपनी परेशानियों का हल नहीं पा सकते।

यह सन्ध्या की भी गलती थी कि न तो कभी उसने उन्हें बताया, न ही हर्षित ने, कि वह अपने समय में वन्य जीवन की एक उभरती फोटोग्राफर थी। पहाड़ों में चढ़ा करती थी। एन.सी.सी. के सबसे अच्छे कैडेटों में एक कैडेट थी। अब तो यह स्थिति थी कि बच्चों को यह सब बताया भी जाता तो वे इस पर सहज विश्वास नहीं कर पाते। अब तो खुद सन्ध्या के लिए भी इस पर विश्वास करना मुश्किल हो गया था।

हर्षित, शिवम् और मौली सन्ध्या की ज़िन्दगी थे। बेशक उनकी ज़िन्दगी की धुरी भी सन्ध्या ही थी। लेकिन अब सन्ध्या उनके लिए ऐसी आदत थी जिसका होना कोई ख़ुशी नहीं देता पर न होना दु:ख जरूर देता है। दरअसल अब बच्चे बड़े हो गये थे। उनके पास सारी दुनिया की व्यस्तताएँ थी। हर्षित अपने काम में मसरूफ रहते। बस एक वह ही थी जिसे खालीपन काटने को दौड़ता।

इस खाली दिमाग में उसे अब अपने शौक़ मुँह चिढ़ाते मिलते। वे कहते हमारा साथ तुमने छोड़ दिया, अब भुगतो। यदि हमारे साथ होती तो आज सफलता तुम्हारे कदम चूमती होती। इस दुनिया में तुम्हारा एक स्वतन्त्र अस्तित्व होता। उसके अन्दर-बाहर खालीपन की चादर, काली रात की तरह पसरने लगी। उसकी बातों में नकारात्मकता किसी सर्प की तरह रेंगते हुए प्रवेश करने लगी।

पहले की हँसती, खिलखिलाती सन्ध्या में अब अजीब-सा चिड़चिड़ापन घर करने लगा। हर्षित की, बच्चों की लाड़ में कही बातें भी उसे गहरे चुभ जाती, बात-बात में उसके आँसू निकल आते। सन्ध्या जितना चिड़चिड़ाती, बच्चे भी प्रतिक्रिया में उतना ही चिड़चिड़ाते, यह सन्ध्या के लिए क्रिया बन जाता और वह इस क्रिया पर अपनी प्रतिक्रिया देती। यह क्रिया-प्रतिक्रिया तब तक आगे चलती जाती, जब तक की उसकी आँखों से आँसुओं की धारा न बहने लगती।

जब ऐसा होता बच्चे, हर्षित खीज कर उसे अकेला छोड़ जाते। इस अकेलेपन में ज़माने भर की नकारात्मकता सन्ध्या को अपनी ओर आकर्षित करने लगती। हर्षित सन्ध्या में आ रहे परिवर्तनों से हैरान था। हँसता-खिलखिलाता घर बेवजह दुखों में डूबा सा लगने लगा था।

एक बार शिवम् को उनके स्कूल से एक नेशनल पार्क में लगने वाले वाइल्ड लाइफ कैम्प में ले जाया जा रहा था। हर्षित सेमीनार में भाग लेने बाहर गये हुए थे। सन्ध्या को शिवम् ने बताया, तो वह उत्साहित हो उठी। उसके अन्दर का उत्साह का सूखा हुआ स्रोत छलछला आया, लेकिन शिवम् बेहद परेशान था।

"ओफ्फोह मम्मा! पापा को भी अभी ही जाना था। यदि पापा होते तो वे कैम्पिंग के बारे में कितना कुछ बताते। अब मैं क्या करूँ, कैसे करूँ, कुछ समझ नहीं आ रहा?"

शिवम् के चेहरे पर परेशानियों का मकड़जाल बिछा था। उसकी परेशानी से अनजान, अपने खोये हुए उत्साह की डोर थामते हुए सन्ध्या ने मन ही मन जरूरी समानों की लिस्ट भी बना ली। उसने कहा, "परेशान मत हो बेटा, मैं हूँ ना। मैं बताउंगी तुम्हें। लाओ, अभी मुझे लिस्ट दो।"

अविश्वास की नजर से देखते, परेशान शिवम् के हाथ से वह लिस्ट ले कर देखने लगी। उस लिस्ट में कुछ गैर जरुरी चीजें थी और एक दो जरूरी चीजें छूटी हुई थी। उसने अपने उत्साह की रौ में बहते हुए यह बात शिवम् से कह दी। शिवम् तो पहले से ही परेशान था। उसने यह सुनते ही सन्ध्या के हाथों से लिस्ट ही छीन ली, और खीज भरी आवाज में कह उठा—"आप क्या जानों मम्मा। कुछ भी मत बोलो, जरूरी नहीं होगा, तभी लिस्ट में शामिल नहीं है।"

शिवम् इतना कह कर अपने पैर पटकता कमरे में चला गया। सन्ध्या के उत्साह

का नवांकुर इन शब्दों से कुचल गया। एक पल को मन में आया मैं... मैं नहीं जानूँगी वाइल्ड लाइफ कैम्पिंग की जरूरतों के बारे में? इस पल से उसके अन्दर का खालीपन का जंगल कुछ और घना होने लगा।

सन्ध्या को याद आया, वह दिन जब उसने अपनी माँ को भी किसी बात के लिए ऐसे ही झिड़का था। आज सालों बाद, उसे जब खुद अपने ही बेटे से ऐसा झटका लगा, तो महसूस हुआ, कि माँ को उसकी झिड़की सुन कितना दुःख हुआ होगा। सन्ध्या को खुद में अपनी माँ, सास, बुआ, दादी सब की छवि दिखाई दी। उससे कुछ भी खाया-पिया नहीं गया।

जिन बच्चों के लिए उसने अपनी सारे शौक छोड़ दिए। अपनी पसन्द की ज़िन्दगी छोड़ दी, उनका ही ऐसा बर्ताव। अपने ही जाये बेटे के इस व्यवहार ने उसे झिंझोड़ कर रख दिया। बच्चों ने उसकी उदासी को उसकी आदत मान नकार दिया। बच्चों के लिए अभी दुनिया किसी जादू के पिटारे-सी खुल रही थी।

अब तक खुद सन्ध्या भी ऐसी कोई जरुरत महसूस नहीं करती थी, लेकिन अब वह भूकम्प से थर्राई हुई सी खोई रही खुद में, दिमाग के कुछ तालों को खोलते हुए। उसके सामने उसकी ही अपेक्षाएँ किसी मायाजाल की तरह खुल रही थीं।

अपेक्षा—हमेशा हर्षित और बच्चों की ज़िन्दगी की धुरी बने रहने की। यदि यह अपेक्षा पूरी होती रहती तो उसे जवानी में खुद से की गयी अपेक्षाएँ शायद याद भी नहीं आती। धुरी वह अब भी थी लेकिन पहियों को यह अहसास ख़त्म हो गया था कि वे किसी धुरी की बदौलत ही आराम से चले जा रहे हैं।

अपेक्षा—अपना स्वतन्त्र अस्तित्व कायम करने की।

अपेक्षा—उस आनन्द की जो वह अपने शौक़ पूरा कर पाती थी।

कई दिन वह सोचती रही। उसने खुद को भी समय देने का सोचा। अपने आनन्द के स्रोत को फिर से पुनर्जीवित करना चाहा। लेकिन कैसे?

उसने उम्र के सफ़र में आगे बढ़ते हुए अपने निजी आनन्द की पोटली राह में कहीं फेंक दी थी। उसने वह राह ढूँढ़ने की कोशिश की, तो पाया कि वह ढूँढ भी नहीं सकती, वह तो खुद से ही बँधी हुई है। उसका अवचेतन मन जरूर पहले भी और अब भी दौड़ना चाहता है, दौड़ता रहा है। उस राह में, जिस में उसका एक अस्तित्व है, लेकिन इतने सालों तक चेतन में रस्से से जकड़े हुए, अवचेतन में बँधे-बँधे दौड़ते हुए, अब वह थक चुकी थी, हताश हो चुकी थी।

अब जब उसने चेतन जगत में दौड़ना चाहा, तब वही हताशा उसके जीवन में दुःख की काली बदरी बन छा गयी, उसके सुख-सुविधाओं, प्यार के नीले आसमान को ढँकते हुए, अवसाद की हद तक।

जब इस अवसाद में दैनिक जीवन अस्त-व्यस्त होने लगा, तब हर्षित को

स्थिति की गम्भीरता समझ में आई। हर्षित सन्ध्या को इस झूठे दुःख के बादल से बाहर निकाल, उसके जीवन के नीले आसमान में उत्साह का सूरज चमकाना चाहने लगे, लेकिन कैसे? एक पुरुष के लिये, जिसके लिए सामान्यतः यह कोई ध्यान देने योग्य बात ही नहीं, उसके लिये ये विश्लेषण आसान भी नहीं। उन्हें इसका कोई ओर-छोर समझ नहीं आ रहा था कि यह होगा कैसे?

हर्षित सन्ध्या को बस पहले की सन्ध्या बनाना चाहते थे। हँसती, मुस्कराती, हर परेशानियों का चुटकियों में हल निकालती सन्ध्या को वापस लाना चाहते थे। वह सोचते रहे। कोशिश करते रहे। सुबह उठ कर ब्रश करते हुए, नहाते हुए, अखबार पढ़ते हुए, ऑफिस में फाइल्स करते हुए, सन्ध्या के साथ बात करते हुए, लेकिन उन्हें भी कोई रास्ता नहीं सूझा।

उनके पास कोई चाणक्य-सा गुरु भी नहीं था, जो उन्हें बताता कि गर्म खिचड़ी को वह बीच से खाने की कोशिश न करें, अपितु एक किनारे से उसे खाते जाएँ। नतीजा बार-बार वह गर्म खिचड़ी से जलते रहे। हर उपदेशात्मक कोशिश के बाद सन्ध्या, और अधिक चिड़चिड़ा जाती।

वसन्त आ चुका था। वह समय, जिसमे प्रकृति अपने पूरे बहार पर होती है। वह महीना, जिसमे सन्ध्या का जन्मदिन आता है। हर्षित ने इस बार सन्ध्या को कोई बड़ा-महँगा सा उपहार देने का नहीं सोचा। पिछले कई सालों में उन्होंने सन्ध्या को डायमंड सेट, लक्ज़री कार, जैसे उपहार दे कर खुश करने की कोशिश कर देख लिया था। इस बार वह सिर्फ एक बार सन्ध्या के चेहरे पर उसकी पुरानी, असली मुस्कराहट लाना चाहते थे। बहुत दिनों तक वह सोचते रहे। पुराने दिनों की यादें दोहराते रहे।

उस दिन भी वह ऑफिस से वापस आते हुए यही सोच रहे थे। मौसम तूफानी था। तेज हवा के साथ बारिश होने लगी। अचानक हवा के साथ गुलमोहर के फूल की एक सुर्ख लाल पंखुड़ी कार के सामने के काँच पर आ कर चिपक गयी। ड्राईवर ने पानी हटाने वाइपर अपनी पूरी गति से चला रखा था, लेकिन वह पंखुड़ी चिपकी रही।

हर्षित के मन में आया, 'जिद्दी पंखुड़ी'।

इस जिद्दी पंखुड़ी ने यादों का द्वार खोल दिया। हर्षित अपनी आँख बन्द कर उसमें अन्दर उतर गये। सालों पहले एक रात लांग ड्राइव के दौरान, रोड किनारे खिले गुलमोहर को देखते हुए हर्षित ने कहा था—"भगवान की सोच भी समझ से परे है। एक तो अप्रेल में ऐसे ही इतनी गर्मी रहती है। ऊपर से ये सुर्ख लाल गुलमोहर। इसका अंगारों-सा चटख लाल रंग तो गर्मी को और बढ़ा देता है। इससे अच्छा तो अमलतास है, जो देखने वाले को ठंडक तो देता है।"

सन्ध्या ने हर्षित की टाँग खीचने के लहजे में, उसकी बात काट, हँसते हुए

कहा था—"मुझे तो लगता है, कि सूरज चाहे जितना तपे, ये गुलमोहर भी उतना ही शोख हो जाता है। कहता है, कि तुम्हारी तपन से मैं हारने वाला नहीं। उसकी यही जिजीविषा है। गुलमोहर के माध्यम से, भगवान इनसान को भी यही सन्देश देते हैं। इनसान जब इसकी शोखी देखता है, तो सारे कष्ट भूलकर एक पल को उत्साहित हो उठता है।"

फिर कुछ देर रुक कर सन्ध्या ने कहा था, "मुझे तो गुलमोहर बहुत पसन्द है। तपती धूप से लड़ते गुलमोहर को देख, अँधेरी रात में माणिक से चमकते गुलमोहर को देख, मुस्कराहट मेरे होठों पर अपने आप चली आती है।"

हर्षित ने आँख खोलकर सामने काँच को देखा, गुलमोहर की लाल सुर्ख पंखुड़ी अब भी चिपकी हुई थी। हर्षित के चेहरे पर खजाना खोज लेने की मुस्कराहट आ गयी। उन्होंने तय कर लिया, कि सन्ध्या के इस जन्मदिन में वह उसे गुलमोहर के लाल सुर्ख फूलों का गुच्छा देंगे।

सन्ध्या के जन्मदिन के दिन हर्षित एक दौरे से लौटते हुए, उसके लिए गुलमोहर के फूलों का गुच्छा लेने, जंगल में गुलमोहर के एक पेड़ के किनारे रुके। जब वे पेड़ के पास गये, तो उस गुलमोहर के पेड़ की कोटर में नीलकंठ के छोटे-छोटे बच्चे दिखे। वह उलटे पैरों वापस लौट गये, और सन्ध्या को सरप्राइज गिफ्ट देने, उस निपट जंगल में ले आये। खुद पेड़ से सट गये, और आँखें बन्द कर आगे बढ़ती सन्ध्या का विडियो शूट करने लगे।

सन्ध्या ने जब नीलकंठ के छोटे-छोटे बच्चों को कोटर में चहकते देखा, उसके चेहरे पर सैकड़ों जुगनू एक साथ चमक उठे। यही वह पल था, जिसने सन्ध्या को उसकी खोई हुई ख़ुशी वापस लाने का रास्ता दिखाया। इसे पाने की राह खुद बनाने की हिम्मत दे दी। यही वह पल था, जिसने हर्षित को अहसास कराया, कि उसकी पुरानी हँसती, खिलखिलाती, चहकती सन्ध्या कैसे वापस आ सकती है। इसी पल में, सन्ध्या ने नेचर क्लब, और वाइल्ड लाइफ फोटोग्राफी क्लब से जुड़ने का संकल्प कर लिया।

फेसबुक और व्हाट्सएप्प तो वह समय बिताने को चलाती ही थी। इस बेमतलब के समय काटने के शगल ने सार्थक उद्देश्य पा लिया। उसने कई वाइल्ड लाइफ फोटोग्राफी वाले ग्रुप्स ढूँढ़े, और उनकी सदस्य बन गयी। धीरे-धीरे परिचय बढ़ा। अपने ही शहर में एक नेचर क्लब, और फोटोग्राफी क्लब का पता चला। उसके कुछ सदस्यों से पहचान हुई। कुछ दिनों में वह अपने शहर के वाइल्ड लाइफ फोटोग्राफी क्लब की सदस्य बन गयी। उसके कार्यक्रमों में जाने लगी। अपनी इस रुचि में व्यस्त होने से रोती-चिड़चिड़ाती सन्ध्या, हँसती-मुस्कराती सन्ध्या में बदलने लगी।

परीक्षा का अवसर तो तब आया जब छः महीने बाद क्लब की पन्द्रह दिन की

वाइल्ड लाइफ फोटोग्राफी वर्कशॉप का आयोजन हुआ। सन्ध्या ने वहाँ में जाने के लिए रजिस्ट्रेशन तो करा लिया, लेकिन इस अन्तर्द्वन्द्व में घिर गयी कि कहीं वह पति और बच्चों के हक़ के समय को, अपने शौक़ को पूरा करने में देकर गलत तो नहीं कर रही है।

यूँ भी अपनी ख़ुशी के साथ ग्लानि को जीना आम भारतीय औरत की सदियों की कंडीशनिंग है। यूँ भी हर वस्तु जड़ता के कारण अपनी स्थिति में परिवर्तन का विरोध करती है। सन्ध्या भी इससे अलग नहीं थी। उधर हर्षित के लिये भी यह पहली बार था कि सन्ध्या इतने दिनों के लिये घर के लोगों से अलग, लगभग अनजान लोगों के साथ बाहर जा रही थी, लेकिन उन्हें खिलखिलाहट की ओर वापस लौटती सन्ध्या की भी ललक थी।

एक शाम जब वे डूबते सूर्य की लालिमा में अपादमस्तक नहाये, अपने-अपने अन्तर्द्वन्द्वों से जूझते हुए चाय पी रहे थे, तब हर्षित ने भावुक होते हुए कहा—"मुझे समझ आ गया है कि वन्य जीवन फोटोग्राफी तुम्हारे लिए खुद को पाने का माध्यम है, तुम्हारी ख़ुशी है, इसलिए मैं तुम्हें जंगलों में जाने की अनुमति तो दे रहा हूँ पर इसके लिए खुद को किस कदर मना रहा हूँ, ये मैं ही जानता हूँ।"

अपने अस्तित्व को अपने परिवार में खो देने की हद तक भूल जानेवाली सन्ध्या ने जब हर्षित के मुख से उसके प्रति हार्दिक प्यार और चिन्ता से उत्पन्न यह वाक्य सुना तो वह अपनी स्वतन्त्रता के प्रति विशेषाग्रही हो उठी। इसके भावार्थ में ना जाते हुए तुनक कर कह उठी—"तुम मुझे जाने की अनुमति दे रहे हो? मतलब यदि तुम मुझे जाने की अनुमति ना दो तो मैं कैम्प में नहीं जा सकती।"

सन्ध्या के लिए बरसों पहले खो गये और अभी नये-नये मिले अस्तित्व की स्वतन्त्रता बहुत प्यारी हो उठी थी। उतनी ही प्यारी हर्षित के लिए सन्ध्या की वापस लौटी हँसी थी। जब सन्ध्या तुनकती, तो अपनी सुतवाँ नाक कुछ ऊपर की ओर सिकोड़ लेती, उसके माथे पर सलवटें पड़ जाती, उसकी भूरी-नीली तीखी कटारी सी आँखों में बिजलियाँ कौंधने लगतीं। हमेशा से इस तुनके रूप में वह हर्षित को और भी प्यारी लगने लगती। हर्षित को लगा जैसे सालों बाद उसने सन्ध्या का यह तुनका रूप देखा है, वरना इन दिनों सन्ध्या जो बर्फीली ठंडक ओढ़े रहती, वह हर्षित की रूह तक को कँपकँपा देती थी।

पहले जब सन्ध्या ऐसा तुनकती थी, तब हर्षित उसे जल्दी मनाते नहीं थे, बल्कि उसे और चिढ़ाते, मजा लेते, फिर चुटकी बजा मना भी लेते। वह जानते थे कि सन्ध्या उनसे अधिक देर नाराज रह ही नहीं सकती,लेकिन उस दिन हर्षित कुछ देर सन्ध्या को मन्त्रमुग्ध-सा देखते रहे, फिर आग में और घी डालने की जगह, उन्होंने मुस्कराते हुए खुद की गलती सुधार कर कहा, "अनुमति नहीं सहमति। अब ठीक है न।"

यह सुनते ही सन्ध्या खिलखिला कर हँस पड़ी। हर्षित को लगा, जैसे बरसों से सूखा पड़ा पहाड़ी नाला अपनी ठंडी फुहारों से सराबोर करता छलछलाता बहने लगा। जिसकी फुहारों से वह आपादमस्तक ही नहीं दिल की गहराइयों तक भीग गये।

शिवम् और मौली के लिए भी घर पर मम्मा की अनुपस्थिति को स्वीकारना बहुत मुश्किल रहा। घर में उनकी हर जरूरतों का ध्यान रखने वाली मम्मा, अब कई दिनों के लिए बाहर रहतीं। उन्हें कई काम खुद से करने पड़ते थे। मम्मा की अनुपस्थिति ने उन्हें मम्मा के महत्त्व का अहसास करा दिया।

इसी कैम्प से वापस आने के बाद; जब सन्ध्या की खींची एकदम शुरुआती फोटो में से एक फोटो, जिसमे एक मम्मा घड़ियाल अपने पच्चीस बच्चों को अपनी पीठ पर चढ़ाये हुए नदी के पानी में तैर रही थी, ने वर्ष की सर्वश्रेष्ट फोटो का खिताब अपने नाम किया, सन्ध्या की चर्चा समाचार पत्रों तक में हुई, तबसे उन्हें पापा की तरह मम्मा का भी एक स्वतन्त्र और खास व्यक्तित्व महसूस होने लगा। उनकी निगाहों में माँ के लिए भी गर्व दिखने लगा। इसके बाद से उन्होंने मम्मा की कुछ दिनों की अनुपस्थिति को आवश्यक और महत्त्वपूर्ण मान स्वीकार कर लिया।

हर्षित के लिए भी यह सहज नहीं रहा। अपने तौलिया और कपड़ों तक के लिए सन्ध्या पर निर्भर हर्षित, पल-पल उसकी कमी महसूस करते। अलमारी में सामने ही रखी चीजों को कभी-कभी उन्हें देर तक ढूँढ़ना पड़ता। पहले तो वह तुरन्त सन्ध्या को कॉल कर देते, पर जब सन्ध्या ने कह दिया कि हर छोटी-छोटी चीज के लिए उसे डिस्टर्ब न किया जाए, तो उन्हें भी अपनी गलती का अहसास हुआ, कि यूँ छोटी-छोटी बातों के लिए सन्ध्या उनके ऑफिस फोन करती तो?

अब तक उन्हें लगता था कि सारे कामों के लिए तो नौकर हैं। सन्ध्या को ख़ास कुछ करना ही नहीं होता, लेकिन जब सलीके से चलता घर, सन्ध्या के जाते ही बेसलीका होने लगा। तब उन्हें भी सन्ध्या के कामों का, उसके प्रबन्धन का अहसास हुआ। वह भी तो सन्ध्या की ख़ुशी ही चाहते थे। भले पहले इसके लिए रास्ता नहीं मिल रहा था लेकिन जब सन्ध्या ने रास्ता ढूँढ़ लिया तो उन्होंने उसके शौक़ को पहले बेमन से फिर सहर्ष स्वीकार कर लिया।

अब सन्ध्या का फोटोग्राफी का शौक़ जूनून बन चुका है। वह अक्सर सप्ताहान्त में छोटे-छोटे ट्रिप बना लेती है। इन ट्रिप्स में हर्षित और बच्चे उसके साथ ही होते हैं, लेकिन वह साल में दो बार वाइल्ड लाइफ फोटोग्राफी क्लब की पन्द्रह दिन की वर्कशॉप में भी जाती है, जब वह हर्षित और बच्चों को घर पर छोड़कर पन्द्रह दिनों के लिए जंगलों की ख़ाक छानने निकल जाती है, तो हर्षित की जान भी उसके साथ ही चली जाती है। हर पल उनका दिल अजीब-सी आशंकाओं से पतझड़ के सूखे पत्ते की तरह काँपता रहता है।

जब भी सन्ध्या पन्द्रह दिनों के लिए कैम्प में जाती, नेटवर्क मिलने पर वह रात को कॉल करती, ई-मेल करती, जिसमें पूरे दिन का ब्यौरा होता। एक तरह से वह ई-मेल में अपने सारे संस्मरण, यात्रा ब्यौरे या कहें तो डायरी ही लिखती थी।

इस बार सन्ध्या को टूर पर गये दस दिन हो गये। रात ने अपनी चादर ओढ़ाकर दुनिया को सुला दिया, लेकिन हर्षित और सन्ध्या दोनों अलग-अलग जगह चाँद को देखते जागते रहे। अक्सर यही वक्त होता है जब सन्ध्या ईमेल करती है, और हर्षित इन्तजार करते हैं। इस वक्त वे वे चाँदनी के तारों से, चाँद के माध्यम से वे एक-दूसरे को प्रेम भरे सन्देश भेजते-पढ़ते हैं। जिन्हें वह कभी ई-मेल से नहीं भेज सकते। फिर वे अपना लैपटॉप लेकर बैठ जाते हैं, वो मैसेज पढ़ने-भेजने जिन्हें वे चाँदनी के तारों से नहीं भेज सकते।

हर्षित सन्ध्या का मेल आते ही लैपटॉप लेकर बैठ गये। सामने लैपटॉप की स्क्रीन के सफ़ेद परदे पर सन्ध्या के लिखे काले अक्षर चमकने लगे—कल मैं गाँव के पास के जंगल में रोज की तरह किसी अच्छे फोटो शूट की आशा में गयी थी। वहाँ मैंने नाले के तट की रेतीली जमीन पर छोटे-छोटे पंजों के निशान देखे। मुझे लगा कि ये निशान किसी तेंदुए के होने चाहिए। मैं सतर्क होकर आसपास के पेड़ों की शाखाओं पर निगाहें दौड़ाने लगी कि कहीं वह चोर शिकारी मेरे ही आसपास के किसी पेड़ पर तो छिपा नहीं बैठा है।''

एक बुजुर्ग आदिवासी 'बाबा' मेरे लिए यहाँ गाइड का काम कर रहे हैं। उन्होंने कहा—''माँ! अपना कैमरा सँभाल लो। तुमको कई अच्छे फोटो मिल जाएँगे। यहाँ कोई शेर का बच्चा अपनी माँ से बिछड़ कर आया है।''

मैंने पंजों के निशान दिखाते हुए उनसे कहा—''यह तो तेंदुए के पंजों के निशान है न। बाबा? आप कैसे कह सकते हो कि ये शेर के बच्चे के पैरों के निशान हैं और वह अपनी माँ से बिछड़ा हुआ है।''

इस पर उसने अपने पोपले मुँह से अनुभवी मुस्कान बिखेरते हुए कहा, ''माँ! ये निशान को ध्यान से देखो। ये निशान तेंदुए के पंजे जितना बड़ा ही है, लेकिन तेंदुए के पंजे के निशान में उंगलियाँ छोटी और पाँव की गद्दी बड़ी दिखाई देती है, लेकिन इस निशान में उल्टा है। तेंदुए के पंजे के निशान में नाखूनों के निशान नहीं दिखते लेकिन इसमें छोटे-छोटे नाखूनों के निशान भी दिख रहे हैं।''

सच में ऐसा ही था। उन्होंने आगे कहा—''इन छोटे-छोटे निशानों के साथ कोई बड़े पंजे के निशान नहीं हैं। इसका मतलब है कि शेर का बच्चा अकेला ही भटक रहा है।''

अब तो तुम समझ ही गये होगे कि मुझे उस नन्हें शावक के बहुत सारे फोटो मिल गये। अब तुम ये चिन्ता मत करने लगना कि वह शावक अकेले कैसे रहेगा।

आज उसी जगह पर शेर के पूरे परिवार के पंजों के निशान मिल गये हैं। जैसे वह शावक मुझसे फोटो शूट कराने की जिद में ही सब से अलग हुआ था। मेरा आज और कल का दिन कमाल का रहा।

तुम्हें यह जानकर आश्चर्य होगा कि अब मैं बहुत से जानवरों के पंजों के निशान जमीन पर देख कर उनकी पहचान कर सकती हूँ, एक जैसे पंजों के निशानों में बारीक अन्तर को पढ़ सकती हूँ। इन बाबा को जंगल की बहुत जानकारी है जो जानकारी इनसे मिल रही है शायद वो बड़े-बड़े इंस्टिट्यूट में भी न मिले।

''बच्चों के बिना इतने दिन रहना बहुत मुश्किल होता है। उनकी बहुत याद आती है, और तुम्हारी... तुम्हारी याद तो मुझे बिलकुल भी नहीं आती। इत्तू सी याद भी नहीं। तुम हर पल मेरे साथ होते हो। मेरी ज़िन्दगी...तुम्हारे उस जन्म दिन के उपहार ने मेरी ज़िन्दगी बदल दी। तुमने मेरी ज़िन्दगी बदल दी हर्षित। वरना मैं तो ख़ुद को खो ही चुकी थी और अपनी गलतियों से बच्चों को भी दूर करती जा रही थी। तुमसे जल्दी से जल्दी मिलने के इन्तजार में...''—तुम्हारी सन्ध्या।

हर्षित ने मुस्कराते हुए ईमेल की आखिरी दो लाइनों और तुम्हारी सन्ध्या को दो, तीन बार पढ़ा, फिर सन्ध्या को सोचते हुए, मुस्कराते हुए साइन आउट कर कर दिया। उनके सामने सन्ध्या का आश्चर्य में डूबा, ख़ुशी के दरिया में आकंठ तैरता, मालती के फूल-सा चमकता चेहरा कम्प्यूटर की स्क्रीन पर मुस्कुरा दिया। हर्षित की कम्प्यूटर स्क्रीन पर सन्ध्या का चमकता चेहरा उसी पल का है, जब सन्ध्या ने जब नीलकंठ के छोटे-छोटे बच्चों को कोटर में चहकते देखा था, और जब उसके चेहरे पर सैकड़ों जुगनू एक साथ चमक उठे थे।

हर्षित ने यह फोटो उस वीडियो से स्नैप शॉट की थी, जिसकी रिकॉर्डिंग उसने सन्ध्या को उसका पसन्दीदा उपहार देते समय की थी। वह पसन्दीदा उपहार जो गुलमोहर के फूलों का गुच्छा नहीं था, बल्कि जिस उपहार के लिए भगवान ने उसे माध्यम बनाया था। यूँ तो ईश्वर भी उसे ही माध्यम उसे ही बनाते हैं जो माध्यम बनना चाहे लेकिन मंजिल तो खुद की मेहनत से ही मिलती है।

हर्षित के उपहार के माध्यम से, असली उपहार सन्ध्या ने खुद खोजा था। उसने अपने जीवन का कैलायडोस्कोप कुछ ऐसा घुमाया कि ज़िन्दगी अनोखे रंगों और आकल्पनों से सज गयी। इसने सन्ध्या को पहले वाली सन्ध्या बना दिया। उसके शौक, उसके जुनून से मिला दिया, कि एक जुनून जरूरी है ज़िन्दगी में 'नून', यानि नमक के लिये।

काश सभी सन्ध्याओं के जीवन में ऐसा नमक घुल जाये और सभी हर्षित इसका माध्यम बनना चाहने लगें।

□□□

णाणं

पयासयं

वीर नि.सं. 2470

ई.सन् 1944

भारतीय ज्ञानपीठ